新时代最美家书

XINSHIDAI ZUIMEI JIASHU

中国家庭文化研究会
中国妇女杂志社 编

中国妇女出版社

版权所有·侵权必究

图书在版编目（CIP）数据

新时代最美家书 / 中国家庭文化研究会，中国妇女杂志社编. -- 北京：中国妇女出版社，2023.12（2024.1重印）
ISBN 978-7-5127-2314-6

Ⅰ. ①新… Ⅱ. ①中… ②中… Ⅲ. ①书信集-中国 Ⅳ. ①I26

中国国家版本馆CIP数据核字（2023）第179830号

项目统筹：万立正
责任编辑：耿　剑
封面设计：吴晓莉　李　甦
责任印制：李志国

出版发行：中国妇女出版社
地　　址：北京市东城区史家胡同甲24号　　邮政编码：100010
电　　话：（010）65133160（发行部）　65133161（邮购）
网　　址：www.womenbooks.cn
邮　　箱：zgfncbs@womenbooks.cn
法律顾问：北京市道可特律师事务所
经　　销：各地新华书店
印　　刷：小森印刷（北京）有限公司

开　　本：160mm×230mm　1/16
印　　张：20.5
字　　数：255千字
版　　次：2023年12月第1版　2024年1月第2次印刷
定　　价：68.00元

如有印装错误，请与发行部联系

弘扬家书文化，带动全民参与家庭家教家风建设

家风传家久，家书继世长。互联网时代信息秒发、生活万变，纸笔可能不常用，但家书并未走远。

为深入贯彻习近平总书记关于注重家庭家教家风建设的重要论述精神，在全国妇联宣传部、家庭和儿童工作部指导下，中国家庭文化研究会、中国妇女杂志社于2022年5月31日至12月31日开展了"新时代最美家书"征集活动。

活动历时半年多，得到各级妇联组织、机关企事业单位等社会各界的积极响应和广大家庭、家书爱好者的热烈回应。参与者纷纷表示，小家庭折射大时代，小家书记录大发展，这种带有烟火气、接地气的家庭文化活动，是一次对"家是最小国，国是千万家"的生动诠释，是一场带动全民参与家庭家教家风建设的成功实践。

家书征集活动影响广泛，新华社、学习强国、人民网、女性之声、中工网、中新网、中青网等中央媒体及各地主流媒体广为传播。"新时代最美家书征集暨家庭文化建设"专题研讨会，获得国家社科基金社团活动资助。

《新时代最美家书》是征集活动的重要成果,优选了100封具有代表性的家书。这些家书,既折射新时代非凡成就,又回顾不同时代变迁;既记录柴米油盐家庭琐事,又放眼社会风云宏观叙事。致广大而尽精微的"家书",不仅是家庭、家族的史记,也是国家和社会的史料。一封封家书,是家庭精神文化的纽带,是行走岁月的家风,是家庭凝聚力的结晶;来自不同年代、不同家庭的家书汇聚,也是时代发展、历史嬗变最真实的"底稿",更是人世间的温暖记忆、情感档案,是人民获得感、幸福感、安全感的见证。

《新时代最美家书》的作者来自天南地北、男女老少、各行各业。家书内容丰富、主题纷呈。既有告慰革命先烈的红色家书、传承清廉家风的警示家书,也有记录改革进程的纪实家书,战"贫"、抗"疫"的励志家书,还有感人肺腑的军地"两地书"等。全书分为红色传承、时代印迹、纸短"廉"长、"疫"往情深、热血坚守、最美家风、挚爱亲情、亲子时光、人生寄语9个部分,充分彰显新时代特征。

《新时代最美家书》的出版,将使征集活动的效能持续发酵,促进写家书、读家书、传家书成为家人沟通交流的常态,为弘扬新时代家庭观,倡扬家书文化,把家庭家教家风建设落到实处,让社会主义核心价值观在家庭落细落小,提供了真实载体和重要抓手。

弘扬家书文化,使家书成为爱党爱国、理想信念、廉洁文化教育的生动素材

本书中《烈火中永生,跨越时空的怀念》《"生的伟大,死的光荣"》等7封,是江姐、赵一曼、向警予、缪伯英、刘胡兰等革命先烈的后代、亲属,在建党100周年时,写给她们的告慰家书。共产党人的初心

前言

使命和家国情怀力透纸背，表明红色家书是赓续红色血脉，进行爱党爱国、理想信念教育，加强家庭德育建设的最好教材。

本书中《视清誉为生命》《莲花并蒂开，廉香入心来》《永葆清正才能无悔此生》《愿你两袖清风回家来》等廉洁主题家书，如同警示器、"防火墙"，成为涵养新时代共产党人清正家风的真实载体，反腐倡廉的真切抓手。

本书还有很多励志家书，文字质朴却激荡中国心，昂扬奋发志。英雄航天员刘洋的家书不仅母爱情深，字字句句更渗透她为航天事业孜孜奋斗的精神，感天动地；《我骄傲，我是一名扶贫干部的妻》体现了脱贫攻坚中普通人的无私奉献，令人泪目；《爱，在海天之间》《你在昆仑守好国，我在山下管好家》等军嫂的"两地书"热血激情、绵绵柔情穿透人心；彰显抗疫精神的家书《我的爱人，最美逆行者》《我们做彼此的英雄，好吗》等感人至深。

弘扬家书文化，使家书成为传承中华优秀传统文化和家庭美德，营造温馨和谐家庭关系的重要载体

本书中《奶奶的那道"青菜豆腐"》《致敬修堂后人：讲活中华传统故事》《一条扁担传家风》《12字，代代相传的家训》《"梅家小院"的传家宝》《妈妈的"家风"课》等，字里行间凝结传统美德、家学智慧和淳朴家风。

《老婆，你值得我赞美的地方数不胜数》《大难来时一起飞》饱含相互欣赏、患难与共的夫妻情；《解开与婆婆心里的"疙瘩"》《儿媳是亲生的，儿子是捡来的》中胜似母女的婆媳情跃然纸上；《亦师亦友的父女》《12年"抗战"，妈妈是你的战友》中的父女情、母子情无私无

价……家书写出了日常难于言表的情意绵绵，是相亲相爱家庭关系的真实写照。

弘扬家书文化，使家书成为对青少年进行思想品德教育的独特方式，破解家教难题、化解育儿焦虑的一把钥匙

本书中的亲子家书，风格最为活跃。家书是立德树人一种最温柔、最理性、最有效的独特方式。利用家书的"隔面"艺术，沟通互动化解矛盾、解决问题更有效。《一位母亲的权利宣言》《写给我爱的妈和"爱恨交加"的爸》《女儿想和您说说心里话》等，用家书化解冲突，营造了平等沟通、共同成长的新型亲子关系。《时间在哪里，花开在哪里》《讲给女儿的恋爱课》《今天我们谈谈"自律"》《做"堂堂的中国龙"》等，体现了新时代立德树人的家教观念，不再一味"望子成龙"，而是渗透培养德智体美劳全面发展时代新人的目标。孩子出生、入学、考学、成年、工作、结婚等人生重要节点，也是家书的高光时刻。《写在中考揭榜的那一晚》《给女儿18岁成人礼的信》《写给留学孙女的叮咛》等谆谆教诲，都是情理交融的人生指南。《输不失志，赢不失态》《静中之慧，方可致远》《人生就是不断搬砖搭楼》等，字里行间传授为人处世的经验和智慧，充满励志能量。

弘扬家书文化，发掘民间家书大户，推动家书文化进机关、进企业、进学校、进社区，带动以写家书促进家庭文化建设的热潮

响应"新时代最美家书"征集活动，各地党政机关、企事业单位、妇联组织等也纷纷开展不同主题的家书征集活动，发掘了不少民间家书大户。云南大理市妇联挖掘了高级工程师周显龙跨越40年的138封家

前 言

书并首次公开。20世纪70年代末开始,他常年带建筑队外出打工,家书成为家庭管理的遥控器和亲情纽带。几十万字的家书记录了一家三代艰苦奋斗、摆脱贫困、追求美好生活的风雨历程,也是时代嬗变的生动缩影。本书中《跨越40年,一位"务工者"家书中的改革岁月》,对他的家书进行了选摘。

来自山东东营的工程师王清,在改革开放之初赴科威特参与援外工程,4年间他"天天写,周周寄",与妻女的1145封跨国家书,创下本次征集个人投稿数量之最。本书《亲情寄尺素,陪伴跨时空》摘选了8封家书的片段。

本书中《做"堂堂的中国龙"》是河南商丘退休干部蔡红杰写给儿子的家书。他以400多封家书,出版了4本家书专辑,建立了个人家书家风馆,成为河南省家风家教基地。

本书中《清明是万物生长》的作者是北京大学传播学硕士、重庆市第二师范学院副教授晏菁,她用家书引领孩子认识社会、认知自然、感悟生命,13年写下1100多封200多万字家书。

这些家书大户,经常走进机关、社区、企业、学校、部队宣讲,传播文明家风,让社会主义核心价值观润物无声地浸润万户千家。

尺素传深情,家书抵万金。《新时代最美家书》内容丰富,家书背后故事色彩纷呈。家书中的人世间,充满正能量;家书中的家国情,展现中国式现代化新征程上"中国式家庭"与国家共奋进同发展的新气象、新奋斗、新希望。实践证明,弘扬家书文化,对于推动形成爱国爱家、相亲相爱、向上向善、共建共享的社会主义家庭文明新风尚具有重要意义和独特作用。

中国家庭文化研究会
2023年10月

红色传承

烈火中永生,跨越时空的怀念……………………………… 彭壮壮 / 002
铁骨柔情巾帼志,甘将热血沃中华…………………………… 陈　红 / 004
为女界大放光明,为大众抛洒血泪…………………………… 蔡　楠 / 006
以身许党敢为先,矢志探寻光明路…………………………… 缪尔宁 / 008
"生的伟大,死的光荣"………………………………………… 刘军祥 / 010
开怀天下事,不言身与家……………………………………… 蔡　军 / 012
马背上的摇篮,用生命守护红色希望………………………… 丑松亮 / 015
后人继业慰忠魂………………………………………………… 杜金利 / 017
怀念,不曾久远………………………………………………… 魏清华 / 020
二爷爷,您是咱家大英雄……………………………………… 刘绍兵 / 024

时代印迹

把祝福和梦想写进繁星………………………………………… 刘　洋 / 028
我骄傲,我是一名扶贫干部的妻……………………………… 朱文艳 / 031
跨越40年,一位"务工者"家书中的改革岁月……………… 周显龙 / 035
抓住改革新机遇,人生大事要清醒…………………………… 叶培元 / 045

亲情寄尺素，陪伴跨时空 …………………………………… 王　清　王丹昶 / 048
国盛家荣看顾家 10 年 ……………………………………………………… 顾　伟 / 055
那年，那月，那叨叨 ………………………………………………………… 鲁传江 / 058
奋斗在罗布泊可敬可爱的"他"们 ……………………………………… 耿　浩 / 063

纸短"廉"长

视清誉为生命 ………………………………………………………………… 韦　高 / 068
廉洁其实很简单 ……………………………………………………………… 徐　进 / 070
莲花并蒂开，廉香入心来 ………………………………………………… 潘颖芳 / 073
永葆清正才能无悔此生 ……………………………………………………… 刘化民 / 076
愿你两袖清风回家来 ………………………………………………………… 王丽纯 / 078
你"警"色怡人，我见犹"廉" ………………………………………… 程进彩 / 081
携手齐家，做一对廉洁夫妻 ……………………………………………… 罗世清 / 084

"疫"往情深

我的爱人，最美逆行者 ……………………………………………………… 刘会武 / 088
4 年一遇的生日，妈妈缺席了 ……………………………………………… 王　茜 / 091
我们做彼此的英雄，好吗 ……………………………………… 种岳泽　张芳芳 / 093
99 朵玫瑰盼你归 …………………………………………………………… 安建松 / 095
致　爱 ………………………………………………………………………… 阮雪娇 / 097
情意绵绵"小家书" ………………………………………………………… 张锦成 / 101
你成了那个替我们负重前行的人 ………………………………………… 李文峰 / 103
英雄就在身边，离我这么近 ……………………………………………… 李玥影 / 105

逆行者"逆"私情,"行"公益 ·················· 周馨瑜 / 107
和父亲并肩"战斗" ······························ 于艺咻 / 111

热血坚守

爱,在海天之间 ································· 张　亚 / 114
"湘""渝"一生,共赴"最美" ················ 胡玲丽 / 116
你在昆仑守好国,我在山下管好家 ·············· 张小红 / 118
为"蛟龙"守好家的港湾 ·························· 羽　颜 / 120
自豪,我是绿色方阵中的一员 ···················· 张新中 / 122
等你,一起向未来 ································· 黄颖群 / 127
"双警"夫妻的"钢婚"岁月 ······················ 冯　晶 / 129
盼你每次逆行,都能平安归来 ···················· 章琪琦 / 132

最美家风

奶奶的那道"青菜豆腐" ·························· 杨志诚 / 136
致敬修堂后人:讲活中华传统故事 ·············· 经遵义 / 138
争当环保家庭,实现绿色梦想 ···················· 倪贤秀 / 141
一条扁担传家风 ································· 徐国强 / 144
听爸爸讲咱家的好家风 ·························· 王金云 / 147
12字,代代相传的家训 ·························· 蒋关寿 / 151
"梅家小院"的传家宝 ···························· 梅应恺 / 153
妈妈的"家风"课 ································· 竺丹丹 / 156
孝顺,传递中华民族美德的接力棒 ·············· 周冰莹 / 158

爷爷的"信仰红""奋斗蓝""纯洁白"……………………………… 卢柳方 / 160

挚爱亲情

一位母亲的权利宣言………………………………………… 谭四红 / 164
写给我爱的妈和"爱恨交加"的爸…………………………… 付　波 / 169
难忘故乡，感恩"溺爱"……………………………………… 龚小勇 / 172
老婆，你值得我赞美的地方数不胜数………………………… 柯方云 / 177
"大难来时一起飞"…………………………………………… 袁建良 / 180
你是黑色日子里的暖阳………………………………………… 郭忠尧 / 182
女儿想和您说说心里话………………………………………… 卢晓阳 / 184
谢谢，我多彩人生的启蒙者…………………………………… 贾　洋 / 186
母亲节，写给3位"母亲"的一封家书………………………… 李华锡 / 189
欲作家书意万重………………………………………………… 李　洋 / 196
抹不去，爹永远的背影………………………………………… 徐国珍 / 199
老爸留下的那支笔……………………………………………… 刘先华 / 202
亦师亦友的父女………………………………………………… 何显斌 / 206
解开与婆婆心里的"疙瘩"…………………………………… 厉云春 / 210
一封无法送达的信……………………………………………… 陈国英 / 213
在真切的感恩中慢慢长大……………………………………… 郭锦梦 / 216
儿媳是亲生的，儿子是捡来的………………………………… 董笑舍 / 219
大洋彼岸思故乡………………………………………………… 于敏敏 / 222
婆媳亲热如母女………………………………………………… 顾春芳 / 225
我会接过您手中的接力棒……………………………………… 陈　榕 / 227

亲子时光

做个追赶太阳的人	王伟君 / 232
你只是全班四十分之一	徐 娟 / 234
12年"抗战",妈妈是你的战友	刘嘉雯 / 236
爱能包容一切	李文明 / 239
百变叮当	钟晓辉 / 242
加油,"大姐姐"	陈珊珊 / 245
阳光小暖男	涂玲玲 / 249
时间在哪里,花开在哪里	张 维 / 252
输不失志,赢不失态	张凤燕 / 254
静中之慧,方可致远	蔡易霖 / 257
心中有大爱的妈妈,我的榜样	吴周涵 / 260
梦想从这里起飞	汪雅宁 / 262
讲给女儿的恋爱课	朱玉媛 / 264
今天我们谈谈"自律"	凌燕萍 / 267
清明是万物生长	晏 菁 / 270
我记得你去年秋天的模样	邱 方 / 273
我的成长您何曾缺席过	罗泽雨 / 277

人生寄语

以满腔热情迎接新生命的诞生	迪力亚夏尔 / 282
目送你们的军车缓缓远去	钱建东 / 284
儿子,咱们一起讨论下"大学"吧	钱兰芬 / 286

老警察的叮嘱……………………………………………… 陶峰松 / 289

人生就是不断搬砖搭楼…………………………………… 韩吴英 / 293

写在中考揭榜的那一晚…………………………………… 陈文娟 / 296

走好人生最关键的这一步………………………………… 甘正气 / 302

给女儿18岁成人礼的信…………………………………… 班永吉 / 305

写给留学孙女的叮咛………………………………… 周永才 徐 沂 / 308

做"堂堂的中国龙"………………………………………… 蔡红杰 / 311

红色传承

烈火中永生，跨越时空的怀念

彭壮壮*

亲爱的奶奶：

今年是 2021 年，距您离开已过去了 72 年。今年也是建党 100 周年，如今国家繁荣富强、人民安居乐业，我想对您说：您的理想已变为现实，您和爷爷，以及无数革命烈士用鲜血和生命换来了我们今天的幸福生活，这盛世就是对你们最好的告慰和纪念！

奶奶，虽然我没有见过您，可您一直在我的生命里。我的脸上带有您的样子，我遗传了您的下巴和颧骨，眉毛和身材有点儿像爷爷。您虽然不能看着我一点点长大，却一直在我的成长中给我力量和信念。

我 16 岁出国留学，18 岁考入哈佛大学学习数学。人在异乡，既要专注于学业的挑战，又必须面对文化的冲突。在我需要方向和指引时，您总会出现在我心里。我想，您若知道我学业有成，一定会为我高兴的。

2000 年的夏天，出国 10 年后，我回到重庆探亲，看到了家乡翻天覆地的变化。这次回国，还为我带来了一段意想不到的缘分。我去看望了您当年最好的朋友和战友——何理立奶奶，在她家遇到了她的孙女仲琦。我们相识、相爱、成家，现在有了两个可爱的孩子。你们将近一个

---

* 彭壮壮，江竹筠烈士的孙子，1974 年出生。18 岁考入美国哈佛大学数学系，后在美国普林斯顿大学攻读博士学位。曾任跨国公司高管，后在国内教育领军企业从事研究工作。

世纪的缘分，跨越四代人，化作两个孩子身上共同的血脉。

奶奶，两个孩子依然遗传了您的面容。哥哥彭然，今年11岁；妹妹彭亦8岁了。随着孩子们渐渐懂事，我们常带他们回到故乡，也会给他们讲您和爷爷的故事。我还记得然然上二年级时，学校留了演讲的作业，他有些犹豫地问我："能讲太奶奶吗？"我说："当然能！"

那天晚上，我用最简单的语言给他讲述几十年前的世界。他非常认真地画了一张海报，上面用五彩笔工工整整地写了6个大字——改变世界的人。海报中有您的画像，他还用稚嫩的笔迹写下："一百年前的世界是不公平的，有疾病、有战争、有贫穷。我的太奶奶想改变这一切，她牺牲了自己的生命……"孩子的思想虽还不能理解历史的大义，但他已渐渐明白——是您和所有如您一样为理想献身的人，改变了这个世界。

奶奶，我们即将迎来建党百年，您在黎明前最深重的黑暗里远去，却用坚定的信仰和理想之光照亮了一代代人，也为我们留下了四代人薪火相传的珍贵"传家宝"。

今日之盛世，终如您所愿！我们深深地怀念您！爱您！

您的孙儿：壮壮
2021年6月

铁骨柔情巾帼志,甘将热血沃中华

陈 红*

奶奶:

今年是建党百年,距您牺牲已过去85年了。含泪写下这封给您的告慰信,是想告诉您:我们没有忘记您,您为之献身的祖国和人民也没有忘记您。

"希望不要忘记你的母亲是为国而牺牲的。"这是您留给您的宁儿、我的父亲最后的嘱托。父亲看到这封信,是在您牺牲18年后。在东北烈士纪念馆,父亲几乎哭晕在您的绝笔信前。之后,父亲用钢笔把"赵一曼"三个字刻在了手臂上,陪伴他终生。

我还不到1岁时,就被父亲从北京的家里送回您的老家——四川宜宾。他这样做的理由就是希望我永远记住您老人家。

跟您一样,我也是24岁那年做了母亲。您当年不得不与幼子生离,那时您内心有多不忍、有多撕裂,生离之后您又是如何日思夜想、痛彻心扉?!

您就义前留给儿子的诀别书,每个字都浸透了感天动地的伟大母爱。尤其读到"母亲对于你没有能尽到教育的责任,实在是遗憾的事情"这句时,我的内心总是无比痛楚。

要是可以选择,我多么希望有一位能够与我们粗茶淡饭、平静生

---

* 陈红,赵一曼烈士的孙女。已退休,生活在成都。

活、共享天伦的奶奶啊……您老人家想必也曾这样憧憬过吧？为了国家的和平与安宁，为了更多人不再流离失所、更多家庭不再母子分离，您毅然选择为国战斗，坚贞不屈，直至为国牺牲。

  在故乡的翠屏山上，有一座您的汉白玉雕像，每天都有全国各地的瞻仰者来到这里，给您献上一束白花。在您战斗过的哈尔滨，有一条以您名字命名的"一曼街"，来来往往的路人想必也会把您记在心里，充满敬仰之情。

  95 年前，您离开家乡宜宾的时候还不满 22 岁，是时代洪流中一名追求进步的女学生。当时，全家人在合江码头为您送行，谁知这一走，您就再也没有回过家乡。如今，我与爱人和女儿一家过着简单平静的生活，您也已经有了第五代后人——我的小外孙已经 8 岁了，可爱极了。他小小年纪便知道，"老祖宗"是令人敬佩的女英雄赵一曼。

  奶奶，我们现在生活在幸福的和平年代，祖国欣欣向荣、经济蓬勃发展、人民安居乐业、全面小康在即，这是您和无数革命先烈用鲜血和生命换来的，我们会好好珍惜。相信您在天有灵若能看到，定会深感欣慰。

您的孙女：陈红
2021 年 3 月

为女界大放光明，为大众抛洒血泪

蔡 楠[*]

亲爱的奶奶：

您好！

今年，您为之奋斗的中国共产党迎来了建党100周年。相信作为党的唯一女创始人、早期领导人之一，您在天上看着中国共产党已发展为拥有9100多万名党员的百年大党，一定会感到很欣慰吧！

奶奶，您为妇女解放、为劳动大众解放、为共产主义事业奋斗了一生，献出了年轻的生命。您离开这个世界已经93年了，但您对信仰的誓死坚守，"青春换得江山壮，碧血染将天地红"英勇无畏的革命精神，始终刻在我们心中。

我经常翻看以前的老相片，每当看到父亲坚强刚毅的脸庞和盈满笑意的眼神，会想起父亲曾告诉我的一个情境——在武汉被叛徒出卖不幸被捕时，您宁死不屈。每次遭受严刑逼供回来后，您就会拿出照片思念父亲蔡博和姑姑蔡妮："博博、妮妮，妈妈叫你们呢，听见吗？"您还写了一首小诗："小宝宝，小宝宝，妈妈忘不了……希望你像小鸟一样，在自由的天空飞翔，在没有剥削的社会成长！"您心中装着中国革命解放大业，还给儿女们写出充满母爱柔情的诗歌。

---

[*] 蔡楠，中国共产党唯一的女创始人、中国妇女解放运动先驱向警予烈士的孙女，就职于中信集团下属公司。

奶奶，我们现在的生活如诗如画，已经完全实现了您的向往……您听到了吗？

天地英雄气，千秋尚凛然。作为您的后人，深感荣光，为我身上流淌着您的血脉而自豪。我知道，不辜负您的期望，继承您为之抛头颅、洒热血的革命事业，接续奋斗，做一个对党和国家有贡献的人，做一个正直无私的人，就是我们用行动对您的敬仰和缅怀。

奶奶，我已到不惑之年，虽然此生无缘见到您，但父亲一直说我跟您特别像。记得小时候，我在武汉向警予烈士陵园与您的雕像拍过一张合影，同样的姿势、近似的容貌。您的儿子、我的父亲蔡博也去世30年了，但我时刻牢记父亲的嘱托，任何场合不说与您的亲属关系，朴实生活、不谋私利。

奶奶，我也是一名光荣的共产党员，每当重温建党岁月，您和前辈的初心，激励我牢记使命。我在中信集团下属公司工作，每当面对工作和生活的压力，感到力不从心的时候，我就会看看家里挂着的您和爷爷的画像，想想你们开创革命事业面对的艰难困苦，为了神圣理想置生死于度外，我面前的困难又算得了什么呢？你们的伟大英灵、不朽精神带给我的能量，使我的内心更有底气，也更加强大。

奶奶，清明节到了，请再次接受我深切的敬仰和思念。看这太平盛世如您所愿，看这锦绣山河、国泰民安，您安息吧！

您的孙女：蔡楠

2021 年 4 月

以身许党敢为先,矢志探寻光明路

缪尔宁*

姑奶奶:

  今年是建党百年华诞。一百多年前,您加入了李大钊创立的北京共产党小组,成为中国共产党第一位女党员,1929年为革命事业献出了年仅30岁的年轻生命。如今,积贫积弱的中国早已不复存在,中国共产党正带领全国各族人民阔步迈入全面建设社会主义现代化国家的新征程。

  姑奶奶,虽然我们未曾谋面,但您坚定的共产主义信念以及对党的无限忠诚,时时刻刻给予我无穷的力量。记得我入党宣誓时,您的面孔再次浮现在脑海,当我庄严地宣誓"为共产主义奋斗终身,随时准备为党和人民牺牲一切"时,我感慨万千,不禁潸然泪下。因为您,我对这句话的理解更加深刻和真切,这是一个党员用热血生命对党的庄严承诺,您做到了。作为后代,我们也要以您为榜样,以行动为之奋斗。

  姑奶奶,2019年,咱家的老宅经过修缮,作为您的故居重新对外开放,供后人瞻仰参观。开放仪式上,父亲将家里珍藏了近百年的您的遗物和遗照无偿捐赠,用于故居复原陈列,包括您生前用过的座钟、皮箱等。虽有不舍,但我想如若能透过这些遗物激励后人,重温和学习共产党人披荆斩棘的奋斗历史、崇高精神,牢记初心使命,那么,一切都

---

* 缪尔宁,缪伯英烈士胞弟缪立三的孙子。现任中国建设银行张家界市分行党委书记。

值得。

  姑奶奶，您是中国共产党人的骄傲，是中国妇女的骄傲，也是咱们缪家的骄傲。我常常想起您在《家庭与女子》一文中所说的话，"顺着人类进化的趋势，大家努力，向光明的路上走"。作为后代，我们将矢志不渝地在您倡导的"光明的路上"砥砺前行。

  姑奶奶，我的女儿相貌与您相仿，她也继承了咱们缪家矢志不渝、笃实好学的好家风。她的理想是当一名教师，高考第一志愿就是您的母校——北京师范大学①。我常带她到咱们长沙县的缪氏祖屋、长沙烈士塔以及您的恩师李大钊的北京故居……就是要将您和革命先辈，一代又一代英雄的伟大精神发扬和传承下去，赓续共产党人的精神血脉，鼓起后人迈进新征程、奋进新时代的精气神。

  作为您的后代亲属，我也有着深深的遗憾，您的一对子女，在姑爷爷何孟雄牺牲后，失于战乱。爷爷和父亲曾多次寻找，却未能如愿，我们在心中默默祈祷，如若在您精神力量的佑护下，他们能在战乱中被好心人收养，平平安安地幸福一生，那该是多好啊！

您的侄孙：缪尔宁
2021 年 6 月

---

① 其前身之一为"北京女子高等师范学校"。——编者注

新时代最美家书

"生的伟大,死的光荣"

刘军祥*

亲爱的姑姑:

时光匆匆如白驹过隙,转眼已是2021年,您离开我们的74年里,全家几代人一刻都没有忘记过您,我们深深地怀念您。

今年,我们党迎来了成立100周年的伟大历史时刻,正是您和无数革命先辈抛头颅、洒热血,才换来了我们今天的岁月静好、国泰民安。

姑姑,党和人民始终没有忘记您。"生的伟大,死的光荣",您的壮烈事迹和革命精神代代相传。咱们云周西村早已改名刘胡兰村,在您牺牲的地方建起了刘胡兰纪念馆,每年都有大量参观者从全国各地来到这里瞻仰您、缅怀您。

姑姑,您牺牲时还不满15岁,究竟是怎样的信念和力量支撑着您,在敌人的铡刀面前大义凛然、视死如归?我想,因为您小小年纪已是一名信仰坚定、勇敢坚毅的中国共产党候补党员了。继承您的初心和遗志,咱们家族包括奶奶、父亲和我在内,几代都是共产党员。我24岁光荣入党,如今已有近20年党龄。我时时处处以您为榜样,严于律己、实干担当,生怕有损英雄后代的声名。

我现在在山区苍儿会办事处工作。战争年代,这里曾是我党的根据地。听奶奶讲,您生前一直向往能在这里工作。如今,奋斗在您的梦想

---

* 刘军祥,烈士刘胡兰的侄子,就职于山西省吕梁市文水县苍儿会办事处。

之地，我倍感光荣，也深知重任在肩。这些年，咱们村发生了翻天覆地的变化，在脱贫攻坚中摘掉贫困"帽子"的革命老区，家家户户都过上了好日子，正在如火如荼地全面推进乡村振兴。我要和乡亲们一道，把您洒下鲜血的家乡建设好，让老区人民更有获得感、幸福感，这一定是您最想看到的。

姑姑，我如今有一个幸福家庭，大女儿16岁已是高中生，二宝刚刚3岁。看到孩子们享受童年、快乐成长，我会情不自禁地想起您当年的艰苦条件和危险环境，您把热血青春献给了党。我常常把您的英勇故事讲给孩子们听，让她们永远以您为榜样，不负"刘胡兰"的英名。

家人们心里最遗憾的是，您没能留下一张相片。以前听爷爷奶奶讲，您有一双大大的眼睛、性格也开朗活泼。都说侄女如家姑，每当陪二宝玩耍或给她讲您的故事时，我常常奢想：她会不会有点儿像您幼时的模样呢？其实，我们更希望孩子们能继承您的红色基因——善良勤劳、甘于奉献、坚韧不屈。

姑姑，在您牺牲后的70多年里，讲好您的故事成为全家人的使命。以奶奶、父亲和我为代表的三代人，在一次次宣讲中，难掩悲痛又无比自豪。今年，我还参加了红色宣讲团，要接好奶奶和父亲的班，让您的伟大精神继续发扬光大。

您放心吧！姑姑，您的初心就是我的初心，听党话、感党恩、跟党走，我要用行动传承您的红色基因和精神血脉。您和革命先烈用生命打下的江山，正迎来实现中国梦的美好明天。

您的侄儿：刘军祥
2021年5月

开怀天下事，不言身与家

蔡 军 *

太奶奶：

您好！

1998年7月1日，陶斯亮姑奶奶把您送回井冈山，让您长眠在小井红军医院①旁。这是一片被鲜血染过的稻田，是您的战友牺牲的地方，有他们的陪伴，您不会孤独。每逢清明、冬至，父亲都会带领我们一家人来看望您，蹲在镌刻着"魂归井冈——红军老战士曾志"的墓碑前，我有着无尽的思念和话语想对您诉说。每当这个时候，我都会想到那战火纷飞的年代，是先烈们的浴血奋战，牺牲青春和生命才换来我们现在无忧无虑的生活。

太奶奶，今年是建党100周年，您为之奋斗的中国共产党由小变大、由弱变强，党员总数已经超过9000万，是世界上最大的执政党。我们的党领导中国人民全面建成小康社会，开启了全面建设社会主义现代化国家的新征程。

您走了23年，中国发生了翻天覆地的变化。站起来的中国人，富起来、强起来了，创造了令世人瞩目的奇迹。

太奶奶，90多年前，您跟随毛主席上井冈山参加革命，就是为让

---

* 蔡军，曾志的曾孙，就职于井冈山干部学院办公厅后勤保障处。
① 指中国工农红军第四军医院。——编者注

人民翻身得解放，过上好日子。如今的井冈山依托自身资源，发展红色旅游。人们来此饱览绿水青山，也接受红色教育。新农村建设让农民过上了美好生活。2017年，井冈山在全国第一个摘掉贫困"帽子"。在咱井冈山的农村，原来凹凸不平的土路变成干净、平整的水泥路；每每夜幕降临，村里的妇女伴着优美的歌曲在广场上欢快地跳舞；村民通过网络学习农业生产知识，利用网络让农产品卖个好价钱，卖到全国各地……经常听96岁的外婆讲："以前饭吃不饱、衣穿不暖，现在想吃啥就买啥，网络太方便，看病有医保，政府还给我们老人每月发基本生活保障金，如今的生活是我做梦也想不到的。"

太奶奶，我经常会捧起您的自传，细细品读您传奇的一生，惊叹于您面对艰难困苦，不怕牺牲、无所畏惧、百折不挠的勇气，敬佩您对共产主义信仰的忠贞不渝。更让我震撼的是，您在临终遗言中写道："死后不开追悼会，不举行遗体告别仪式，不在家设灵堂，京外家里人不要来京奔丧；北京的任何战友都不要通告打扰……"我哭了，那时的我才理解为什么当年父亲北上，希望您帮忙解决商品粮户口却未能如愿。在太奶奶您心里，始终有着共产党人的信仰，留给后人的是用热血和生命铸就的江山，是公而忘私的大爱。

我在2001年从部队退役回到了井冈山，现在是井冈山干部学院后勤保障处的工作人员，我也是一名共产党员，您的精神指引我人生的方向。至今，中组部的展览柜里还陈列着您当年装工资用的信封袋。您生前交代家人："八十几个袋子一定不要丢掉，因为它们能证明：这都是我的工资，是我的劳动所得，这钱是干净的，每一笔都是清白的，是我的辛苦钱，上缴给中组部老干局，给有困难的老同志……"我一直谨记您的话："清清白白做人，踏踏实实做事。"正是这精神火炬为前路驱尽黑暗，为我们后人照亮征程。

太奶奶，如今我们一家生活得很好，爸爸妈妈享受着儿孙绕膝的天伦之乐，我们年青一辈兢兢业业工作，珍惜来之不易的生活。我们感恩您这样的革命先辈的流血牺牲、无私奉献和艰苦奋斗，让我们在没有战争的和平环境幸福生活。

太奶奶，您放心吧，"今日盛世如您所愿"。我们要牢记您为之奋斗的共产党人的初心，为实现中华民族伟大复兴的中国梦接续奋斗。

您的曾孙：蔡军

2021 年 2 月

马背上的摇篮，用生命守护红色希望

丑松亮*

亲爱的妈妈：

　　我们即将迎来建党百年的伟大历史时刻，您离开我们也已过去近一个甲子。最近热播的电视剧《啊！摇篮》，让无数人认识了您和那些平凡又伟大的保育员妈妈，也带着我们这群从中央托儿所里成长起来的革命后代，重回当年的红色延安，重温那段永生难忘的峥嵘岁月。很多观众都为您和老一辈革命者的无私精神、深厚家国情怀而感动，你们让现在的年轻人看到了烽火岁月中普通人身上光彩熠熠的高贵品质。每当听到这样的评论，我都深深地为您感到骄傲。

　　作为一名保育工作者，在战火纷飞中，您也是"另一片战场"上英勇坚韧的战士，为守护红色火种而浴血奋战，为保育革命后代倾注全部心血。在您和同志们的辛勤保育下，包括我在内数以千计的孩子得到了精心照料和培养，长大后投身祖国建设，在各行各业发光发热。

　　妈妈，您把全部身心都交付给了党和国家，把全部精力都投入保教事业中，几乎没有时间享受家庭的温情时光。托儿所里最多时有500多个孩子，您居然能准确叫出每个孩子的名字，清楚地了解他们的家庭情况。我想，这靠的不是过人的记忆力，而是您发自心底对孩子们无私

---

* 丑松亮，延安中央托儿所第一任所长丑子冈的女儿。原在北京东四妇产医院（现北京市东城区妇幼保健院）工作，已退休。

的爱。

　　您说，人这一辈子，要干一件事就一定要把它干好。随着年岁渐长，我越来越理解您的选择，也一直不敢忘记您的教诲，一辈子在医疗战线上踏实、勤奋工作。我从北京东四妇产医院检验科退休后，继续发挥余热为人民服务，直到76岁才从工作岗位上真正退下来。

　　妈妈，因为积劳成疾，您的生命定格在了58岁。如今，我即将步入耄耋之年，享受着儿孙绕膝的天伦之乐，每当想到您未能感受过这种幸福，便会很难过。从延安走来的那些人，陆陆续续都离开了我们，当年和您一起并肩战斗过的保育员们，如今也只有96岁的王茜萍、94岁的寇英娥和86岁的江俊秀三位健在。不久前我见到了她们，身体都还很硬朗。

　　妈妈，您一生历经坎坷，却始终勇敢前行，您参与、见证了我国保教事业从无到有、不断发展的艰难历程。"一切为了孩子"，是您毕生的追求，也是您终身的践行。您和一代代保教工作者在探索和实践中积累了丰富经验，为我国儿童保教事业奠定了坚实的基础，也为我们留下了宝贵的精神财富，你们平凡而又伟大。

　　如今，我们生活在和平安宁的新时代，党和国家始终高度重视儿童工作，引导少年儿童从小坚定听党话、跟党走，努力培养德智体美劳全面发展、能够担当民族复兴大任的时代新人。我想，您在天有灵若能看到，定会无比欣慰。

　　妈妈，我们爱您！思念您！

您的女儿：丑松亮
2021年6月

后人继业慰忠魂

杜金利 *

爷爷：

  我来到老墓地，面对您的墓碑，我想了很多很多。爷爷您在这片曾经守卫的热土上已沉睡了 70 多年，没能给后人留下一丝影像。爷爷的英雄事迹，我都是从饶阳县英烈志《五月的鲜花》中和家乡老人们讲述中得到的。酷爱学习、博闻强记、才华横溢、爱好广泛、英勇果敢、号召力极强……这就是铭刻在我心目中赫赫有名的抗日英雄——爷爷您永远的形象。

  我怀着万分崇敬的心情，千万遍地呼唤着爷爷。爷爷，您的音容笑貌永远定格在那充满活力、积极乐观的 22 岁。我隐约听到您在呐喊："还我山河，誓死不当亡国奴，绝不投降。"我心目中的您，是那样的坚强，那样的不甘，又是那样的从容。您是我们后辈的榜样，更是我们的骄傲。

  爷爷，您知道吗？每次我看到道路两旁一排排整齐的白杨时，就仿佛看到了年轻士兵向您行注目礼的样子。爷爷，您看到了吗？那散落在田野星罗棋布的温室大棚，一年四季都有绿色蔬菜、新鲜水果，咱饶阳大棚蔬菜享誉全国并走向了世界。知名的京九铁路、大广高速，还有

---

* 杜金利，就职于中化地质矿山总局。作者为刘占鳌烈士孙女婿。刘占鳌，1939 年入党，在河北一带做抗日工作。1943 年，他在执行任务中牺牲。

许多国道、省道在这里纵横交错，贯穿南北东西，这可是咱家乡发展经济的交通大动脉，这盛世如您所愿。爷爷，您看咱老屋后那块场地，是咱村的娱乐活动广场，早晚休闲时，人们在这里唱歌、跳舞、下棋、锻炼。那几位下棋的老人，您眼熟吧！他们可都是您儿时的伙伴，您打"鬼子"的故事，有好多是他们讲给我的。我亲爱的爷爷，您若健在的话，也一定和他们一样，正享受着儿孙绕膝、子孙满堂的天伦之乐。

爷爷，您所在的陵园雄伟高大，它坐落在您当年为抗日而无数次奔走过的滹沱河南岸，县城的西南角，紧邻国道。陵园在杨柳、松柏的衬托下，显得尤为肃穆壮观，中央高高矗立着威严的汉白玉纪念碑，赫然写着"人民烈士永垂不朽"。纪念碑的正前方是一座烈士"英名墙"，镶嵌着饶阳县不同时期为国捐躯的英烈3000多人，他们都是您的战友、兄弟、姐妹，您和他们生活在一起不会寂寞和孤独。

爷爷，我真想给您一部手机，能时时聆听您的教诲，通过微信，向您汇报子孙们取得的点滴进步、获得的优异成绩。我真想给您一台电视机，让您天天欣赏祖国的壮丽山河，旖旎风光，感受家乡日新月异的发展变化，了解现在的世界格局。我还想为您建造一座篮球场，场地是塑胶的，您还当中锋，看您矫健的身影在球场穿梭。我还想给您一支笔，一支好粗、好粗的笔，灌上一大瓶墨汁，让您书写历史新篇章，规划发展大蓝图。我还想……

爷爷，为了挽救垂危的民族，你们曾顽强地战斗不歇……这悲壮激昂的抗战精神，鼓舞激励了中华儿女浴血奋战，夺取了抗日战争的伟大胜利。如今，在和平时期这些事迹将更加激发我们的爱国热情。

先人开道为后人，后人继业慰忠魂。爷爷，您的血液还在流淌，您的生命还在延续，您追求的事业正代代传递。一个富强民主文明和谐美丽的社会主义现代化国家，已屹立在世界民族之林，任人屈辱的历史一

去不复返了。

  我们呼唤和平，更渴望和平，也珍爱和平。我们的事业就是让先辈放心，让先烈自豪，让红色江山代代相传、永不褪色。

  爷爷，我爱您！

  爷爷，我想您！

孙女婿：杜金利

2016年4月9日

怀念,不曾久远

魏清华 *

敬爱的曾爷爷:

您好!

岁月不居,时节如流。

又是一年清明时,单位组织我们前往古浪县红军西路军烈士陵园,对牺牲在家乡这片热土上的中国工农红军西路军烈士进行追思和缅怀。

阴沉的天气,大片的雪花飘落在古浪县红军西路军烈士陵园,傲然挺立的纪念碑前摆放着整齐的花篮,菊花簇簇、松柏森森,显得格外庄严。我们静立默哀,深切悼念红西路军烈士。这,也包括您——曾爷爷,我姨父的父亲。

在我的记忆中,您瘦高的个子、微黑的脸颊,一口纯正的四川话总是让人难以听懂。每每闲暇时,姨父总喜欢带我去您家或去您的铁匠摊儿给您送饭。您的腿上总是搭着一块亮得发硬的帆布,左手拿着一张尺寸不大、明晃晃的铁皮,在右手的剪刀下"咔、咔、咔"几下,要么剪成圆形,要么剪成梯形,然后,您将剪好的铁皮放在铁撑子上,把两张

---

* 魏清华,就职于国网甘肃省电力公司金昌供电公司。作者为老红军曾大明的表外孙女(曾大明为作者姨父的父亲)。曾大明,1933 年参加红军,曾三过草地、二过雪山,参加过多次战役。

铁皮相交、包裹，再转身放下剪刀，随手拿起铁锤沿着边缘"咚、咚、咚"，一个铁盆、一个烟囱、一个油提……瞬间就展现在眼前。一阵微风吹过，挂在身旁铁架上的各种器皿叮叮咚咚发出清脆的响声，仿佛奏响一曲曲旋律。

记得那是1995年8月的一天，我在上学的路上，从播音员低沉的悼词声中，从大街小巷人们的议论中，我才知道那天您离我们而去了，知道您是攻打河西走廊流落到永昌为数不多的红西路军战士；知道您是中国工农红军第四方面军、后是中国红西路军30军88师268团警卫排长；知道了您枪林弹雨、浴血奋战的经历和任劳任怨、艰苦朴素的一生。

从姨父口中得知，您1915年生于四川省南充市营山县双河镇悦中乡天星村一个贫苦的农民家庭。1931年，参加中国工农红军第四方面军，先后参加多个战役。1933年11月，参与腊子口战斗，在会宁会师后，又一路北上。1936年10月末，在靖远县虎豹口渡黄河执行宁夏战役取得胜利后（此后改为红西路军），转战河西走廊。1936年12月30日正值腊八节，红西路军进驻临泽沙河堡，直逼高台，当晚第5军顺利拿下高台。您又随30军渡黑河后进驻临泽县倪家营一带，由于马家军与地方保安团的三面包围，红西路军处于危险境地。此时，您担任30军防守的重任，经过40多个昼夜与敌浴血奋战，于1937年3月7日杀出一条血路，从倪家营突围退守祁连山。从梨园口进入，红西路军与马家军展开了一场惊心动魄的生死大战。您和战友们冲锋陷阵、毫不惧色，子弹打光了用刀砍、用石头砸、用嘴咬、用手抠，就算流尽最后一滴血也要坚持到最后。您和战友们终于杀出一条血道，才让部分战友撤离祁连山深处。

您和战友拖着受伤的身体，历经千难万险来到曾经战斗过的永昌，被铁炉匠谢廷刚老人冒着生命危险隐蔽起来。后来，又装聋作哑，打柴、吃树皮、背煤，饿极了吃田鼠、野兔……您，东藏西躲、隐姓埋名逃避着马家军对红西路军散落人员的迫害。随着时间的推移，虽然部队找到了您，但已错过了组织收留和审查的年限。您便暂时留在永昌，向谢廷刚老人学习炉匠手艺。谢廷刚老人看到您为人踏实、勤奋，便将女儿嫁给了您，从此您就彻底定居永昌，为这片土地奉献了余生。

您始终保持低调、艰苦朴素的生活作风，默默无闻地在工作岗位上埋头苦干，含辛茹苦地抚养了5个子女，用坚强不屈的毅力支撑着生活，不给政府提一点儿要求。直到1984年光荣离休，离休后仍摆铁匠摊儿贴补家用。

每每回忆起这些，就想起您憨憨的笑容，想起您用浓重的四川口音对我和您的孙子、孙女说："你们不好好学习将来搞啥子去？"想起这些，我的泪水就忍不住模糊了双眼。

我真的不知道，看似平凡、普通的您却是流着满腔红色血液的西路革命军！我真的不知道，几十年悠长的岁月里，您是如何忍受失去组织的孤独，忍受离家千里的寂寞，还依然坚信这条红色之路是您的毕生之路。

当我查看您留下的遗物，翻阅您战斗的历史：一个红色的牛皮文件包，不知保护了多少重要文件，传递了多少重要信息；一本红西路军老党员光荣证，不知记载了多少光辉的历史，浇灌了多少不变的誓言，存留了多少红色的温度；一张张珍贵的照片，不知见证了多少历史的风雨，见证了多少峥嵘岁月里永恒的信念！

仰望苍穹，我沉默无语。曾爷爷，您安息吧！您戎马一生，默默无闻的奉献，是我无法用苍白语言表达的；您和千千万万红西路军革命烈士用鲜血浇灌的信仰,我们不会忘;您和千千万万红西路革命烈士用生命换来的大好河山,我们定会好好守护!

　　百年恰是风华正茂,百年仍需风雨兼程。作为一名共产党员,我要铭记红色历史,传承红色基因,不忘初心使命,用实干和奋斗不负盛世韶华!

　　此致

敬礼!

孙女:魏清华

2021 年 5 月 6 日

二爷爷，您是咱家大英雄

刘绍兵*

二爷爷：

您好！

从我懂事起，就知道您是咱家的大英雄，是抗日勇士。

我听家里长辈多次讲起，1938年秋，中华民族最危急的时候，您毅然参加八路军，走向抗日前线，舍生忘死、奋勇杀敌，多次荣立战功并光荣加入中国共产党。

在抗日的紧要关头，您到咱们隆平地区任二区敌工站站长，您很快打开了这一带的抗日局面，带领同志们铲除了一批伪军骨干，名声大振，有力地鼓舞了百姓的抗战士气，也使得日伪军对您怕得要死、恨得要命。在1945年年初的一次战斗中，您不幸落入虎口。虽受尽了惨无人道的酷刑，但没说出半点儿党的秘密。日伪军也极尽能事拉拢、劝降您，您却坚贞不屈，最终被日伪军残杀。

日军投降后，我爷爷和大伯去隆平县"接您回家"，因为找不到您的遗骨，他们按照当地习俗，找了一块砖刻上您的名字装进棺木，算是接您回家了。怕引起家人悲痛，这件事瞒了全家60多年。

---

* 刘绍兵，天津市某法院法警。作者为烈士刘廷申的侄孙子。刘廷申，1938年秋参加八路军，曾任河北二区敌工站站长，在河北巨鹿和隆平尧山一带抗击日本侵略者。1945年，刘廷申不幸被捕，受到日伪军的严刑拷打，并于2月被秘密杀害。

二爷爷，尽管家人最终没有找到您的遗骨，但是您革命的一生永远是我们学习的榜样，您的战斗精神永远激励着我们，您坚如磐石的政治信仰永远指引我们前进！您的英灵和千千万万革命烈士一样，永远活在人民心里！

二爷爷，可以告慰您的是，在党的领导下，祖国已经屹立于世界民族之林，中国人民从站起来、富起来到强起来，正在实现中华民族伟大复兴中国梦的道路上阔步前进。这也正如您浴血奋战之所愿！

二爷爷，咱们家从我曾祖父到我，四代都是共产党员，"革命家庭、赤子家风"一直传承。我父亲、哥哥都曾参军保家卫国。20年前，我也到了部队，在党组织和部队的培养下，我入党、提干、多次立功……我成长中从您的革命事迹中汲取了很大力量，更加坚定了我听党话、跟党走的信念。

二爷爷，我们一定会继承您的遗志，永远忠于党，忠于人民，忠于您誓死保卫的国家。

二爷爷，我们永远怀念您！

孙子：刘绍兵

2017年5月18日

时代印迹

把祝福和梦想写进繁星

刘 洋[*]

亲爱的宝贝：

　　此时此刻，妈妈已经到酒泉卫星发射中心的问天阁了。2022年这个"六一"儿童节，妈妈不能陪伴在你们身边，只能坐在电脑前给你们写下这封信，心中千般柔情、万般不舍。

　　妈妈马上就要执行神舟十四号任务了，半年的时间真是舍不得你们，其实好几次想写，但一动笔就忍不住流泪，只好作罢。再有几天妈妈就要飞上太空了，于是在这个特殊的节日写下这封信。宝贝们，每次想起你们，妈妈心中都像阳光融化巧克力般无比的甜蜜温暖；每次想起你们，妈妈的心中就会泛起阵阵幸福的涟漪，仿佛在炎炎夏日饮下一杯清泉，无论多么疲累，立时恢复元气。真的谢谢你们来到妈妈的身边！

　　亲爱的宝贝们，原谅妈妈拒绝你们到发射现场送行的要求，因为妈妈爱你们，你们既是妈妈的铠甲，也是妈妈的软肋。我是妈妈，也是军人，那一刻妈妈是要出征上战场，临危忘身、受命忘家，这是一个军人的职责。因为妈妈爱你们，在那一刻看到你们，妈妈怕会有太多的牵挂和不舍，妈妈怕忍不住会哭！宝贝们，妈妈有妈妈的梦想和使命，就让妈妈尽可能地放下牵挂，全力以赴地奔赴妈妈的星辰大海吧！妈妈答应

---

[*] 刘洋，中国首位女航天员，神舟九号、神舟十四号乘组航天员，"二级航天功勋奖章"获得者。

你们，等妈妈凯旋的时候，让爸爸带着你们来接妈妈，那时妈妈会张开双臂，把你们紧紧拥入怀中。

宝贝们，咱们曾经无数次讨论过妈妈执行任务的事，你们总是红了眼眶，万般不舍，妈妈何尝不是？妈妈答应过你们要好好地完成任务，要在太空建一座大大的房子，装进很多很多人的梦想；妈妈答应过你们要为你们拍摄很多美丽的照片，回来和大家分享；妈妈答应过你们要把祝福和梦想写进满天繁星。妈妈答应你们的事一定会做到。

宝贝们，你们答应妈妈的事也一定要记得啊。爷爷奶奶身体不好，爸爸工作繁忙，你们要帮着爸爸分担，多照顾爷爷奶奶。姥姥姥爷也上了年纪，他们想念你们，也很牵挂妈妈，记得要多给姥姥姥爷打电话，让他们开心。宝贝们，人生至善莫大于孝，一定要记得尊重、孝敬老人。

宝贝们，人生一定要有梦想，那将是你们生命中的光。心中有梦想，生活中就有光，即使身处黑暗、身处困境，也总能看到方向，那束光将引导你们走出泥淖，走向万丈光芒。亲爱的孩子们，现在尚未明确自己的梦想，并不可怕，也不必慌张，慢慢成长，终会发现心中挚爱。但亲爱的孩子们，实现梦想的道路绝不可能一帆风顺，不要怕困难、不要怕挑战、不要怕失败。困难就像纸老虎，你强它就弱，要有勇气打败它。记得妈妈给你们讲的小熊的故事吗？失败并不可怕，再来一次，再来一次。要记得做有挑战的事，这样才能进步。心定磐石之坚，行有日月之恒，虽然道阻且长，但行则将至。

孩子们，记得读书、运动，记得守时、自律，养成良好的习惯，它将是你们一生的挚友，是你们实现梦想的助手，让你们一生受益无穷。宝贝女儿，你就要上三年级了，那是小学阶段一个重要的转折。宝贝儿子，你也要背上小书包成为小学生了。当年，妈妈见证了姐姐背上小书包第一次走进校门，但很遗憾这一次妈妈没有办法亲自把你送到学校，见证你背上书包时那一瞬间的长大。你们要知道，虽然妈妈不得不缺失了对你们的陪伴，但妈妈对你们的爱却丝毫不会逊色、丝毫不会减少，如海之深，如天之阔。爱你，爱你们，我的宝贝们！

　　离开家的那天，你们俩抱着我，泪水涟涟，不舍得妈妈走。妈妈强忍泪水，又何尝舍得？但妈妈知道，你们理解妈妈、爱妈妈、支持妈妈！只是，只是不舍！宝贝们，等着妈妈，等着妈妈凯旋，等着妈妈拥抱完星辰大海再来拥抱你们！

　　信写至此，夜已深。不禁想起你们睡梦中甜美的面庞，真想再抱抱你们、亲亲你们，你们总是问我："妈妈，我们想你怎么办呢？"宝贝们，想妈妈时就抬头看看天空吧，漫天的星辰闪烁，那是妈妈在对你们说："我爱你！"

深深爱着你们的妈妈
2022 年 6 月 1 日于问天阁

我骄傲，我是一名扶贫干部的妻

朱文艳*

亲爱的明：

你知道吗？嫁给你那天，我以为自己终于找到了相伴一生的爱侣，此后的每一天，你都会为我遮风挡雨。殊不知，我嫁给了你，你却嫁给了扶贫事业。

明，你可还记得？我们婚后第二年，你就被单位派到一个贫困村里当起了驻村干部。而怀有身孕的我一直在窗帘店上班，孕后期，在我上下楼梯都十分吃力的情况下，不得不辞掉工作，回到老家安心养胎。

一个人在婆家，很多事我不好意思让年迈的婆婆帮忙。我多么希望你能陪在我身边呀！可每次打电话，你都说忙、忙、忙，让我理解你。你还信誓旦旦答应我，等忙完这阵子，到我生孩子时一定会陪在我身边。

然而，临产那日，当我躺在手术台上，经历着十二级的阵痛时，我是多么希望你能陪在我身边，为我加油打气啊！可是，你在哪里呢？当医生说我可能难产，需要家属签字时，你还是没有出现。最后，或许是我们的宝宝体恤到娘亲的痛楚，在医生准备剖宫产的前15分钟呱呱坠地。

直到第二天下午，你才急匆匆地赶到医院。说实话，若说我心里对

---

* 朱文艳，就职于贵州省遵义市播州区枫香高速收费站家家福超市。

你没有怨,那是骗人的。我也只是一个平凡的女人,平时你说忙,我可以理解。但是,一个女人一生之中生孩子也许就那么一两次,在我最痛苦、最需要你的时候,你却缺席了。

我至今仍记得,你当时就像是个做错事的孩子,低着头耐心向我解释。你说,本来已经到了半路,可是村里打来了电话,一位老人不小心摔到了头。于是,你又火急火燎地折回去把老人送到医院,然后又在医院照顾了整整一夜。当我问你,难道我生孩子就不重要,就不需要照顾时?你却说你都知道、你都明白,但是我起码还有婆婆在身边,而那位老人的子女都没在身边,你理所应当得留下来。说来说去,都是你的工作重要,需要我理解和体谅。

听了你这一通解释,看着你的一身疲惫,尤其听到你说休假一周陪我坐月子时,我心底满腔责备的话,到了嘴边又硬生生咽了回去。然而好景不长,到第四天时,你的手机又响了起来,你撇下了我们娘儿俩,回到了你的扶贫阵地。

而我便跟婆婆一直住在生活各种不便的老家,偏偏宝宝身子骨又弱,总是隔三岔五感冒、高烧。我已经记不清自己和婆婆半夜三更打着手电、带着宝宝去过多少回医院。记忆犹新的是,大前年的一个寒夜,宝宝半夜高烧,一瓶点滴都打完了,烧也退不下来。宝宝一直哭闹不止,任我和婆婆怎么哄都哄不好。我急得给你打电话,却一直打不通。最后,我也跟着哭起来。宝宝哭,我哭,婆婆也在一旁抹眼泪……

那次高烧,宝宝需要连续输液一周,每天上下午各一次。婆婆要忙地里的活儿,只有我每天独自背着宝宝去医院,往返四趟,也就是60多里路。偶遇赶集的日子,能坐到两趟面包车,不赶集时就只能步行。一天早上,外面飘起了雪花,我只好咬着牙、撑着伞背娃出门输液。长长的路上,一个行人也没有,当我走到龙井坎时,雪像筛糠似的下得更大了……无数的往事涌上心头。最后,我终于控制不住自己的情绪,拨出了你的电话。电话拨通后,我不等你开口,只哽咽着说了句"我恨你",便掐断了电话。

明,你可知道?掐断电话那一刻,我顿时泪如雨下,我就这样把憋了许久的心酸、委屈与无奈统统宣泄了出来……

也是那次以后,你终于带我和宝宝去了你扶贫的地方。我原以为跟你到了驻地,我们可以团圆了。然而事实证明,是我想得太天真。虽然我们租的房子离你的办公地只有四五里路,但是你也常常忙得夜以继日。有时你说忙得太晚,怕回来吵醒我和宝宝,就在办公室睡下了。有时即使你回来,开口闭口都是你的扶贫工作,不是张家大叔的蔬菜大棚,就是周家大婶的散鸡养殖,桩桩件件无一不是村里的事。

明,你知道吗?起初,我还为此吃醋许久呢!我觉得自己和宝宝在你心里的地位,远远不如那些村民。我不止一次在心里想,若有来生,我再也不做你的妻,只愿做你的贫困户。那样的话,你的心里、眼里满满都是我了。

不过,听你念叨得多了,我才慢慢开始理解你。尤其是时间长了,我跟村里人也慢慢熟悉起来。我从他们口中得知,你这几年不光带领村民拓宽了村里的道路、加固了水库和池塘,还新建了村文化广场。最主要的是,你还因地制宜,帮助村民们搞起了蔬菜大棚以及散鸡养殖等,千方百计帮村民们脱贫致富。

明,你知道吗?当我从村民口中听到"王书记真是好人啊,他给咱们村做了好多实事""多亏了王书记,咱家才住上了新房""我的儿女都不在身边,这几年多亏了小王的照顾"等话语时,我心里对你的看法顿时有了一百八十度大转弯。

明,你也许并不知道,这些年来,你在我眼中,算不上称职的老公,更算不上称职的父亲。但是,慢慢地,我终于明白了,与我和宝宝相比,那些正在脱贫奔小康的村民更需要你,你之所以舍小家是为了让大家都能过上更好的日子。

如今,能听到村民如此评价你,我打心底佩服你,你的确是一个有责任、有担当的男人。特别是有一次,养鸡的周大婶在我面前说:"王书记总是为了村里的事忙上忙下,如今咱们摘掉了'穷帽',过上好日子了,可就是苦了妹子你跟娃娃了。"

明,你知道吗?听了她这番话,我不但不觉得苦,反而以自己是你的妻子为荣呢!真的,那一刻,我突然觉得,在我们国家全面建成小康社会这件大事面前,我的理解就是对你的最大支持,就是在为脱贫作贡献。此前所有的心酸与委屈都是值得的,那些曾经对你的怨瞬间都烟消云散了。

明,写到这里,你知道我最想对你说什么吗?我想说,我骄傲,我是一名扶贫干部的妻!

爱你的妻:阿艳
2020年5月

跨越40年，一位"务工者"家书中的改革岁月

周显龙[*]

一

庆兰：

你好。

来信收到了，看后我稍微放心点儿。我知道你担子重，身体又不好，但我又没有更多的办法关心你，很遗憾！只有你自己保重了。工分能做多少不能脱离身体客观去强求，除照应园地和家务杂事之外，重要的是如何协助我培养好儿女，望勿有负。红印的学前教育一定要抓，万万不能听之任之。

年猪一定要喂好、喂透、喂胖。前两年因家庭建房，降低了老少的生活质量，现在应该恢复、弥补一下，即使我不回家过春节，同样要让一家老小都愉快地度过春节。

庆兰，我虽身在千里之外，实为全家老幼的衣食、住房、债务，尤其是孩子们的培育和成长时刻忧虑、悬念，故心情比较沉重。每当夜幕降临，多以看书来打发长夜，借以分散压抑的心情，当然也为提高专业

---

[*] 周显龙，云南省大理市人，工程师。作者作为建筑公司经理，曾常年在外打工，通过书信与家庭联系。现从其跨越近40年的138封家书中节选、摘录9封。

知识。白天要尽力做工，唯恐蹉跎绵绵岁月，所幸身体没啥大的问题，但劳倦之态是不可避免的。

家中寄来的棉衣收到了，请放心。我在这里给你加工了一条裤子，但无法寄回，必须待我回家时才能携带。

暂谈这些。祝保重、安好。

周显龙
1979年12月2日

二

庆兰：

来信已收，一切尽知。我已经将近40岁了，一样成绩都没有做出来，唯求把基本生活维持下去、把几个孩子拉扯成人，又怎么会想当一名生产队的会计呢？这不是我所追求的。我们仅沧海一粟，并不比别人高强，他人之长要学习，他人之短可自戒就行了。

关于过春节的事，如果我回家过春节，单程要6天，车、旅、食宿开支不止百元，往返成倍；其他零用难免要发生，还有误工减少收入，代价就更大了，相当于我供两个孩子念中学一年开销。所以不打算回家，但望你好好安排，务必使全家老幼过得愉快，就是对我最大的安慰和关心。

据你信中言下之意，只要不无故耽误孩子上学就万事皆休了，学习的效果完全听其自然，是吗？我坚决反对这种听天由命、不重人谋的思想。我的要求是：读书就必须收获较好的成绩，只能学好，不能学歹。一切玩忽学业、不求上进，既有悖于父母，又误自身，更辜负国家和师长的培养，这不是我的儿女。

我是不能天天守在家中完成这些任务的，担子在你肩上，你的教子之方应该发挥一定的作用，不要叫我失望。

带来的鞋垫收到了，后面不用再寄了，因为机器扎的在这里能买到。我知道你分不出时间从事手工针织，既带来了也是一份关心，我会珍惜的。

祝全家老幼春节愉快。

周显龙
1980 年 1 月 15 日

三

庆兰：

你好。

元月三号，我安全地返回工地了。

来不及交谈的问题，只有通过书信补充和转达。目前我们的中心任务是一手抓基本生活，一手抓子女的教育培养，这是最关键的。

一是千方百计增加家庭经济收入。①因地制宜，不违农时地种植好园地，力争多打粮、多产蔬菜。②随乎形势、市场实情，利用有利条件，做点儿小生意，辅助解决零星开支，请多开动脑筋。③在原有基础上适当扩大家庭生猪饲养。另外，周围环境的改造也不可忽视，适当抓一抓花果的栽培和管理，夏秋除草、冬春浇水一定要做到，这是一种对物质生活和精神美好的追求。

二是如春风化雨、润物细无声，精雕细刻，教育子女使其成为有用之才。孩子们的学习成绩差，不能简单粗暴地责骂，甚至冷言冷语，要循循善诱。要以孩子之长克其之短，及时给予表扬和鼓励，但要严肃而得体，勿使其骄傲浮躁。给予批评时要诚恳而有分寸，勿伤其前进的勇气，这才是较好的教育方法。

三是几点杂事。①拿回家的白的确良给淑琳、淑惠各一件，灰色卡其布给母亲缝一条裤子，多余的解决琳、惠等儿的急需。②祖母搬过来了吗？她老人家的衣裳和零用钱按吩咐做了没有？增加劳累，望能坚持。③注意孩子们的个人卫生、饮食卫生和环境卫生，要勤洗澡，确保健康。

做好上述诸事，便无后顾之忧。

顺祝安好。

周显龙
1981年1月11日

四

庆兰：

来信已收，一切知悉，望勿多虑。

目前，农村贯彻土地承包责任制，对于发展生产、多打粮食，加速社会主义建设、改善人民生活，会起到很大作用。

据我猜度，一部分人家因劳动力多而所分土地有限，不够耕作，在生产之余，有的会寻找副业做。而另有一部分人则因家中人丁众，又多属老弱或学龄儿童，主要劳动力少，所分土地较多，单单搞农业已觉很吃力了，其他无力再顾。我们家就属于这一类，如果不开动脑筋、想办法，就会束手无策，甚至会危及学龄儿童念书的大事。

我们应采取的方略只能是农副并举，以副养农。在收种的关键农时求人、求援，生活方面要给人以优待，必要的还要给付合理的工资。相信日子是会一天天好起来的。

我还要强调的就是孩子们的学业，要加强督促、引导。要多给他们鼓励和支持。同时要注意好他们的健康状况，万不可粗枝大叶，这是你应为我分担的重要任务之一。

转粮借的粮票不难解决，但要过一段时间，我会考虑的。末了，再谈，顺望保重。

周显龙
1981年10月3日

五

庆兰：

你好。

近来身体好些吗？闻听稻秧已经栽插，下一步要加强田间管理，使用化肥要讲究科学性，少了不奏效，多了既浪费又会烧死苗禾，起反作用。难为你，辛苦你了。

我们的家庭一穷二白，为改变面貌，我们要长期不懈地艰苦奋斗。不论家庭建设、子女教养、油盐柴米、社交关系都想改变一下，尽可能"面面俱到"。总而言之，就是创造一个幸福美满的未来。所以我不惜颠沛流离，疲于奔波，饱尝世态炎凉和人情冷暖。

我要提醒你的是：目前，孩子还属于学生时代，并且处在关键时刻，他们需要的是父母的支持、鼓励、辅导和督促。你身为母亲，应该多一份必要的心思，做细致的工作，用恰如其分的方式和方法补益孩子们。

目前，经济方面确实很困难，我们打工手续不齐全，处处被动，难开展工作。建筑工的工钱压低了很多，缴纳的费用增加了。生产效率不高，经济效益低，估计暂无钱给你们。

家乡地处峡谷，气温很高，多干旱少雨。要叫孩子们勤洗澡，注意个人卫生、环境卫生和饮食卫生，这是预防疾病，确保健康必不可忽视的。

此信请多读几遍。就此搁笔，顺祝安康。

周显龙
1982年5月30日

六

庆兰：

你好。

长期以来，为生活计，男女分职，各奔一方。你操家务、管孩子、勤于农桑，其间辛劳、疲惫可想而知。我非冷血动物，岂无感怀？怎奈关山重重，迢迢千里，纵知疼你，又能插翅飞回相助吗？不因情况变化、处境困难，又何尝吝啬过对你的经济援助呢？

唯子女的教育与培养，这是百年大计，是我们义不容辞的职责，环境再困难也得含辛茹苦，尽最大的主观努力，让他们多受教育，尽可能成为有用之才。时代的进步、科学的发展，不容人再当睁眼瞎。既是国家和民族要走向兴旺发达的需要，也是个人谋求生活出路的需要。

人类的认识能力是无限的，而个人的认识是有限的，这就需要学习。依此推理，作为父母要多懂一些教育孩子的知识，我不是给你买了一套《家庭育儿百科全书》吗？你自学了几篇没有？

只有懂得人生意义、懂得热爱生活的人，才能具备战胜一切困难的毅力。不论生活道路怎么样坎坷，也始终能够腰直、胸挺、勇往直前，就不会心灰意懒、唉声叹气、怨言百出的了。

  关于我，长期在外，风餐露宿，奔波不息，白天从事紧张的体力劳动，夜晚杂务频繁：给子女、朋友，包括你写写信，建筑方面的专业技术教材要自学，文学作品也想品读一下，通常是夜静更深，尚且青灯为伴、孤影作陪，劳力劳心，但我自愿。况待人接物之中，冷眼热遇，形形色色，举不胜举，我也习惯了。

  冬交春替在即，希望你合理安排作息时间，保重身体，生活的历程还很长，需要我们持续不懈地奋斗下去。心胸开朗些，乐观一点儿，在困难的时候能看到光明、拥有希望，才能轻松上阵，迎战困难。

  时间关系，余言再谈，盼心情舒畅。

周显龙
1982 年 11 月 28 日

七

庆兰：

  你好。

  很长时间就盼你的来信，可以说是望眼欲穿。今天阅信后觉得心里踏实一些、轻快一些。

  光阴荏苒，十个月，一瞬间。然而这十个月不平凡啊！在此期间，我们遭遇了工地发生的伤亡事故，遭遇了父亲的病逝。人非草木，当此生离死别之际，能无感慨哀伤乎！那么，悲悲戚戚，泪湿衣枕又有何益呢？唯一的办法是振作起来。我自返回工地之后，就认真组织生产，狠抓经营管理，既要亲力亲为参加劳动，又要开动脑筋想办法，多少个夜晚，别人呼呼大睡，我还在劳思费神；多少个破晓黎明，我要争先起身；多少次早出晚归，风尘仆仆，直到主体工程顺利竣工。

归心虽似箭，却不得不缓行。

八月十五中秋节那天，我触景生情，偶有小作，命题为《甲子中秋感怀》四句：秋风习习过庭前，无意几上果品鲜；家人游子各异处，几回月圆月不圆。

笔楮难穷，余待再喧。顺望你们母子平安、愉快。

周显龙
1984 年 9 月 14 日

八

国鑫：

现中考已过，但对此次考试应该做一次全面的总结，详细地分析出哪些是成功的，把它们作为经验去发扬光大；哪些是失败的，把它们作为教训吸取，今后避免。

为什么要这样做呢？因为读书好比建盖房屋，首先是做好房屋的基础，之后才逐层往上建筑，建盖出来的房屋才端正、牢固、美观，才能保证质量。所以，小学和初中所学的功课、所学的知识得到巩固，是为今后读好高中、大学创造条件、奠定基础的。

在爷爷心目中，你是一个聪明伶俐的好孩子，具备相应的优势，但你同时存在静不下来、沉稳不够的弱点，这对你学有所成妨碍至大，令爷爷担忧啊！

你应该明白一个道理：再聪明的人，想要学业成功，勤苦精神是不可缺少的。

关于使用计算机、手机问题。我认为：高科技信息手段的诞生给现代人的生活、学习、工作和娱乐带来了方便和快捷，极大地提高了人们的生活质量。适度、合理地通过新的信息平台获得知识、技能，进行娱乐、休闲等，已经成为一种时尚、一种社会潮流，其势不可当。

要禁止青少年人玩计算机、手机是不可能的。关键是玩的时间、地点和内容，只有靠个人去把握、控制、约束与自律。要做到不偏不倚，不影响学习和工作。更为重要的是拒绝"黄""毒"。如果一味贪恋、无休无止，耽误学业，影响正常工作，掉进火坑，毁灭自己，那就追悔莫及了。

全身心投入，把书读好，具备丰富的科学文化知识。不说人人才华横溢，最起码要有一定的实用本领，才能立身于当今竞争激烈的社会群体之中。

好孩子，光阴不等人，年华如白驹过隙，关系着你的成长和前程大计，是万万耽误不起的，要随时自警，勿忘爷爷金玉良言啊！

因为爷爷老了，记忆力越来越差，口头交代说不具体，故采取书面形式来表达。既便于你妥善保管起来，抽空反复看看，也免得爷爷叮咛、唠叨。

爷爷亲笔于水泥厂
2010 年 6 月 20 日

九

红印：

现在国鑫已经毕业，并考进国企就业谋生，这是好事，基本圆满，你应当高兴。但心态要泰然、淡然，不可产生得意之感，更忌在人前炫耀。国鑫转正以后，工资收入会提高一点儿，但他要解决住房、买车、结婚生子等一系列人生之大事，都离不开经济做支撑，他还需要亲人的帮助和支持……

所以，5年内，甚至更长时期，你不要盼望孙子能给你什么，有能力还要帮助他，确实没有能力可以不勉强。从现在起，你不必再给国鑫钱用，可以转而安排好你自己的生活。

现在我老了，也没有义务再接济你经济了。可是这父子情分难割难舍，也不当割舍啊！

近四五个月来，你的言行举止叫我忧心忡忡，不得不郑重地警醒于你。

一、千万不要有瞒哄父母、姊妹、亲友熟人的行径。不要打肿脸充胖子去显示"体面"。

二、勤劳务实，俭省节约才是最可靠、最实在、最有保障的生活方式。梦想天上掉下馅饼的侥幸思想不能产生，打消一切不切实际的所谓"生财之道"，杜绝胡乱作为。

三、银行信用卡不是简单、好玩的儿戏，更不是救命稻草。成年人对于自己的言行后果是要承担法律责任的，要有敬畏之心，才能保证一生平安。

俗话说："良药苦口利于病，忠言逆耳利于行。"今以拳拳爱子之心再三叮嘱，希望你正确理解，有则改之，无则加勉，自我完善，做个好人。老父则欣慰矣！

因为人老了，打电话、用嘴说，说了前句又忘了后句。说得不具体，你也理解不全面。所以，写成书信寄给你，我才觉得踏实。

父字

2017年10月8日

抓住改革新机遇，人生大事要清醒

叶培元[*]

一

少雄：

你的来信早收到了。由于我这一段时间比较忙，未能及时给你回信。家里的人都好，望勿念！少平最近已经入了团，是前几天批准的。

你在来信中讲的观点都是很好的，能够听从父母的教导、从社会经历中总结自己的教训，是很可贵的。人不怕受挫折，但要从挫折中吸取教训、改正缺点、总结经验、增强毅力。

人的一生就是生活在矛盾中并与各种矛盾做斗争的一生，不要把人生看得很轻松。就是那些有成就、有名望的人，也不是在一条平坦大道上走过来的，都是经过各种艰难曲折的，甚至是经受了一般人所没有经受过的严峻考验。成就越大的人，所受的艰难波折也就越多，这是前人的经历总结。

对待生活、对待人生，要有各种各样的精神准备。但不能受各种矛盾的摆布，要有与各种矛盾做斗争的勇气，要有解决矛盾的方法。

高考的消息已经公布了，湖北省的消息已在《湖北日报》公布了，

---

[*] 叶培元，武汉黄陂人，仙桃市公安局退休干部。作者自1969年至2010年，长达40多年间给子女写了137封家书，本文节选、摘录2封。

不知你详细看了没有，要抓住改革开放新机遇。今年可能由于国家经济困难，招的人数不太多，要求也较严格。但我主张你试一试吧，还是一颗红心、两手准备，反正你有工作岗位，这是个有利条件。考不取也没关系，但还是要认真准备，考外语专业，数学成绩是参考分，你应该重点在俄语以及语文、历史、地理上的复习。家里坚决支持你考，这就是理想抱负，要有这个雄心壮志。大型厂矿企业是厂里组织报名，在5月份报完，全国统考是7月7日至7月9日。时间只有一个多月了，不知你作何打算？工厂报考职工不知有没有专门给复习时间。

身体还是要高度注意，注意饮食、睡眠。复习功课也不能把人拖疲劳。复习要抓住1979年复习大纲中的主要问题，特别是基础问题，不能搞猜题，把基础打好就不要紧。

上班时还是要集中精力操作，要注意安全。

就说这些，望你回信把打算说一下。

祝你进步！

父字
1979年5月21日

二

少雄、玉兰：

你们的来信收到了。因我的工作较忙，没有及时回信。家具运到，没有损伤，这是好事。但我的意见还是检查一下，如果早发现，可以早修理，以免到婚期时来不及。

玉兰爸爸回家后，我去看了一下，也顺便聊了一下你们的婚事。玉兰的父母都认为一切从俭为好，不要把问题搞得复杂化，有些东西将来再慢慢地添置。他们也都很关心你们的身体，说你们两个都很瘦，身体较弱，要你们注意身体、注意休息、注意适当增加点儿营养，把生活搞好！不要用过多的精力去考虑买这买那，简简单单结了婚再说，身体是第一重要的。

  结婚的准备，不同的人也有不同的观点。有的受过去封建意识影响较深，定要以热闹、东西多为满足。凡是有理想、有抱负的人，是不愿把太多精力花在这个上面的。他们结婚是为找一个志同道合的伴侣、为在事业上有一个相互帮助的助手、有一个互相体贴互相照顾的伴侣，因此他们结婚除了生活的必需品外，不需要装饰、不需要摆设、不需要那些不必要的累赘。像鲁迅和许广平在结婚那天仍然在写作，晚上两个人把行李搬在一块儿就行了，他们全部家底就是一个网篓子，再就是书籍。

  一个外国科学家（忘记名字）在结婚典礼时到处找不到新郎了，急坏了家人和所有亲戚朋友，其实新郎并未失踪，因为他的一项科研试验未得出结果，他心里想的是那件事，竟然把结婚典礼的事忘记了。古今中外这样的例子是举不胜举的，望你们好好学习，不要随波逐流，要做一个思想境界高尚、有理想、有抱负、有事业心的人。切切不要把过多的精力消耗在结婚上面。要珍惜宝贵的时间、要爱惜自己的身体；要心情舒畅，不要自找苦恼。只要心心相印，互相爱慕就行。物质的享受是无止境的，"夫妻恩爱苦也甜"。望你们多多仿效一些有抱负的古今名人，用他们鞭策、鼓舞自己前进吧！

  祝你们幸福！

父字
1982 年 6 月 25 日

亲情寄尺素，陪伴跨时空

王 清　王丹昶[*]

一

清清：

　　知你上周五平安到达科威特，放心了。我们这里一切都挺好，早早也非常乖，只是很想你。周五晚上做梦梦见你了，梦见你往这儿打电话，我们听得很清楚，可你总也听不到我的声音，我很着急，一急，就醒了。

　　你的情况怎么样？你要注意身体，千万别累着，凡事量力而行，再就是注意安全。记住有个可爱的小早早和爱你的我在盼着你回来。很想你，尤其是心情不好时更想你。

　　你像一本书，一本厚厚的书，我第一次翻开之后，就再没有想过去看类似的书。我得用整整一生的时间去读，一页一页地读。因为字里行间生长蔓延的章节都耐人寻味，都魂牵梦绕，情真意纯。

　　我真爱你，清清。

爱你的丹
1998年2月8日晚8点

---

[*] 王清，中国石化胜利油田石油开发中心科研所工程师。妻子王丹昶，就职于中国石化胜利油田安全环保质量管理部。在改革开放初期，王清到科威特参加工程项目，4年间写了1001封跨国家书，妻女回复144封，现节选、摘编8封。

二

蜜丹：

　　你好！

　　现在我们每天收看晚9点的CCTV4《中国新闻》。海湾局势是大家十分关注的，你们也一定很关心吧！

　　中国驻科威特大使馆是代表中国政府的，保护每一位中国公民的安全是义不容辞的责任。这期间，大使馆会密切观察局势的发展，及时与国内保持联系。大使馆提出八字方针：冷静观察，沉着应付。提醒大家在思想上、物质上做好准备，日常工作还要照常进行，要有应变措施，找好相对安全的地方应对空袭。

　　据说目前在科威特的中国人4000多名，我们项目组共349人。我们已成立了应急领导小组，下设方案组、后勤组、急救组。要求尽快掌握3种警报声：断断续续为即将来临，持续波浪（或低声）为正在发生，持续平缓为结束。一旦撤离，我们也要分成若干小组，老、弱、妇孺搭配，我们还要准备多面小国旗以便标明身份。

　　我想，要一切行动听指挥。我心里很平静，请家人放心。

　　明天就是正月十五元宵节了，我们食堂的食谱上写着吃元宵。有的公司驻地悬挂起长2.5米的国旗，还贴出了对联，上联是"炎黄子孙海外创新业"，下联是"石油儿女异国建奇功"，横批是"祝福祖国"！我们虽然处在战争一触即发的氛围中，但中国人传统的节日还是要过的。哈哈！

　　好了，先到这儿，爱你，想早儿。

你的清
1998年2月10日晚于蒙伽夫办公室

三

亲爱的清清：

　　照片照得挺好的，就是你自己的少点儿。看你瘦了，不过反倒好看了，真精神，而且我还注意到，你现在笑得很漂亮了，真棒！当然，越看你就越想你。你穿那件圆领的衣服特别好看，像个大孩子，家人说"怪不得人家说他很年轻"。我爱你，我的清清。

　　早早很乖，现在我离她老远，冲她拍手一叫"早早"，她就平举着两只胳膊，像小鸟一样向我跑过来，太可爱了。你要是见了她，准得搂着亲个没够。对我，你们俩和我的生命一样重要，拥有你们俩，我觉得是世界上最幸福的人了！我非常知足。

　　好了，先到这儿。

想你、爱你的丹
1998年4月9日

四

爱丹：

　　得知上周三搬入新家且装好电话、联好网，十分高兴。早早也要上五幼了。

　　盼你来信，也不知"雪片"是否下到你那儿了？哈哈。

　　知南方遭受了罕见的洪涝灾害。我们现在是天天收看CCTV4国际频道的《中国新闻》，关注国内的洪涝灾害。今天，项目组又下发了通知：再次向洪涝灾区捐款。我已准备好了。

　　我们虽然身在海外，但却有一颗中国心！位卑未敢忘忧国！两次向国内洪涝灾区捐款，体现了我们海外项目人员情系祖国的赤子之

心啊！

你的清
1998年9月2日

五

好丹：

　　你好棒！

　　刚得知，明天又有回国的航班，将发此信。我仍是"天天写，周周发"。我就是再忙也不能忘了写信，因为此等大事已是我现在生活中的重要组成部分。凡事预则立，不预则废，想干的事就一定能干成。是吧？！我鼓励自己，做事要持之以恒。

　　知道东营只下了小雪，没能满足我妻、吾女滚雪球的心愿。别着急，慢慢等，"面包会有的"，大雪会下的。知道天气已很冷了，接送早儿手套都不管用了。我给你哈哈气，"哈……"，暖和了吗？

　　得知五幼办的《家园报》，老师点名让早早的家长写文章，说明早儿在五幼的确表现不错，也说明你教子有方啊！

　　今天看你带来的报纸上有一则新闻，上海11岁大的小学生将代表中国参加在肯尼亚举行的环保演讲，我受到启发，我们的早儿也能行！我想，作为家长心中应有这样的目标，然后朝这个目标努力。从你的来信看，早儿是很聪明的，而且思维极其活跃，是跳跃式的，常常说些大人的话，是吧？内因已有兆头，外因就应创造适当的条件，将来的机会多的是，关键看有没有实力，要抓住稍纵即逝的机遇。你说呢？

　　早儿能提出"生宝宝累吗？"这样的问题，的确不简单啊！像她这么大的孩子，本该就是玩啊。而像她这样能够换位思考的，我想不会太多。她是从大人的角度去思考，并且观察很细，如给宝宝喂饭，给宝宝洗衣、穿衣，接送宝宝上幼儿园，哄宝宝，还得陪宝宝睡觉。在你给她讲明道理后，她居然能明白了，而且说："那我也生宝宝吧。"这是个好的开头，要善于发现、善于培养她！

温馨提示：十二月五日，早儿该吃防脊髓灰质炎糖丸了。愿早儿健康快乐、幸福成长！

来自波斯湾畔的祝福
1998年12月4日

六

亲丹：

你好！

我今天一大早5点多爬起来，把CCTV4频道的《观众之友》全录下来了，节目中我点了歌曲《我是中国人》；《欢聚一堂》栏目中，主持人读了我给CCTV4写的信。我的初衷达到了，一方面，宣传了我们这个正在进行的国际工程项目；另一方面，也赞扬了中央电视台的电视工作者。包括我在内的很多中国人正在异国他乡认真努力地工作着，我写去的信，在CCTV4这个向海外100多个国家和地区播出且有较大影响的频道上播放，是我感到特别欣慰的。

我把节目带给几位同事看了，他们都说："王清替咱项目组点的歌，好似给全体项目人员一个新年问候！"如同《我是中国人》的歌名，不论我们走到哪里，我们都是中国人！

昨晚，在项目组的元旦晚会上，我仍是西服、领结，又赢得了女士男士们的交口称赞，看来真是"人在衣裳马在鞍"。丹，我为你争得了

"赞誉",替我骄傲吧!他们不知道,你始终和我在一起!在我身边、身旁、身前、身后——有你——我的老婆的熏陶、指点,呵呵!

你的清
1999年1月1日

七

美丹:

你好!

今天又忙活了一天,现场的天气既有炎炎烈日,又有沙尘风暴,刮得人睁不开眼,从头到脚都是沙土,好在已适应了。要适应环境,善于调整心态,接受现实。别人能吃的苦,我也一定能吃,还磨炼了一下意志。

现在的施工现场下午真是太热了,力工在太阳底下干活儿,真是太辛苦。今天中午的送饭车坏在了路上,又派车去取的,1点多才吃上午饭。总之,在外面干活儿,什么情况都可能碰上,正确面对,想办法解决就是了。

因碰上这个国际项目,让咱俩分开了这么长的时间,这权当作人生中的一些苦吧。但苦尽甘来,时间证明你我真心相爱,虽远隔千山万水,但书信往来频繁。我们项目组的好多人都对咱俩如此频繁的书信往来羡慕不已呢。来到科威特这一年多的时间,工作之余的业余生活中,我把主要精力都投给了你,我亲爱的老婆,这800多封信就说明了这一点!"天天动笔"始终印在脑海里,已形成了习惯。信中记录下了我在异国他乡的工作、学习、生活、交友、参观、娱乐等活动,谈了我的所见、所闻、所思、所想、所感、所悟等。我想从这些信里面,你大致就能够了解我和你分开这一年多我的足迹和想法吧。总之,想要说的话太多、太多,想要干的事太多、太多,希望我们天长地久到永远!

好了，先到这儿。

你的清
1999 年 6 月 16 日

八

清清：

你好！

现在是半夜爬起来给你写信，白天时间太紧，晚上弄小早早也没空写。对你的爱恋又使我不得不写，所以只好三更半夜爬起来给你写信。除了正在热恋中的人，已婚夫妇中，我估计恐怕还找不出像我们这么"傻"的人了吧？没办法，谁让你不在我身边呢？想和你平时多沟通、交流又不行，只好在夜深人静之时，对着纸进行一番倾诉，好让你知道我对你的爱、对你的心。

你的信就摆在我面前，是昨天下午收到的，看得心里美滋滋的。正如你所说，你休假前的信基本上流水账似的，一五一十、详详细细，休假后真不一样了，谈情的多了、说爱的多了。甭看你给我写了快 1000 封信了（哇，真是个可怕的数字，太让我感动了），之前你一直少有抒发感情，可现在不同了，你的情、你的爱，在信纸上发挥得淋漓尽致。从这近千的数字、从你火热的语言中，我真真切切地感受到了什么叫幸福。虽然你并不在我身边，可幸福的感觉一点儿不因此而减少。清清，谢谢你，这辈子能遇上你，真好！

你的丹
1999 年 10 月 26 日

国盛家荣看顾家10年

顾 伟*

亲爱的乔乔：

你好！

因为新冠疫情，爷爷在丹东已经4个月没回沈阳了，虽然每天都和你视频，但爷爷还是好想你！你给爷爷发微信说，你在办了40期《家庭周报》之后，爸爸决定让你正式接任第四任《家庭周报》总编辑了。爷爷向你表示衷心的祝贺！你说要在第1741期《家庭周报》上发表咱们顾家近10年中发生的10件大事，征求爷爷的意见。爷爷告诉你，这10年中，随着国家的发展和进步，咱家确实发生了许多从前没有的好事、喜事、大事。经过思考、选择，我建议以下这10件大事，你可以发表在《家庭周报》上。

10年，咱家的第一件大事是你的诞生，标志咱们顾家从此又有了新的一代。一晃，你快6岁了。在奶奶和爸爸、妈妈的培育下，你正在茁壮成长，如今都已经光荣成为第四代《家庭周报》总编辑啦！爷爷告诉你，为了响应党中央"培养社会主义核心价值观要从娃娃抓起"的号召，爷爷给你买了天文望远镜，培养你热爱宇宙；又给你买了钢琴，培养你的艺术气质；还给你买了图文并茂20卷的《中国历史》，这套书将培养你成为一位热爱中华民族的中国人。

---

* 顾伟，其家庭被评为全国最美家庭、全国五好家庭、全国文明家庭等。

第二件大事是随着国家对发展特殊教育事业的重视，你爸爸在特殊教育高校被评为省优秀教师，后又被聘为副教授。

第三件大事是随着国家对科学事业的重视，你妈妈已经连续4年荣获医院"科研标兵"和先进工作者。

第四件大事是我们家住进了145平方米的大房子，有了可以藏书万卷的大书房。

第五件大事是在你奶奶荣获"优秀党委书记"之后，爸爸和爷爷在建党百年之际，也先后被评上了"优秀共产党员"。

第六件大事是我们家庭由于积极用捐款、献血、值班、发表抗疫歌曲等各种方式参加抗疫斗争，被评为"抗疫最美家庭"。

第七件大事是随着国家建设书香社会的部署，咱们家荣获"全国书香之家"的光荣称号，实现了四代教师世家百年藏书的梦想，这也为你营造了理想的书香氛围。

第八件大事是咱们全家在2017年被评为全国最美家庭。同年春天，我们全家还走上了中央电视台《我有传家宝》栏目。《人民日报》和《中国妇女》杂志，也发表了咱家几十年来"读书传祖训、办报铸家风"的事迹。

第九件大事是2018年咱家荣获全国五好家庭。全国妇联领导还当面勉励我一定要培养孙子办好《家庭周报》呢。爷爷还在人民大会堂为700多名中央直属机关干部介绍了咱家文化建设的经验。

第十件大事不仅是近10年，也是顾家百年来最重要的一件大事，就是当选为全国文明家庭。爷爷还在北京光荣地受到了习近平总书记的亲切接见，并荣幸合影，相片等见面就给你看。

亲爱的乔乔，10年，10件大事，你瞧，你生活在一个多么伟大的国家、多么幸福的家庭啊！希望你不仅要将创办了33年的《家庭周报》

永远传承下去,更要铭记咱们顾家"诗书传家,忠义报国"的家训,传承好咱们顾家的家风,不忘有国才有家,永远跟党走,成为德智体美劳全面发展的社会主义建设的合格接班人!

爷爷:顾伟

2022 年 10 月 3 日

那年，那月，那叨叨

鲁传江[*]

亲爱的妈妈：

儿想念您。您是否还会像往年那样站在村头的土坡上手搭凉棚，遥望远处的人影，当人影走近时，您会摇着头念叨着说："唉，大头！过年了，你怎么还不回？"

这是不久前，我站在上海教育电视台的演播大厅参加"精彩故事，和谐人生"上海市农民工讲故事大赛时的片段，这是我自己写、写自己、自己上台讲的故事，最终获得讲故事金奖、最佳创作奖。

当接过市有关领导颁给我的金奖奖杯时，我瞬间想到了您——妈妈，想到了您黑白相间的头发，苍老得满是皱纹的脸以及那双祈望晚年生活能幸福、满足的眼睛。

记得那年，我知道中考分数后，对您说："妈，又没有考上！"我耷拉着脑袋等着您的唠叨。您充满忧伤的脸却挤出很奇怪的笑容，对我说："一块地，不适合种麦子，可以试试种土豆，总有属于它的一片收成，做好你自己，别让心迷了路，只要有梦想……"

梦想！在连续几年中考落榜后，在乡人的冷嘲热讽与怪异的目光中，我有了一个想法——就是想用裹着胶布的圆珠笔画出人生轨迹。这就是我最初的文学梦。凭家里仅有的几本被我翻得"愁眉苦脸"的书就

---

[*] 鲁传江（笔名大头），安徽人，现在上海务工。

可以实现吗？我想证明给他们看，想告诉他们，我头大，大脑袋里装的不是他们所说的"面糊糊"。

妈妈，您还记得那年春节，在我与从上海"满面春风"回来过年的伙伴几次私语后，您突然对我说："大头，你想去上海吧？！"我望着您很是惊诧，反问："您是怎么知道的？"

您终于说服了倔强的爸爸，让我甩下家里的一大片责任田。在说服爸爸时，您说："我们自己起早摸黑吧，总不能把孩子拴在裤腰带上，让他去闯闯吧。"

在我准备到上海的前天晚上，您半夜坐到我的床边，对我说："大头，在家千日好，出门时时难。在最困难的时候一定要坚强，踏实做人，多做好事情！人在做天在看……"说了好大一会儿，您会看看我有没有睡着。我假装闭着眼睛，您深深地叹了口气，走开了。

才到上海，一天三顿吃面条，这样可以节省买菜的钱与休息时间。好容易找到在一个卖猪肉的老乡家做小工的活儿，一次在闲暇时看一张别人包裹东西后丢弃的《文学报》，老板娘这么对我说："你读书时这么努力就能考上大学了，还装什么斯文，抓紧做事情。"

那几天，我总是头痛脑热、闹肚子。本来与您约好晚上7点打电话到村头代销店的，因为忙其他事情，直到9点我才想起，估计您已经回家了。

当我抱着试一试的心态打通电话时，您说："大头，忙忘了吧？"我半天不知道说什么……我问妈妈："您在我的行李里用罐头瓶装的黄土是干什么用的？"您轻声地说："别小看这点儿黄土，用它种花草，看了它便像看到了故乡，你就不想家！还有，如果水土不服，闹肚子什么的，在每次喝水时，放一小撮黄土到杯中，等沉淀后喝下，肯定好用。"我惊呆了，妈妈您怎么知道我会闹肚子？

还记得每次吃饭，您总是把菜往我们几个孩子碗里夹，然后带着满足的微笑看我们吃饭。那年月，我们正是长身体的时候，很快就将饭菜吃完，很少想到妈妈还没有吃饭。但我还是记得，您往往会拿一个馒头擦擦碗底的剩菜汤，这就是您的一顿饭了。

记得妈妈您说过，到了新的地方，应该多做事情、少说话。那时，我写下这样的诗句，把陌生的都市当作自家的田块，种植一颗颗心愿……就这样，我把上海当作圆梦的地方，如我梦中的故乡。

来上海快半年了，心情一天天沉重，自己承包的卖猪肉摊位，一个月不到亏了4000多元，眼看撑不下去了。

那天，闷热难耐，在老乡家喝了很多酒，回来的路上我想了又想，我还继续卖猪肉吗？晚上是不是又要查暂住证？哪里才是我的家？妈妈，我想听您叨叨呢……

我的家在安徽，那里有山、有水、有妈妈。在那里，一块破塑料布就可以把踏实的心放下。但现在……不知什么时候，您那熟悉的声音在我的耳边响起，"最困难的时候最能体现一个人的价值，大头，你照（安徽定远方言，行的意思），做好你自己，别让心迷了路……"也不知道过了多久，我的耳朵被拧住，一个熟悉的声音响起，"谁叫你喝这么多，怎么睡在马路上？回家睡去。"在被老婆拉着回来的路上，我说："我要打电话，给妈妈打电话。"

就在那时，我认识了一个收旧书的老头儿，在卖猪肉之余帮他整理废旧书籍，待遇是免费阅读他几毛钱一斤的旧书！书虽旧，但知识对每个读者来说都是新的。我在旧书堆里找到《学说上海话》，先听买菜的阿姨、阿婆说上海话，晚上再看看书熟悉一下，变被动为主动，很快我就可以用上海话与她们交流。我在猪肉的质量与服务上下功夫，生意慢慢地好转，生活的积累与书本知识的提高并行，那时我的文章一篇篇地发表，拿到第一笔征文奖金，我就买了300多册书捐于故乡的母校。因为我一个卖猪肉的小伙子乐于读书、写文章、做善事，2000年我还被评为上海市优秀外来务工青年。

有了这个荣誉，我不再局限于做零售，注重伙食团的猪肉配送。先后承接了和黄药业有限公司、上海测绘院、上海工程技术大学等单位食堂的猪肉配送，还成立了食用农产品有限公司。

对了，上次村里人告诉您："你家大头上湖南卫视了！"确实，在湖南卫视《天天向上》节目做嘉宾时，我朗读的诗句就是那个时候写的，呵呵。我再给您读一遍："俺是打工的／初到上海像一只受惊吓的小鸟／时常躲在租住的小屋里／房东阿姨送了我一只洗脚的木盆／木盆翻个身便成了我的书桌／当我遭遇失败／我会面对故乡的铁路心潮澎湃……"

您告诉我，那天生产队队长来家里看相册时问与我合影那个人是谁，怎么那么面熟。您自豪地说："是上海市委书记！"他很是怀疑，又问，怎么会呢？您说，"怎么不会？"那天晚上，队长找来一台笔记本电脑，给您看媒体关于我的报道，直到屋子里围满了人，搜到了中央电视台、东方卫视、新华网等近百家媒体关于我在上海经历的报道。呵呵，这个时候，我敢肯定您一定乐呵呵地给他们倒茶拿枣。

文学与生意上，我算不上成功，但我有了收获！

到上海一年后，我适应了上海，用您给我带的黄土，在一个废旧的脸盆里种的大蒜郁郁葱葱，卖猪肉的生意就更不用说，我写的文章连续不断地发表，用稿费买了喜欢的书。因为您叮叮过，要多做好事情，2004年，我结识了长宁区福利院的杜伯伯，只要逢年过节我必去看他，直到去年5月他去世。很高兴告诉您，去年6月我在长宁区福利院又结识了3个阿婆，年纪最大的102岁了。逢年过节我就去看她们，这就是为什么逢年过节我很少回家的原因。您肯定会对我这么说："照！家里有你的哥哥姐姐，常盼你回来，只是想看看你，放心不下呀……"

妈妈，我永远是您的孩子，有的时候还想与您撒撒娇呢！在我取得每个成绩时，都想像穿开裆裤时，用手背擦了一下长长的鼻涕昂着头说："妈妈，我又挖了满满一篮子野菜，比他们都多。"您是不是还会把篮子里的野菜翻一遍，然后开始叨叨："庄稼地里挖野菜，千万不要毁苗。"那时，我懂得不去做损人利己的事情，之后再不会在篮子底下放枯草伪造满满一篮子菜的假象，更不会去偷挖油菜青苗什么的。

天热了，您的儿媳妇给您买了几件衣服，哈哈，还很潮呢！她说您老穿上保证年轻20岁！我这个月底回去看您带回去，顺便送您一本书，作者是您的儿子——大头！书名是《一个定远人的诗和远方》，虽然您大字不识一箩筐，但我的名字能认识，您会不会抚摸着扉页上我的照片看上半天，或者拿着这本书在村里告诉七大姑八大爷——"大头写书了"！

回家时，我想自己捉几条泥鳅，然后，看着您弄点儿面粉，您吩咐我摘点儿蒜，给我做"蒸糊涂"吃。

当然，您不会忘记与我叨叨那年、那月的那些事情吧！

此致

敬礼！

儿：大头

2023 年 5 月 23 日

奋斗在罗布泊可敬可爱的"他"们

耿 浩[*]

亲爱的家人：

展信舒颜！此刻，夜阑人静，月朗星稀，忙碌的营地安静了下来，我遥望着窗外悠远的夜空，想起了你们。你们都还好吗？

不知道有多久没和你们一起吃顿普通的晚饭了，没有好好看看你们被岁月抚摸过的容颜了。时间过得好快，上次给你们写信已是3个月之前了吧？

请原谅，我这儿没有信号，不能给你们打电话，每次都用写信的方式，更不知道过多久这封信才能到达家乡，把我的思念捎给你们。

当初，我毫不犹豫，参加罗布泊钾资源调查的相关项目。一路上，透过皮卡车的窗，看着那一望无际沉寂的盐壳，我思考着：在经济如此发达的今天，罗布泊的气候、通信、交通、食物、淡水、医疗条件仍然与外界有着天壤之别，我能为这里做点儿什么？

在这4年里，我和一群可爱的"他"们并肩作战在"生命禁区"罗布泊，留下了太多平凡而难忘的瞬间。以前你们总让我说说身边的人、身边的事，我一直没有机会说，现在我就和你们说一说我身边的"他"们吧……

先说苦中作乐的"他"们。一个酷暑的中午，板房再一次被吊起搬

---

[*] 耿浩，就职于中化地质矿山总局地质研究院。

运到下一个作业点。搬运师傅逗大家说:"6月到9月,是罗布泊最热的时候,水和空调在这里比钱和媳妇都重要,大家一定要保护好。"不幸的是,搬运结束后,空调又罢工了。他们几个身披湿毛巾坐在板房外的阴凉处,迎面扑来一股股热浪,还在饶有兴致地讨论那远处的天空不停变幻的云朵究竟像什么?任炎热炙烤,谈笑风生……

一个埋头苦干的"他"。7月是极热天气,没有一丝微风,空气仿佛凝滞了。烈日炎炎下,他正在进行抽水试验工作,频繁而认真地测量着水位埋深和堰高。不知不觉烈日炎炎已变为星霞满天,一天又一天,一晚又一晚,他记录着工作的每个瞬间,冷落了炎热,忘记了时间……

一个坚韧不拔的他。11月的罗布泊,寒气已然穿透了板房,看着水桶里的结冰就知道有多冷。他还剩最后一组抽水试验,这是个不能停止的试验。从开始的1分钟、2分钟、5分钟,到后面的半小时一次,测水位、读流量、记数据。晚上无疑是最难熬的,寒风刺骨、困意难当,身裹大衣、头戴棉帽,手里的手电筒似乎是最温暖的地方,照着数据、照着春和景明的未来……

一个积极主动的"他"。在罗布泊开展地质实验检测,困难多得无法想象。第一次建立野外实验室进行现场测试,他从一无所有,到运土填充、拍平、浇上卤水凝固、修整地面,申请器材、布置房间,按照野外的实际情况一次次改进室内实验方法,终于建成各方公认的野外实验室……

一个默默付出的"他"。清晨,他走进实验室,昨晚的沙尘暴把实验室几乎变成出土文物,工作台面上的干燥器被一层厚厚的细沙覆盖,看上去像一座座沙雕,于是他便开始了日常的"文物"清理。野外实验室更像是桑拿房,就连空调吐出的风都是热的。因为酷暑难耐,经常喝了一肚子的水,却仍然不解渴。风沙和酷暑似乎没断过,他手里的工作也没有断过……

一个情牵工作的"他"。在狂风肆虐的寒冬，他和一群年轻同志奔赴野外进行地质编录，他身体蜷缩在马扎上，手微微颤抖地做着记录。饿了，躲进一个避风的深坑，从地质包里掏出中午的干粮啃几口。不知不觉，清晨已变傍晚。晚上回到驻地，在夜灯下，他那因做过手术疲惫的双眼，紧紧盯着电脑屏幕上一张张综合记录表，反复检查。上床后，他的思绪飞回自己的家，想起有严重失眠症且需人照顾的爱人，想起了半年前陪爱人抓完中药后，因按预定的工期来到了远离家乡的罗布泊，而无法照顾妻子的亏欠……

一个坚忍执着的"他"。一场突然来临的大风，把即将完成的野外地质编录资料全部吹飞。看到漫天飞舞的纸张如天女散花一般迅速远去，大家手忙脚乱，纷纷去追。可纸张飞离的速度太快，大家捡了一小半就叹着气回去了。只有他不甘心地继续去追，这毕竟是同事们辛苦了几天的成果。资料飞得越来越远，好多纸张在粗糙的盐壳地貌摩擦下布满了严重的划痕，也使得纸张能够挂在部分凸起的盐壳上面。最终，他把飞出去的47页资料追回了45张。当逆风回到驻地的时候，近两小时流走了……

每日，"他"们在朝阳之下，奔赴战场；夕阳之下，战斗归来；抗酷暑、抵严寒、斗风沙是"他"们的生活常态，苦中作乐便是"他"们的生存法宝。在这神秘广袤的罗布泊里，还有一个又一个的"他"……

爸、妈，你们看到了吗？这就是我身边的"他"们，我们背负着中化地质人的使命在这里殚精竭虑、竭尽所能，在大漠孤烟中、长河落日下，守护着这片碧波盐海。

你们的儿子是一名共产党员，更要在关键时刻站得出来、危难关头顶得上去、困难时候坚持得下去！我一直热爱着这片广袤的戈壁盐田，从不觉得苦、觉得累。因为我的工作，往小了说，是寻找矿产和国家宝藏；往大了说，是保障国家能源和粮食安全，是我们国家强国之梦不可缺少的那一环。我认为一切的一切都是值得骄傲的！我知道，你们肯定为你们的儿子自豪！

不知不觉，现已凌晨 3 点。看看天上的月亮，已经转了个弯儿跑去了西边，家乡的月亮也一定很美吧！

爸、妈，我知道，你们支持我的事业，可我也知道你们需要我的陪伴。其实，我特别想念你们，每天都在想。我会在不忙的时候回家看看你们！我真的不想到你们白发苍苍的时候，才想起我最爱的你们已经渐渐老去。

书短意长，不尽欲言。祝亲爱的你们，一切安好、健康开心！等我顺利收队回家！

此致

敬礼！

中化地研院罗钾项目组"他"们中的"他"

耿浩

2022 年 9 月 5 日

纸短「廉」长

新时代最美家书

视清誉为生命

韦 高[*]

儿子：

你现在在银行工作，我就要和你多叨唠几句啦！

在我们家，有一个"倔"老头儿，就是你爷爷。如今他退休在家颐养天年，常常挂在嘴边的话就是："无官一身轻，终于不用应付那些人了。"他说的那些人，是踏破我们家门槛送礼的人。你爷爷退休前是单位里的"一把手"，站的位置高，手中权力也大，面对的诱惑也不少。可你爷爷是个视清誉为生命的人，他从不接受那些人的赠送。

在送礼的那些人中，有一个人令我记忆犹新。那是从老家来的人，说起来和咱们家还沾亲带故。那天，他来到我们家，大包小包拎了不少东西。当时你爷爷听到敲门声去开门，打开门一看是个送礼的人，二话不说就把门给关上了，任凭那人如何敲也没再开。那个人也是执拗，一次没开门，隔天他又来。你爷爷还是没开门。

第三天，你爷爷去单位上班了，奶奶心里过意不去，想着毕竟是老乡，就为那人开了门。虽然你奶奶也坚决没收礼，但你爷爷还是因为奶奶给送礼的人开门这件事，与她怄了几天的气。你奶奶说，那几天，你爷爷一进家门就不吭声，冷着脸，摆出一副要与她决裂的架势。从此，你奶奶坚决和爷爷站在"统一战线"，再没有因为心软而拖他老人家的

---

[*] 韦高，杭州银行秋涛支行业务员韦钰的父亲。

后腿。

家是最小国,国是千万家。家庭的前途命运同国家和民族的前途命运紧密相连,家庭有清风正气,社会也是风清气正。你一定要以爷爷为榜样,像爷爷那样为人做事,做清廉家风建设的参与者、践行者,做对社会有责任、对家庭有贡献的"清白"人。

父亲

2022 年 7 月 5 日

廉洁其实很简单

徐 进[*]

亲爱的老婆：

你好！

我们从认识、结婚到生子，一转眼20多年过去了。在我的记忆中，好像从没给你写过信。这次借单位组织"家书抵万金 清廉润万家"清廉家书征集诵读征文比赛，跟你唠唠嗑儿，说说心里话。

时间总是在不经意间过得飞快。自从去年儿子上大学后，我突然感慨，我们已过不惑之年，转眼即知天命。你也从一个腼腆而稚嫩的"村官"，在组织的培养和工作的磨炼之下，脱胎换骨变成一名面容清瘦、工作干练的乡镇公务员。而我，在你的鼓励下，也做了一些事：从事文物保护工作，3年时间用双脚走遍了桐乡200多个行政村、社区，近2000个村民小组。把桐乡的每一处地下遗址、古建筑、古桥梁和为数不多的牌坊、碑刻等，深深地印入我的脑海，成了桐乡文物保护的"活地图"。

你知道吗？在我心中，你不光是我生活中相濡以沫的爱人，也是我工作事业上的指路人和警示灯。

我的工作环境比较特殊，经常不分酷暑和严冬，不分昼夜与周末地奋战在田野考古第一线。考古发掘过程中，不可避免会接触一些珍贵的出土文物。不瞒你说，好多次在考古现场，就曾有投机者对我说："你

---

[*] 徐进，现任浙江省嘉兴市桐乡市博物馆文保部主任。

们刚刚出土的这些文物,你可以拿几件偷偷卖给我们,这样你几个月的工资就到手了。再说了,公家也不差这几件,我们又不会说出去。"是啊!一转手就是几个月的工资。人到中年,在金钱诱惑面前能够做到坐怀不乱、镇定自若并非易事。

不过我没有犹豫,正色回答:"只要我在,你们最好别打这种歪主意!"因为我记得你跟我说过:"老公,我们的这份工作,是通过实实在在的努力和奋斗才得到的,必须一步一个脚印踏踏实实地守住初心。能拥有体制内的一份稳定工作不容易啊,我们所从事的这份工作,其实很多人都可以做,而且可能做得比你我都好!今天让我们做,只不过你我比较幸运罢了。所以,我们不光要捧着一颗感恩的心去努力,还要怀揣一颗敬畏的心去工作!常怀感恩之心,常存敬畏之念,不贪、不腐、不拿、不占,走到哪儿,你都会很坦然。不在工作中竭尽全力,怎能对得起党和政府对我们的关心、栽培呢?!头顶三尺有神明,不畏人知畏己知……"

正因为听了你这些话,我才心明如镜,永不迷失。正如习近平总书记所说:"好日子都是奋斗出来的。"

你还记得吗?今年春节快到的时候,你给了我一个陌生的电话,叫我往号码里充500块钱话费。我莫名其妙,你笑了笑和我说:"抵债的。""抵债?抵什么债?"我一头雾水。恍然间记起来了,几天前你塞给我一张500块钱的加油充值卡,可以直接充值进任何一张加油卡。我以为是你们单位发的福利,没多问你,就充进我的加油卡。后来你才和我说,你担任镇妇联主席期间,一名快70岁的老婆婆到妇联寻求帮助。婆婆的媳妇因为有精神疾病,不肯吃药配合治疗,在家哭闹摔锅砸碗,村干部多次上门解决均无果而归,无奈之下婆婆想到来找你。你说你那段时间一天要跑她们家两三趟,最后以点带面建立"重点家庭邻里帮扶机制"——由镇妇联牵头,组织女村民与媳妇谈心拉家常,成功劝导媳妇，使她配合吃药主动治疗。婆婆特别感谢你，说你一天跑她们家来回回好几趟油钱都不少，于是买了一张500块钱的加油卡送给你，却被你当场拒绝。可等你回家后，发现加油卡又莫名其妙地躺在你包里，应该是婆婆趁你不注意的时候偷偷塞进去的。你对我说，这500块钱的加油卡，上交组织不太合适，还回去婆婆面子上也不好过，以电话费的形式退回去，想必对方会理解的。

我理解你的良苦用心！

作为桐乡市唯一的女性乡镇综治办主任，你很忙，可以说是非常忙。好多夫妻，周末一起去看看电影、逛逛街；好多人家晚饭过后，一家人围坐在电视机边一边闲聊，一边"煲"电视剧。而你，我没记错的话，不知道多少年了，你就没和我一起看过一集电视剧。前几天，你突然对我说："老公，我们好久没看电视了。今天晚上你陪我看电视可好？"可当你拿着遥控器折腾几下后，屏幕上出来的是一集反腐败斗争电视专题片《零容忍》。看个电视，你还不忘在家里做反腐倡廉警示教育，在家长里短中营造清廉家风。

慢慢地，我习惯了，你的生活就是工作，工作亦是生活。你用实实在在的行动诠释了什么叫胸怀一颗公心、什么叫不忘初心。你说过廉洁其实很简单："常怀感恩之心，常存敬畏之念，不贪、不腐、不拿、不占，走到哪儿你都会很坦然……"你的话一直萦绕在我脑海。老婆，我们虽然是相敬如宾的夫妻，但我应该像感谢长辈一样，感谢你的言传身教，不逾越底线、不触碰高压，实实在在做人、干干净净做事。

祝你身体健康，工作顺利！

爱你的老公
2022年3月12日

莲花并蒂开，廉香入心来

潘颖芳[*]

亲爱的老公：

今日处暑，暑云散，风渐凉。闲暇时光里，我们总在晚饭后绕着湖湘公园的荷塘散步，既感受"风动莲香"的雅致，也体味"互诉絮语"的惬意。今日，提笔抒怀，以此共勉。

我们相逢在莲城湘潭，相遇、相伴近10载。青葱岁月，我们一起追逐诗与远方；烟火人间，我们共同操持平凡家常。如今，你我已到而立之年。你的"税务蓝"和我的"住建红"交相辉映，我们在各自的岗位上进取拼搏，又在相知相守的心路上双向奔赴。

愿你不忘年少志，一身正气显本色。还记得初见，你穿着蓝色的税服，金灿灿的税徽在阳光下闪闪发光。你告诉我，你是一名税管员。"从事税务工作很光荣，但做这项工作要不怕吃苦、不怕得罪人。"你指了指制服的领子说："要扣好第一粒扣子呢！"温暖的笑容洋溢在你年轻的脸庞上，幽默的话语中带着一丝成熟和稳重。后来，我们结婚了。我成为名副其实"持证上岗"的税务干部家属，我全力当好家庭反腐倡廉的宣传员、守门员、监督员。

近年来，随着你职务的提升以及工作经验的积累，来找你说情、托你办事的人有所增加，我都将他们拒之门外，并反复在你耳畔唠叨，要

---

[*] 潘颖芳，现为湖南省湘潭市住房和城乡建设局干部。

严于律己、严守规矩。我深知你从一名懵懂青年成长为骨干力量，无论是在征收管理，还是在纳税服务等岗位上，都坚持做到一身正气、光明磊落。虽然你也明白"廉政"二字的分量之重，但我还是要常吹"枕边风"，念牢"紧箍咒"，希望你用诚挚初心和实际行动恪守"为国聚财、为民收税"的使命与责任。

愿你踏过千重浪，两袖清风砺品格。今年，你调整到了税收风险管理的工作岗位。而我自5月份以来，在肩负住房改革工作的同时，加入市自建房安全专项整治工作专班。虽然每日忙忙碌碌、加班加点，但在你每次下户去企业调取账簿资料、进行实地核查前，我都要叮嘱："记得保持'亲''清'哦！"我知晓自己思虑过多，本意则是让你常怀律己之心，自觉砥砺品格，做到两袖清风。税收风险管理工作，不仅是对从事人员的专业知识和业务能力的检验，也是对道德品行和职业操守的考验。在复杂的风险评估面前，可能有"陷阱"、有"套路"。我深知，你能做到自重、自省、自警。但是，我一刻也不敢松懈，不仅要做好"贤内助"，更要做好你的"廉内助"。让我们一起不为物欲所惑、不为名利所累、不为人情所困，共同念好家庭"廉政经"，管好家庭"廉政账"。

愿你保持淡然心，三思而行致孤勇。有段时间，儿子迷上了《孤勇者》这首歌。他问我："妈妈，什么是孤勇者？"我回答道："就是内心很勇敢、强大的人。"他若有所思地说："那我希望爸爸是一个孤勇者，很酷的那种。"童言天真，但饱含了一番稚嫩的期待。我们人到中年，为人父母，也希望能拥有更多的物质财富，能为孩子创造更好的成长环境。然而，你我同为公务员，注定要心有所畏、言有所戒、行有所止，成为守得住平凡、耐得住寂寞的"孤勇者"。今年4月，我们市住建局开展"清风传家 读书思廉"活动，我特意把《严以治家》这本书带回家，邀请你和儿子一起共读，就是希望为我们的小家涵养良好家风。我曾对你说："我认为最好的教育就是言传身教。"所以，我带儿子到你们税务局参加"小小税官"体验之旅活动，让他了解一些简单的税务知识，在办税大厅提供引导服务，希望孩子更加了解爸爸的职业，也希望你为孩子树立良好的榜样。"高高兴兴上班去，平平安安归家来。"这是我最大的心愿。家人闲坐，灯火可亲；三餐四季，萌童嬉戏，又何尝不是人世间最美的场景？！

夜色已深，遐想月光下的莲花，恰是亭亭玉立、清香四溢。此刻，莲香入万家，正气盈莲城。"非淡泊无以明志，非宁静无以致远。"这些年来，我们两个人平平淡淡，携手共进。日后，愿我们以"莲之精神"映于心田，做"廉之君子"自律品格，脚踏实地，砥砺前行。

妻子：颖芳
2022 年 8 月 23 日

永葆清正才能无悔此生

刘化民*

吾儿：

自你成家立业后，我们父子俩很少有长时间的交流。今天，老爸便提笔跟你说说心里话。

以前我常对你说："走出逆境靠自己，人生苦短要努力。"这几年，你的努力奋斗取得了一些成绩，我都看在眼里、喜在心里。但在成绩面前要不骄不躁，继续奋勇前行。为了你的将来和一生的幸福，老爸还是有些话想跟你唠叨，望你能谨记慎行。

一要留本固色。民族英雄林则徐说过："子孙若如我，留钱做什么？贤而多财则损其志。子孙不如我，留钱做什么？愚而多财则增其过。"我觉得此话甚是有理。我于2004年退休后，耗尽积蓄，建造了2900多平方米大的翰墨园，镌刻廉政书法碑林315块。我所求，不过是为后人、为社会干点儿力所能及的事，这才不枉此生。这么多年来，感谢你的支持和理解，感谢你从不埋怨我没有留下钱财。

孩子，我修建翰墨园也是想告诫你名利皆是过眼云烟，守得住本心、耐得住清贫，大丈夫有所为、有所不为，才能无悔此生。

二要传承家风。古人云："正人必先正己，治国必先治家""修身、齐家、治国、平天下"，治好家也是修身，治好家才能从好政。党的

---

* 刘化民，浙江省温州市文成县中学退休教师。

十八大以来，查处的不少贪腐案例说明，如果家风不正，家庭成员趁机谋利，就会让一个家庭滑入犯罪深渊，最终害人害己。我们家是个清廉文明的家。"孝父母，和兄弟；敬长辈，睦亲邻；爱中华，爱家乡；勤学习，立远志；知礼仪，明荣辱；走正道，广积德；持节俭，多行善；守诚信，行清廉"是我们的"家规8条"，你一定要时刻铭记在心，并传承下去。

三要永葆清正。"一身正气无媚骨，两袖清风不染尘。"这是我最喜欢的一句话。你是公职人员，要知法懂法、敬法守法，只有在法律和纪律允许的范围内从业才能确保平安、幸福。手中有权，会遇到很多诱惑，但你一定要坚守底线，决不能越界。你要懂得感恩，听党话、感党恩，矢志不渝跟党走，感恩社会、感恩所有帮助过你的人，用自己的行动回报国家、回报社会。唯此，父母牵挂你的心才能少安。

吾儿，总而言之，我希望你无论何时何地都能保持清醒的头脑，始终朝着目标坚定前行，在有限的光阴里实现自己最大的价值。

你的父亲：刘化民
2021年9月

愿你两袖清风回家来

王丽纯*

亲爱的老公：

展信佳！

前几天，你告诉我，你的同学成了纪委警示教育片中的反面典型，感慨了很久。当时我没回话，今天借清廉家庭建设开展的"清廉家书"征集活动，和你聊聊"廉洁"对于我们这个平凡又普通的小家庭的意义，以此共勉。

从2005年至今，我们已携手走过了17个春秋。在这17年里，我们靠着勤奋、努力换来了平凡、简单而踏实的生活：两个儿子在我们的共同呵护下一天天长大；双方老人虽已年逾古稀，但身体硬朗；我俩工作虽忙，但稳定充实。这种平静而温馨的生活，我很知足，也很珍惜。在这17年里，你脚踏实地，一步步成长，从单位的办事员变成单位负责人。作为妻子，我为你感到自豪，同时也很担心，怕自己当不好你的"廉内助"，怕哪天一觉醒来，幸福的生活就不翼而飞了。

老公，自从你当了单位负责人，加班的时间越来越多，回家的时间越来越晚，很多次大年三十晚上你都要通宵值班，好几年我们都没能一起吃上团圆饭。随着职位的晋升、权力变大，面对的诱惑也越来越多，

---

* 王丽纯，就职于湖南省衡阳市南岳区人力资源和社会保障局。

值得欣慰的是在过去的日子里，你坚守住了自己的道德底线，抵挡住了诱惑，忠实地履行了工作职责。在这物欲横流的社会，你以后还会面对形形色色的诱惑，纷纷扰扰的人情，希望你能以你的同学为戒，常怀廉洁心，紧守底线，做到壁立千仞，无欲则刚。

当你想要动摇的时候，请你想想咱们这么多年辛辛苦苦一起搭建的小家，想想咱们的父母、孩子。如果仅仅因为一点儿所谓的利益而丧失了一名党员干部的道德底线，走上了贪污腐败的不归路，不仅辜负了国家的培养、人民的信任，更是对我们这个家庭的不负责任。我们这个家，可能因为你的一念之差而发生巨变：父母老无所依，孩子为此而在人前抬不起头。我们的父母一辈子吃苦耐劳、勤俭节约，至今都能自给自足，无须你挣很多钱给他们奢华的生活，他们只希望你健康平安；"子若贤能，何必积金满堂"，孩子也不需要你为他们积累多少财富，只愿你能多陪伴他们长大，做一个让他们感到骄傲的父亲；而我从不奢求荣华富贵，只求一家人平安幸福地生活在一起。我们都是你全心工作的力量源泉，更是你拒腐防变的坚硬铠甲，你只管撸起袖子加油干。

常言道："妻贤夫祸少，子孝父心宽。"老公，我无法为你分担工作的压力，但我会做你的坚强后盾。在你工作忙碌的时候，我会照顾好我们的孩子和长辈，让你没有后顾之忧；在你骄傲自满的时候，我会给你敲下"警钟"，让你时刻保持清醒的头脑和正直的作风；在你面对诱惑的时候，我会为你吹起枕边的"廉政风"，帮你守住"廉洁门"，守住我们的幸福生活。

"世上黄金贵，清廉价更高。"老公，希望你每天"一身正气上班去，两袖清风回家来"，做一名让组织放心的好干部、让父母安心的好儿子、让孩子敬佩的好父亲、让妻子爱慕的好丈夫。而我，将永远是你身旁的"木棉树",永远并肩和你站在一起,"根,紧握在地下;叶,相触于云间",一起迎接每一天晨露晚霞。

爱你的妻子
2022 年 3 月

你"警"色怡人，我见犹"廉"

程进彩*

亲爱的赵先生：

  青丝白发间，不觉已近暮年。上次提笔给你写信，要将时间回拨15年，那时你作为一名边防警察打击偷渡跨境犯罪，我叮嘱你注意人身安全，你叮嘱我注意妊娠反应。这次恰逢征集廉洁家书，给你写这封信，提笔无怨无悔，落笔回忆满满。

  习近平总书记教导我们"家庭是社会的细胞。……家庭的前途命运同国家和民族的前途命运紧密相连"。从党的十八大到喜迎党的二十大，从北京夏季奥运会到北京冬季奥运会，从汶川抗震救灾到抗击新冠疫情，我们党在苦难中铸就辉煌，我们的小家庭也在党的关怀中"孤独"而幸福地成长。孤独是因为你经常接到紧急任务半夜外出甚至夜不归宿，幸福是因为我们小家庭享有拱墅区的平安与和谐。是啊，正是享受了党和国家政策的红利，让我们更加深刻体会到"家庭的前途命运同国家和民族的前途命运紧密相连"！

  还记得第一次见你爸爸，他作为一名老党员，见面就告诉我赵氏祖训家规——慎行、敬祖、合家；赵氏家风——家国同构。家是最小国，国是千万家，家有家规、国有国法，家规与国法"家国同构"。是啊，有了强的国，才有富的家，良好的家风滋养着每个小家庭的家国情怀，

---

* 程进彩，现任浙江省杭州市拱墅区发展改革和经济信息化局物价管理科副科长。

每个小家庭的梦想汇聚成强大的中国梦。

后来，你告诉我，你爸爸参加过 1979 年对越自卫反击战。时隔数年，战火的硝烟逐渐消散，你爸爸还是总说"家庭的前途命运同国家和民族的前途命运紧密相连"，和平来之不易，历史不应忘记。于是，我对"家国同构"有了更深入的领悟。

有一次，你去我老家，正值香港回归 10 周年之际。看完《新闻联播》后，我外公给你看了他 1982 年亲笔写的 3 份报告：《香港回归对工商业的影响》《外国在香港的投资情况》《香港供应情况》。据说，40 年前，党中央启动香港回归的议程，外公受邓小平同志接见，并作为香港回归相关工作小组的小组长，在港澳工委领导下撰写报告。报告中对香港回归后可能出现的情况及应该采取的措施进行细致研究，外公用了整整 4 个月的时间，圆满完成了这 3 份重要的经济研究报告。很快上报党中央，受到了高度重视。回归来之不易，外公一直说，家国同构，小家与大国唇齿相依。于是，你对"家国同构"有了更深切地感悟。

结婚后，你一直很忙。忙着安保维稳、忙着上勤职守、忙着出警站岗、忙着出差抓捕、忙着街面巡逻、忙着化解群众矛盾、忙着……忙到忘记及时给我回复消息。我在电视上看到你救落水群众，会担心你的平安；在微信公众号里看到你汗流浃背执勤，会担心你的健康，在同事口中了解到你调解夫妻纠纷到凌晨，会担心你的压力……虽然你有无数的付出，我有无数的担心，但是作为警嫂，我愿意做你坚强的后盾，做好我们小家庭的"廉内助"。

你在单位是教导员，总是教导别人。在家里，我是"教导员"，总是教导你"慎独"，一身正气上班去，两袖清风回家来。因为我和你都出生在党员之家，红色基因一代代传承，必须以德传家、以廉养家、以严治家。无论是历史记忆，还是家国情怀、红色基因，我们都应该比别的小家庭更怀感恩之心、更念爱国之情、更思律己之道。

亲爱的，你最爱读曾国藩的书，那么一定读过《曾国藩家书》中近1500封书信。家书中《与祖父书》《与父母书》《与叔父书》《与弟书》《教子书》《致夫人书》和《教侄书》都体现了上自祖父母至父辈，中对诸弟，下及儿辈的优良家风。爱屋及乌，我读了曾国藩的遗书《诫子书》，这也是曾家世世代代的家训。书中写道："一日慎独则心安。自修之道，莫难于养心；养心之难，又在慎独。"读后给了我三种"慎独"力量：不受利诱、不受物惑达到宁静致远的力量；量入为出，怡然的俭朴生活达到节俭的力量；耐得住清贫、守得住寂寞，达到明志的力量。我把这三种"慎独"力量作为我们小家庭的家风传承给我们的女儿。孩子是我们的"镜子"，教育孩子就是教育我们自己。我们内心时时处处"慎独"，便无愧于党、无愧于人民。我们的祖辈献力祖国和平统一、我们的父辈为国而战，和平来之不易。此刻，我们共享和平、共护和平、共谋和平；往后余生，我们身怀家国情怀，不忘初心，时刻保持"慎独"精气神，做到习近平总书记强调的"时刻自重自省自警自励，慎独慎微慎初慎始慎终"。

2022年的夏天很热，你"警"色怡人，我见犹"廉"，让我们一起筑牢廉政防线。

书不尽言，余候面叙。

妻：你的"廉内助"
二〇二二年七月初七（2022年8月4日）

携手齐家,做一对廉洁夫妻

罗世清*

亲爱的老公:

自结婚以后,我们就未曾用书信方式进行交流,今天提笔与你写信,写给你,更是写给我自己,我们以此共勉。

岁月如梭,转眼已牵手30载。30年来,我们互相鼓励、互相支持,脚踏实地,共同经营我们的婚姻,建设我们的小家。我们家虽不富有却很温馨,老人颐养天年、儿子上进孝顺,工作虽未有突出佳绩,却在各自岗位履职尽责,做到无愧于心、无愧于党、无愧于国家。在未来的日子里,我企盼继续过平平淡淡的生活,继续踏踏实实做人、做好工作。

所以我想对你说,我们一起回忆美好。

30年的过往历历在目。成家之初,我们的日子过得捉襟见肘,工资低,上要奉养老人、下要养育儿子,你还要省出钱让我读书考文凭。后来,我的工作担子更重,加班加点成了常态。老人的身体越来越差,照顾老人和孩子的重任基本压在你一个人肩上。你包揽了家务却毫无怨言。为了侍候老人、养育儿子,为了成就我的工作,你放弃了自己的追求,甘当家庭"主男",这些我都记在心中,为此我向你深深鞠一躬:谢谢你对全家人的爱!退休后,我一定当个称职的家庭主妇,卸下你肩上的重担。

---

* 罗世清,现任四川省内江市人力资源和社会保障局干部。

我想说，我们一起不忘初心。

我们都是共产党员，是人民的公仆，我们的工作就是为人民服务，不求高额回报，只求无愧于心、无愧于党。老公，还记得我们当初入党时的宣誓场景吗？那是我们作为一名共产党员最光荣的时刻，我们面对党旗、举起右手、紧握右拳，用高亢的声音庄严地面向鲜艳的党旗宣誓，那是我们一生的承诺，是我们一生奋斗的目标。回首过去30多年的工作经历，我们在每一个岗位上都时刻谨记作为一名共产党员的初心和使命，严格要求自己，坚定理想信念，抵御住了一次又一次的诱惑，永葆初心，无愧于我们的誓言。你是军人，上过战场，我希望你永葆军人本色，永不丢掉军魂。我也向你保证，作为领导干部，我也决不会给军人和组织丢脸抹黑！

我想说，我们一起树好榜样。

教育和培养孩子是我们应尽的义务，我们没有能力给予儿子富足的物质财富，却可以给他富有的精神世界。人们常说，父母是孩子的第一任老师，什么样的父母造就什么样的孩子。儿子还有很长的路要走，还有很长的人生需要他自己去书写。作为父母，我们一定要为孩子树立一个廉洁的榜样，营造一个廉洁的家庭氛围，为孩子的成长铺筑一条廉洁之路，希望他能在学业和事业收获的同时，严守党纪法规、抵制利益诱惑，扛起我们小家和社会的责任。

我想说，我们一起廉洁齐家。

"天下熙熙皆为利来，天下攘攘皆为利往。"人生在世几十年，很多人都很难逃脱名利的纠缠。我们经常在电视、网络上看到一些领导干部因违纪违法、贪污腐化而落马。看看他们的履历，曾经都是一名共产主义信仰者，却因心生贪念，走上了贪污腐化、违纪违法的道路，最后只能接受法律的严惩。转眼间，我们都50多岁了，还有几年就将退休，你在单位经手大量资金，千万别与"腐"字沾边，我在单位也有一点儿小权，相信我也不会以权谋私，定会远离"腐"字。为了这30多年的努力，更为了我们的幸福家庭，我们一定要相互劝诫，守住初心，珍惜现有的工作，不因钱财、名利而失足，坚决不做对不起党、对不起单位、对不起家庭的事，坚定地做一名廉洁奉公的合格党员、做一对廉洁夫妻。

老公，家和万事兴，祝愿儿子学业有成，希望他继续传承我们家族的好家风；企盼我们一家人都健健康康、和和美美，余生我们一起慢慢变老。

你的爱人：清儿
2020年6月19日

「疫」往情深

YIWANGQINGSHEN

我的爱人，最美逆行者

刘会武[*]

沈杭吾妻：

见字如面。转眼间，自你离家支援武汉已半月有余，临行前的情境，仍历历在目。当时，全院领导职工共同送行，场面肃然。为夫汗颜，未能上前，恐情感不能自已。虽有千言万语不能与你赠别，遂只得以书信记之，愿以后再读此信之时，能不忘今日之感，不留遗憾。

医院不放假，年前就已经通知到了，原本计划是等你过年值完班，初三就回老家的。我听到这个消息只得悻悻然地说："那也不错，今年就在家过，哪里也不去了，总归一家人能在一块儿，正好让你父母来这边过年吧！"

当时你随口说了句："现在的疫情发展势态很严峻，我们医院职工都签了请战书，如果到时候真要我支援湖北，到武汉去，你同意吗？"其实当时我并没有太多的想法，或者说对这次疫情危险性预估不足，我的回答是："如果国家需要，组织上需要，那就去吧。"

也许是因为了解你，知道你内心已经有了决定，就是说不让你去也阻拦不了你。结果初二晚上就接到了上级要求支援疫区的任务，初三就登上了驰援武汉的列车。现在想起来，时常会担心，对当时做的决定觉

---

[*] 刘会武，中国能源建设集团安徽省电力设计院有限公司测绘工程师。

得有些轻率。作为你的丈夫，我舍不得让你置身这么危险的境地，但我并不后悔。

我想你也是一样，就像你接受采访时说的，"还是有些害怕"，害怕是那么真实，但这不妨碍你的伟大。

这两天从网上看到，全国各地的医务工作者都加入支援武汉的队伍中，每当看到此类新闻都不禁热泪盈眶。你们是白衣天使，也是丈夫的妻子、是孩子的母亲，有些自己还是个孩子。在灾难和病魔面前每个人都会恐惧，而你们是冲在第一线的人，是那个舍小家、甘冒生命危险去守护大家的人，是最勇敢的战士。我们绝大多数人能在这个假期待在家里岁月静好，正是因为有你们为我们负重前行，所以我也是骄傲的。

宝宝有时会问起，妈妈到底什么时候能回来啊？我会自豪地跟她说："你妈妈去打怪兽了，等消灭了怪兽，妈妈就回来了，我们要等着妈妈胜利的消息，并且一定不会太久。"

家中都安好，勿念。由于工作性质的关系，平时总是我出差在外，你和女儿留在家中。那时的你，电话里会有些抱怨和唠叨。这次的事情却让我们调换了角色，能让我体会到你的不易和为这个家付出的努力。

前两天，我们单位的领导还给我打了电话，不知道从哪个途径知道了你的消息，还向我们表示了慰问，问我有没有什么困难需要解决，嘱咐我最近以家庭为重，让你无后顾之忧，这算是你此行为我谋得的"福利"。

只是我想了下，天天待在家也没有什么困难的地方，不给大家添麻烦，应该是我在后方能给你作出的最大贡献吧！我们都是党员，你去了前方战斗，我也不会落后，不忘初心、牢记使命，勇于担当的党员精神我也有，我会与你一起并肩作战。

就写到这里吧,我的爱人,最美"逆行者",等你早日凯旋。最后祝山河无恙,英雄归家,硝烟散尽见曙光!

你的丈夫:刘会武

2020 年 2 月 11 日

4年一遇的生日，妈妈缺席了

王 茜*

我最最亲爱的丫丫：

今天是2020年2月29日，这是一个特殊的日子，2月29日，4年才有一次，这是你8岁的生日，也是你真正过的第二个生日。时间过得真快，一转眼你都8岁了，回想从你出生到现在的点点滴滴，一切都历历在目。

当初，妈妈生你差点儿成了医院"名人"。因为怀孕期间，本应两条脐动脉，你却只有一条，怕供血不足引起胎儿缺氧，刚刚足月就把你"放"了出来。4斤7两，胃肠也不好，乳糖不耐受，母乳吃不了、奶粉吃不了，当时我们着了好大的急……

本来说好8岁生日给你好好庆祝，请你吃大餐，陪你玩一天，可是这次妈妈食言了！从出生开始你就没有离开过我这么长时间，妈妈也特别地想念你！2020年新年伊始，一场突如其来的新冠疫情席卷了华夏大地，需要妈妈去前线。因为出发仓促，你来不及找纸，随便撕下小纸条夹杂拼音为妈妈写下鼓励的话："妈妈，我很不忍你走，怕你出什么三长两短，你要好好加油呀！我会支持你的，一定要平安回来！"我一直放在枕头下面，每天都会拿出来看看，给自己加油打气。这是我在武汉工作的动力！有宝贝的鼓励，妈妈一定平安回去！

---

* 王茜，北京大学人民医院援鄂医疗队队员。

虽然不能与你一起过了生日，但是你知道吗？有更多的叔叔阿姨记得你的生日，在我们组长的带头下，全体组员录制了"这个生日我们陪你一起过"的祝福视频，这份生日礼物让我心里特别暖，相信也一定是你过的最有意义、最值得铭记的一个生日！

这里的叔叔阿姨跟妈妈一样，也是抛家"逆行"，家里都有父母、子女、亲人在等着他们，中华民族是压不垮的，相信我们一定会打赢这场没有硝烟的战争！

妈妈

2020 年 2 月 29 日

我们做彼此的英雄，好吗

种岳泽　张芳芳*

亲爱的妈妈：

您好！

之前我在电影中看到蜘蛛侠、雷神、美国队长、钢铁侠……他们就是我心中的英雄。直到那天，您放弃了和我一起去苏梅岛的机会，毅然决然地报名去了武汉。武汉是新冠疫情前线，您还这么踊跃地报名。从此，您就是我心中的英雄。您每天早出晚归，一定很累。听说您的腿都累肿了，您一定要多注意休息，别干那么多很重的体力活儿。

您永远是我心中的英雄，我长大也要成为像您一样的大英雄。妈妈，我爱您！

您的儿子：种岳泽
2020年2月4日

亲爱的儿子：

你的信妈妈看到了。妈妈在武汉一切都好，工作和生活都很顺利。不要担心防护的问题，你可别忘了，妈妈是一名医护人员，会把自己保护好的！

---

* 儿子种岳泽，北京市东城区府学胡同小学学生。妈妈张芳芳，北京中医医院内分泌科主管护师。

儿子，你知道吗？其实每次工作前妈妈也会紧张，害怕被病毒感染，害怕出错。但是每当妈妈穿好防护服，步入病房，就会立刻平静下来，因为我知道下一步投入护理工作中，我要面对的是正在被病痛折磨、需要被照顾的人们，我必须去帮助他们！一天6小时，妈妈会穿着厚重的防护服，步履不停地穿梭在层层密闭的隔离病房里：查房、换药、安抚。病房里每个病人都会被单独隔离，由于疾病的传染性，他们不能有家人的陪伴。

还记得妈妈曾经给你念过的誓词吗？"我自愿当一名护士，忠诚于护理事业，全心全意地为病人服务……把我的一生献给崇高的护理事业。"是的，护理是妈妈的事业，就像要把你抚育长大一样，是妈妈毕生的责任和信仰！

我最亲爱的儿子，待你长大，无论你在哪里、在做什么，请你记得，一个人的信仰不能丢。你说妈妈是比蜘蛛侠、雷神还要厉害的大英雄，妈妈想告诉你，真正的英雄，不是拥有神奇力量或武器的人，而是面对艰难险阻，不忘初衷、信守诺言、迎难而上的人。妈妈希望你也能成为这样的人，让我们成为彼此的英雄，好吗？！

爱你的妈妈
2020年2月7日

99朵玫瑰盼你归

安建松[*]

亲爱的老婆:

见字如晤。

自武汉暴发新冠疫情到现在已经一月有余,全国人民都心系武汉。各地为武汉捐赠物资,都在为武汉祈祷,隔离病毒,但不隔离爱。

当知道你被调往一线的时候,我的心情很复杂,病毒传播得那么快,孩子还那么小,家里还有父母,我舍不得你去前线,毕竟你也是我的小公主呀! 但你是医务人员,我是人民警察,都是要服务于人民,党和国家栽培了我们,人民需要我们挺身而出的时候,我们应当义不容辞。

你启程的那天,我给你拍了照,看着女儿和妈妈不舍地流着泪,我的心里又何尝不心疼呢? 有多少个家庭像你我一样,他们早早站在了抗疫一线;又有多少家庭因家人感染病毒,而日夜不得安睡。还有许多的父母、许多的孩子,他们在等待着病魔早日被打败,等待着家人健康归来,等待着全国又回到那一片祥和的日子,然后开开心心地在一起,在一起就是最大的幸福。所以有很多人需要你们,我身为一名退伍军人明白: 国有战,召必回! 这场和病魔的战"疫",我们一定可以打赢,而你是我心中的英雄! 女儿长大以后,她会明白,勇敢、责任,这些都是

---

[*] 安建松,甘肃省张掖市公安局法制预审支队辅警。

妈妈教她的。

　　最近，朋友圈里你带领大家跳舞的视频被刷屏了，看到你还是那样乐观。视频连线时，看着你被口罩勒红的脸，除了心疼，我竟不知道用什么词来形容我的心情。防护服下的你是那样积极开朗，希望你们可以把乐观的情绪带给武汉的同胞们，让他们明白全国人民都在为武汉加油，就像网上说的那样：那甘肃牛肉面、张掖的拉条子、搓鱼子、西红柿茄子炒辣子，全国各地的美食都为武汉的各种美食加油。

　　你们医护人员都很辛苦，你要团结同事、互相照顾，记得按时吃饭、按时休息，做好隔离，不要有太大的心理压力。不用担心家里，我会照顾好爸妈、照顾好孩子，在你凯旋时，我会带着99朵玫瑰与你相拥。

　　我永远爱你，等你回来。

爱你的老公
2020 年 2 月

致 爱

阮雪娇*

亲爱的妈妈：

　　二月将半，清逸的雨，

　　纷至沓来，连绵不断。

雨携春风，轻盈拂面，淡淡无痕，

润了我，也润了大地，润了万物。

　　让蛰伏了一季的芽儿，

　　向阳而生，绽放出万紫千红。

　　亲爱的妈妈，

　　女儿这一路多有愧疚。

那夜，您在电话那头的沉默，

　　我明白，又给您添了白发。

但疫情就是命令，防控就是责任，

使命在召唤着我，去那"风暴"的中心！

　　所以女儿别无选择，

只有瞒着您和爸爸报名请战。

---

* 阮雪娇，安徽省芜湖市第一人民医院呼吸内科主管护师。

爸爸，我知道，您是支持我的，
一如当年支持我填报医学院。
您说救死扶伤的职业最伟大，
女儿一直牢记于心，也落实于行。

爸爸，妈妈，别担心女儿！
在武汉，
我体验到生命中从未有过的丰满。
我们与死神搏斗、与时间赛跑，
抗击病毒于呼吸之时，
挽救生命于分秒之间，
我们用使命带给病人们生的希望，
用爱为人民筑起守护的高墙。
在武汉，
我感受到生命中别样的温暖。
人们彼此帮助、关心、鼓励，
爱的故事每时每刻都在发生。
我们因生命的逝去而痛心，
也因患者的痊愈而开心；
我们因病毒的肆虐而忧心，
也因祖国和人民的支持充满信心。
虽然严寒还未散去，
但爱的温暖已弥漫至心的每个角落，
我们将用爱坚持到战胜疫情的最后一刻。

爸爸，妈妈，请保重身体！
人多的地方不去，在家休养身心，
出门戴上口罩，防疫从自己做起。
我们都只有一次人生，
我们是相亲相爱的一家人，
所以女儿会照顾好自己，
回来继续孝敬你们。

爸爸，妈妈，我答应你们，
回来后，我会好好对待终身大事！
因为，我要让生命延续，
让爱永远传递下去。
今天，
总攻的号角已然吹响，
胜利的曙光就在前方。
快乐伴着春风在心海中绽放，
幸福随着细雨在悄悄地滋长。
病毒无情，人间有爱，
我们将坚守阵地，誓死不退。
我那未见的爱人，
希望你会和我一样，
肩上有责，心中有爱，
希望我们都会用爱拥抱生命，

担当使命,待到春暖花开时,
便让我们只问深情,无问西东。

女儿
2020 年 2 月 14 日

情意绵绵"小家书"

张锦成[*]

亲爱的盼盼：

2月4日晚，你在视频中展示为支援新冠抗疫前线剪短的头发，笑着问我好看吗。我点点头调侃道："没想到你一直想剪短发的心愿，会在武汉达成。"

我一再叮嘱你要戴好口罩、勤洗手，虽然相比一线的保护措施与防护要求，我的叮嘱实在"不入门"，但我知道这不仅是说给你听的，也是在释放我自己的担心。

庚子鼠年的春节注定会成为我最难忘的一个春节，新婚而不用值班的你，终于有了自上班以来第一个春节长假。然而，除夕早上9点多，准备出门的你，突然接到医院的电话。"好，好，我愿意！"你回头朝我一笑说："支援武汉的名单确定了，是我！"我和母亲都愣住了。昨天你才和我说报名支援武汉，我责怪你事先不与我商量的同时，也在自我安慰："只是报名，不一定选得上。"没想到这一切来得这么快。

去武汉被感染的风险有多大，我们心里实在没谱儿，所以母亲忍不住劝你放弃。但是你告诉我们，因为爷爷当过兵，所以你从小就有从军梦，毕业后便进了中国人民解放军第三医院。以前一直是国家在保护你，这次你想保护国家。我想反对，可我知道匹夫有责；我想支持，可

---

[*] 张锦成，国家统计局扶风调查队工作人员。

又实在担心……

　　看着你收拾东西时忙碌的身影,看着你为梦想绽放的笑脸,看着你不怕牺牲的医者仁心,我终于咽下了劝阻你的话,随你一起默默收拾行李。

　　那天晚上回家的路上,你忧心忡忡地对我说:"一定要帮我劝劝我爸妈,要支持我!"我看着你不由得苦笑起来,儿行千里母担忧,何况是去千里外的疫情一线,这工作不会好做的。果然,当丈母娘知道你要去武汉不由得泣不成声,我和你准备的许多话都说不出口了,你抱着妈妈不停地安慰,只是谁又能劝住一个母亲对孩子的不舍呢!

　　堂哥和堂姐也都来安慰妈妈,他们支持你去一线,因为他们是军人和警察,他们说如果国家需要,他们也会去武汉。"若有战,召必回,战必胜",是他们的使命,也是他们的承诺,看着你们坚定的脸庞,我不由得想起那句话"哪儿有什么岁月静好,不过是有人替你负重前行"。

　　很庆幸,我生在这个时代的中国,我们总是被最勇敢的人保护着,有这些勇士在,何愁不能打赢这次抗疫呢!这是你的使命,我无法替代,我为你担心,也为你骄傲!加油,我的英雄!加油,所有在抗疫一线的勇士,国家和家人是你们最坚强的后盾。

　　一切保重!

爱你的丈夫
2020年2月9日

你成了那个替我们负重前行的人

李文峰*

亲爱的老婆：

见信好！

正值三月，古人云："烽火连三月，家书抵万金。"你援鄂战"疫"已近半月。时光如梭，我却一天一天数着日子过，分别半月，恍若半年。按说我们已经算是老夫老妻了，对你的思念却与日俱增。你我恋爱至今已有10年，咱们哭过、吵过，却依然爱着，十指紧扣，昂首前行。我未曾写过书信与你，但是今天，我深思后，给你写封家书，以慰你在鄂辛苦工作，嘱你在完成白衣天使伟大使命的同时，要注意保护自己。记住，你是护士，也是我的爱妻、父母的女儿、孩子们的母亲，我们在家等你安全凯旋，毫发无损。

你去武汉支援，从内心讲，我是不愿意你去的。如果可以，我宁可替你去。还记得那天傍晚你跟我说，医院通知去开会，应该是被选上去武汉援助了。"疫疾无情，人间有情"，我作为一线医务人员，必定会坚定地支持你的工作，家人的思想工作我来做，孩子的事情我会安排好，让你无后顾之忧，在战"疫"前线全力工作。

到武汉后，只要你休息，咱们都会视频通话。从各方面的报道，看到了你们的艰辛付出，在支持你工作的背后，更多的是不舍和心疼。但

---

* 李文峰，福建省龙岩市第一医院护士吴思瑶的丈夫，同为医务工作者。

是我只能每次跟你嘘寒问暖，却无力为你承担更多，只能反复告诉你保重身体，不要担心家里，我一有空儿就回去看孩子，他们也为有你这样伟大的母亲骄傲。

窗外依旧灯光璀璨，咱们这边相对安定，希望你那里也可以早日恢复安宁，你就可以早点儿回家。"岁月静好，只不过是有人替我们负重前行"，说起来容易，做起来却很难，可是你却成了那个替我们负重前行的人。我有幸成为你的丈夫，为你不舍和心疼，为你骄傲和自豪，更重要的是，我们等你平安凯旋。

春风十里，不如今生有你。二月，等一树花开，等你一人归来。这个春天，我希望可以和你去看一场风月、赏一场花事、放一次纸鸢、来一次踏青……千言万语，道不尽，话无尽时，待妻归。

夫：李文峰
2020 年 3 月

英雄就在身边，离我这么近

李玥影 *

亲爱的姑姑

您好！

您在武汉一切可好？

我要跟您说我的一个秘密，别人谈起冬天都形容是美丽的雪姑娘，可我真的不喜欢！到了冬天，树秃了，只留下灰棕色的孤独树杈刺向天空。人们都缩在厚厚的大衣里，谁也不想和谁说话。

我很讨厌这种感觉。但，今年有一些不同了。

当人们本应该沉浸在过节的欢喜氛围中时，新冠疫情毫无征兆地突袭。感染、死亡、恐慌、封城，一系列事情也随即发生了。但是在这样凛冽的寒冬里，无数的白衣战士驰援武汉，舍小家、为大家，用生命护佑生命，他们就好似严冬里的一束束暖阳，让我感到了无比的温暖。

而您，我身边最可爱、最可敬的您，也作为国家第一批派驻前线的医务工作者冲往火神山医院救治病人，毫不犹豫！您有一个刚上初二的女儿和步入七十的母亲。平日里，不管多忙您也会打个电话给家里，一旦工作结束就马上回家陪女儿和母亲。但这次，您说，病人更需要您！记得去年，您作为一名维和部队的护士前往黎巴嫩救死扶伤，说的也是类似的话："祖国需要我，我没有理由不去。"

---

* 李玥影，北京市海淀区中关村第三小学六年级（11）班学生。

姑姑，说实在的，我心里其实不太乐意您去，毕竟病毒那么厉害，万一感染了怎么办，表姐和姑姥姥还需要人照顾啊！可您跟我视频通话，对我说，您是医护人员，更是解放军，哪里有危险就冲向哪里，是军人的天职。我觉得您说得有道理，就只好提醒您一定要注意好防护，加油！

您到了火神山医院后，抗疫工作每天都很紧张。每次您忙完，还会抽时间和我微信聊聊天。您说您负责重症病房的管理和重症患者的护理，每天工作时长超过13个小时，在重症病房也至少有五六个小时，睡眠时间很不够。我听后很心疼您，希望您一定要注意适当休息。您听后开心地夸我懂事，并告诉我最近患者逐日变少，您很高兴，因为患者减少，说明离胜利不远了。我也不自觉地乐出了声。才聊了几分钟，您又要工作了，便匆忙挂了电话。

翻看您的微信朋友圈，我看到您在"吐槽"自己的脑袋上没有胶原蛋白，面罩一戴就是七八个小时，额头上勒出了一道又一道的印痕，勒出硬结了，很丑很丑。姑姑，您的样子在我心里是那么好看。正如《白衣长城》歌里所唱："白衣长城，仁心围绕。我们身披天使的战袍。直到舍身忘死后那一秒，有了你，我的世界才完好。"您用您的行动告诉了我们，什么叫责任，什么叫义不容辞！您在我眼里是最美、最可爱的人。

我不再讨厌冬天了，虽然窗外还是冷冷的，我感受到了温暖，春天应该已经来了。

祝一切都好！相信我们很快相见在春暖花开之时。

侄女：李玥影

2020 年 2 月 28 日

逆行者"逆"私情,"行"公益

周馨瑜*

柄坤:

一切都好吗?妈妈想你了。此刻的你,一定还在灯下做功课吧?有没有紧锁眉头,为一道难题咬着笔尖?会不会遇到了喜欢的诗词,嘴角扬起一抹笑意?是不是有点儿困了?微眯着眼睛,搓搓手指,伸伸懒腰,继续奋笔疾书?

妈妈很想和以往一样,悄悄走到你的身边,在你的书桌上放杯温热的牛奶。然后轻轻离开,看一眼你伏案的背影,关上房间的门。在安安稳稳的笃定里为你祝福。

今年六月,你将参加中考。无数个夜晚,伴着嘀嗒嘀嗒的钟声,我们一起为明天努力着,向着梦想一点点地走近。

但是现在,妈妈只能遥寄我的目光。柄坤,你感觉到了吗?妈妈留给你的语音,你还没有回复呢,真想听听你的声音啊!

妈妈是甘肃省第一批支援武汉的医疗队成员。正月初四从兰州出发,初五立即投入武汉市中心医院的抗疫工作中。至今,已整整一个月了。

孩子,请不要责怪妈妈一直瞒着你。

寒假,你回到了爷爷奶奶身边。奶奶体弱,爷爷高龄,妈妈如何

---

* 周馨瑜,甘肃省肿瘤医院医生。

忍心让他们为我担忧？甚至你的爸爸，也是在妈妈报名之后，才得知我即将奔赴武汉。临别之际，妈妈望着送行的人群，含泪毅然转身。我知道，身后有你们无限的牵挂和叮咛，只怕泪水悄然滑落。

孩子，为妈妈祝福吧！我一定会保护好自己，保护好你们！

孩子，20分钟，你会想些什么呢？

从医院通知到报名结束，只用了短短20分钟。妈妈所在的科室，有3个名额，妈妈第一个报了名。当时，妈妈似乎什么都没想。妈妈是一名经验丰富的护士，是麻醉手术科的护士长，更是一名有17年党龄的共产党员。面对国家召唤、面对同胞受难、面对疫情肆虐，妈妈心里只有四个字：义不容辞。

妈妈是千千万万个"逆行者"之一。蒙曼老师说，"逆行者：是'逆'私情，'行'公益。"对妈妈而言，我"行"的更是一份责任。

孩子，男儿当自强，你的双肩有使命、有担当。人生路如同漫漫长河，中考只是沧海一粟。你会在危机之时，明白何为抉择、何为果敢。

孩子，请原谅妈妈没有考虑你的感受、你的恐惧、你的担心、你的纠结、你的不舍……可是妈妈坚信，你一定会支持妈妈的决定。妈妈出生在医者之家，救死扶伤，这是流淌在妈妈血液中的良知。"健康所系，性命相托"，耳边萦绕的铮铮誓言，那是留在妈妈心底的烙印。而我的孩子，你的眉宇之间有抹不去的善良与坚强，那是我们母子共守的秘密、共存的密码。

孩子，妈妈也会害怕。走进病区前，妈妈不是不怕。不吃、不喝、不上厕所，连续工作七八个小时，对多年在手术室工作的妈妈来说，已是日常。但是面对新冠病毒的来势汹汹，即便身经百战，还是心存畏惧。

我们边学习、边熟悉环境、边开展工作，我们不敢有丝毫的懈怠。妈妈和同事身穿厚重的防护服，在病区为患者做治疗护理时如履薄冰，生怕出现任何差错，尤其是护目镜水雾造成视物模糊，我们反复核对，给患者做好解释。妈妈也曾紧张到一边穿着厚厚的防护服，一边暗暗给自己打气："没事儿的！加油！"然后深深吸口气，迈开脚步，踏进病房。

可在见到病人的那一瞬间，所有的顾虑全都抛在脑后了。我的眼里只有他们的病、他们的痛。我只愿竭尽所能，减缓他们经受的折磨。输液、发药、记录、测体温、做雾化……我们穿行在各个病房，顾不上休息，争分夺秒只为从死神手中抢回更多希望。患者们渴盼的眼神、感动的泪水、坚韧的精神、顽强的意志也深深感染着妈妈。我们之间的信任，还有相互体谅、相互保护的真情，就这样温暖地传递着。

孩子，妈妈现在一切都好。在武汉，我们身影忙碌，脚步沉重。脱下防护服后，彼此露出憔悴的欣慰、疲惫的微笑，握紧拳头，相互鼓励。身边的同事们有伟岸背后的汗珠、娇美里面的泪水、脆弱中的坚强、柔弱里的勇敢……妈妈不是一个人在战斗，每一个战位都有坚定的身躯。这是一群人的战斗、一家人的战斗，是一座城市的战斗、一个国家的战斗。亿万颗爱心隔空相助如潮如涌。这座城里所有的人，依然在投入而生动的生活，将所遇万物打磨出微光。他们都是我愿用生命与之亲近的兄弟姐妹。

请你放心，孩子，报一声平安给家人。有祖国，有人民做我们强大的后盾，妈妈一切安好。

孩子，等妈妈平安回家。春风如约，每一棵孱弱的小草都会被春风轻拂，每一缕纤弱的游丝都会被阳光照耀，每一个羸弱的生命都会被扶起，每一声微弱的气息都会被听到。春暖花开，祖国山河依然如画。

到那时，你和爸爸一定会拿起心爱的相机，去捕捉万物的勃然生机。大家镜头里的武汉，一定如歌中所唱：

古琴在此黄鹤在此,
长江在此珞珈在此,
你我在此万年同呼吸。
此时风起是知音,
一抹笑泛起千万双涟漪,
楚字里天生人字的笔迹,
那天、那地在此。寂静一如初起……

你会和爸爸并肩等我,在草长莺飞的季节里,是吗?你会给妈妈一个暖暖的拥抱,还是重重的一拳?你会竖起骄傲的大拇指,举起相机,留下妈妈灿若春花的笑,对吗?

晚安,孩子。

今夜,妈妈在他乡守护着你。我知道,在不远的未来,你将守护妈妈、守护我们的家、守护我们的国,守护这方生生不息、我们深爱着的土地。凝望她历经磨难,傲然屹立,含泪微笑。

亲爱的孩子,你已长大,妈妈无须多言。

你,都懂。

爱你的妈妈
2020年2月26日夜

和父亲并肩"战斗"

于艺啉[*]

亲爱的爸爸：

当我获悉河南省高校 5 月份将陆续开学时，我激动、我雀跃，就像一只在笼子里关久了的小鸟，是多么地渴望自由。决战新冠疫情，全国上下众志成城，党员干部冲锋陷阵、白衣战士逆行武汉、志愿者真诚奉献……一幕幕场景震撼人心，催人奋进。

爸爸，我在您的带领下，义不容辞地参与到了战疫情志愿者活动中。

您作为范县教育局一名工作人员，在抗击疫情的特殊时期，轮流驻守在锦江园小区，开展卡点服务。有一天晚上，您问我是否愿意参与战"疫"志愿者服务？我原本以为在家中安心隔离就是为抗疫作贡献，现在，您却为我提供了另一种更能参与社会、感悟生活的机会。

想到数万白衣天使正在疫情前线与病毒做斗争，我也应该在后方做点儿事情。于是，我毫不犹豫地答应了。

第二天，我和您一起来到锦江园小区门口值班，发放预防疫情宣传页、检查居民是否有通行证、登记上班人员的出入信息、阻止非本小区人员私自进入、配合环卫工人处理生活垃圾等。小区有近 900 名居民，出入频繁，工作看似简单，但做好却不容易：有的居民缺乏理解，要给他讲道理；有的居民不会写字，要帮他登记；有的居民态度不好，要耐心解

---

[*] 于艺啉，安阳师范学院在读大学生。

释；环卫车进小区，要帮助搬离卡点大门……一天到晚忙得不亦乐乎！

  春暖乍寒，坚守在小区门口，我的脸有时被吹得发痒、手被冻得通红，您还特意为我准备了一副手套，带着疼惜女儿的表情给我戴上。"打仗亲兄弟，上场父子兵。"我和您一起并肩战斗的那些瞬间，我觉得既神圣又光荣！有人问我，你是哪里的志愿者？我自豪地说："我是安阳师范学院的一名大学生。"

  记得一个周六的晚上，我和您值完夜班，回到家已是9点多。望着天空蓝色的夜幕，皎洁的月光，眨眼的星斗，再联想到此时中华大地上正在抗击疫情的无名英雄们，我不禁再次想起了最近大家常说的那句话——哪有什么岁月静好，只是有人替你负重前行。此时此刻，我虽身感疲惫，却拥有一种别样的成就和幸福！参加战"疫"志愿者活动虽然辛苦，但让我认识了社会，体验到了人间真情，感受到了新时代大学生身上肩负的神圣使命！

  沧海横流显砥柱，万山磅礴看主峰。通过这次疫情防控阻击战，我对党和政府有了更深的感悟：中国共产党始终把人民群众的利益放在第一位，我作为新时代的一名大学生，更感受党的伟大、国家的伟大。

  我们马上就要正式复学了，走进校园，我要带着满腔的热情，不仅要珍惜学习机会，把学习搞好，还要以实际行动努力践行"奉献、友爱、互助、进步"的志愿者精神，用青春编织最美的风景，用热血铸就时代的丰碑。

  只争朝夕，不负韶华。春花烂漫，未来可期！

  爸爸，您等我的好消息吧！

女儿：艺琳
2020年4月19日

热血坚守

REXUEJIANSHOU

爱，在海天之间

张 亚[*]

超：

我的思念与牵挂拉成了一条长长的线。我永远记得那个日子——2016年4月27日，你在驾驶舰载战斗机进行训练时突遇空中险情，你果断处置，为最大限度保住战斗机而错过最佳跳伞时机，年仅29岁的你永远地离开了我。

从此，你就是那只风筝，在广袤的天空赤诚地飞着，我在心头把这根线牢牢地牵着。想着国家军事实力的增强，国防的强大也有你的一份贡献。国之重，己之轻；保家卫国，此生无悔。

超，我要告诉你：国家没有忘记你，2016年11月，习近平主席签署命令，追授你为"逐梦海天的强军先锋"称号；同年12月，中宣部授予你为"时代楷模"；2018年6月，你被追授为全国优秀共产党员；同年9月被评为"全军挂像英模"；2019年9月，你被授予"人民英雄"和"最美奋斗者"称号。

我为你感到自豪！

你曾说要带我上舰，要把你收到的鲜花送给我，要让我感受到你的荣誉。我一直在幻想着那个美好的画面会有多浪漫。

---

[*] 张亚，海军少校。其丈夫张超是中国人民解放军海军舰载机飞行员，因公牺牲，被授予"人民英雄"。

热血坚守

  2017年6月1日，部队特意安排我登上辽宁舰，观看新一批飞行员着舰。当我双脚踏上航母的那一刻，我体会到了你的追求，这是一种无法用言语表达的情怀。我再也忍不住号啕大哭起来，泪水里带着你莫大的遗憾。我在心里对他们喊话："兄弟们，我爱你们！我替张超深深地爱着你们！谢谢你们不畏艰难圆了张超的心愿。"

  那天，我在口袋里藏了你的照片。超，你看到了吗？感受到了吧？你的夙愿，我们替你完成。一架又一架战斗机在甲板上喷吐着火焰，呼啸着腾空而起。

  超，那是你生命的延续。

  敬礼！我的战友、我挚爱的丈夫！

妻：张亚
2021年8月1日

"湘""渝"一生，共赴"最美"

胡玲丽*

达哥：

得知你被评为"最美新时代革命军人"，我和孩子都为你感到自豪，我要专门做一顿最拿手的重庆火锅给你庆祝。

前段时间你在家时，总爱给孩子们讲建军 95 年来的风雨历程，还说"八一"放半天假，要带孩子到营区逛逛。为了这事，孩子们最近老是念叨："爸爸啥时候回来？"

与你结婚的头几年，我也总爱问你"还能休多久假？""什么时候回部队？""下次什么时候回家？"可每次你的归期总是飘忽不定。

还记得相识那年，你刚到重庆不到半天就踏上了归程。这么多年，我也习惯了你的来去匆匆，你也做好了随时归队的准备。简短的相聚、说走就走的离别，长期的离愁别绪，增添了更多的思念与牵挂。你已经是 40 多岁的人了，干事情还总和年轻小伙子比，身体吃得消吗？一定要多注意身体，我很担心你。

前几天生病，嘴里没味道，就特别想吃你做的饭。仔细想想，自我随军以来，每次你在家，都会为我和孩子做一桌子美食，给我们解馋，逗我们开心，好像要把平时不能在一起的亏欠全部弥补回来。

---

* 胡玲丽，2022 年"最美新时代革命军人"何贤达的妻子，被评为火箭军某基地"新时代最美军嫂"。

达哥，其实啊，我和孩子从来没有怪过你，你也没有亏欠我们，你守好"大家"，也是在守好我们的小家，这个道理我和孩子都懂。

几个月前，女儿的学校组织演讲比赛，一篇《长大后我想成为你》感动了在场的人。"我想快点儿跟上爸爸的脚步，长大后做一个像爸爸一样的人"，当女儿在台上用稚嫩的语言说出这句话时，在台下坐着的我忍不住落下了泪。达哥，咱们的女儿终于长大了。

夜色已深，提笔至此，不求其他，唯愿你身体康健、平安归来。

妻：胡玲丽

2022 年 7 月 31 日

你在昆仑守好国,我在山下管好家

张小红[*]

富祥:

  犹记得 13 年前初见你时,文质彬彬、温和有礼,含蓄内敛却又情真意切、诚挚无比。但你却是以过人胆识征服我的。那天,你在休假购物,我突遇扒手袭击,大声呼喊"抓小偷呀",就见你冲了上来,三拳两脚制伏了小偷。"英雄救美"的浪漫让我和你成为朋友。

  我们开始交往后,我对你选择在如此艰苦的环境当兵,很是不理解,但你说:"再艰苦的地方,也总得有人守着吧?"一句话让我"沦陷"了,你是个善良的人、是个有情怀的人,也正是我想找的人。

  我们从相识到相知,最后步入婚姻殿堂,有了我们的孩子,开启了人生的新篇章。

  在别人看来,"十佳军嫂""全国最美家庭"是一个个多么光荣、多么荣耀的称呼,可是,军嫂背后也有艰辛。你在离家 1200 多公里的雪域高原驻守 16 年,我不幸遭遇车祸,左腿高位截肢,你我两地分居的日子,给我带来实实在在的困难。我经历过一人去医院做产检的孤单、独自带娃的手忙脚乱、孩子生病时的焦躁不安、照顾双方父母时的左右为难、工作不顺时的无助委屈……那时,我真的羡慕别人,有丈夫在,

---

[*] 张小红,2021 年"最美新时代革命军人"杨富祥的妻子,被武警部队评为"十佳军嫂"。

能帮助处理各种事情、解决大小难题，那是多么幸福。我多么渴望你能在我身边，帮我扛起所有的压力、抵挡所有的紧张焦虑，让我有喘口气的时间，好好歇歇。但我知道，你是军人，"大家"需要你守护；我是军嫂，"小家"应该由我来照顾。所幸，我们都挺过来了。

我到军营去看你，在你的日记中看到这样一句话："向有限的生命打张借条，把无限的忠诚献给祖国。"我瞬间理解你了，你这种"宁让生命透支，不让使命欠账"的使命感、心中有大爱的精神境界，令我感佩，我觉得自己的选择没有错！

虽然我们聚少离多，但是我能感受到，你对我的衣食住行及工作都很用心。你对我的关心、关爱之情溢于言表，藏于生活，我都记在心间，甚是感怀。

又到建军节了，前段时间你休假在家时，还说今年要带我和儿子去营区体验一个不一样的节日。最近儿子也老爱念叨："妈妈，不是快到'八一'建军节了吗，我们什么时候出发去找爸爸呀？"刚结婚那几年，我也总爱问你"什么时候休假回家""这次能在家里待多久"，现在已经习惯了。时间过得真快，这次分别已 5 个月有余。你在部队安心工作，我会把我们的"小家"照顾好。古语有云："君子于役不问归期，女子于礼静候佳音。"你安心为国尽忠，家中一切有我。勿念！

妻：小红
2022 年 8 月 1 日

为"蛟龙"守好家的港湾

羽　颜[*]

水手：

　　现在是早上6点钟，女儿们都在睡觉，感觉世界好安静，于是又自然而然地想起了你。不知道你现在在哪里，也不知道你在做些什么、想些什么。

　　此时，我想到了当初，我们俩一同穿军装，周末还能拥有看电影的浪漫！想到了你决定从指挥打仗的司令部大楼走出去，到真正能参与战斗的潜艇上。我很明白"潜艇"两个字意味着什么，看看咱们家属院里那些军嫂，别说"长相守"了，连丈夫的踪影都见不着。但我知道，这是你深思熟虑后的选择，我毫不犹豫地冲着你点点头："支持你，去吧！"

　　尽管每次你都向我和孩子保证，下一个岗位一定不会这么繁忙，可每一次调岗，你都全力以赴地投入战斗。我能理解，你十分热爱潜艇事业，你曾说："潜艇是祖国的海底长城，不仅是海疆的中流砥柱，更是保家卫国的一面有力盾牌……"我被你的激情所感染，理解你是在为祖国的安全"干大事"，我绝对不能拖后腿，要帮助你实现报效祖国的理想和抱负。

　　于是，在每一次不知归期的远航前，我都早早备下20多封家书，

---

[*]　羽颜，海军退役军人，一位海军潜艇艇长的妻子。

放进你的行李中。我告诉你：每周只能拆一封。你说你在大海深处阅读这一封封家书时，时常泪流满面，看一遍不够，就拿在手里反反复复地看，然后再拿出笔和本，写下一封封回信。每次回家都交给我一个厚厚的本子，里面是一封封未曾寄出的家书，写满了对我和女儿的思念。

我和孩子是满足的，我们都生活在你的心里。

马上就是小女儿小都的 7 岁生日了，孩子盼了一年的日子，希望到时候能够接到你的电话。两个孩子连着几年的生日你都没有参加了吧？想想你当初说的，一定陪着我们的孩子长大，一眨眼大女儿就长大了。你又说要好好看着小女儿长大，如今她最常说的一句话就是"爸爸什么时候才能回家"……最近我有一个小小的愿望，很想今年冬天我们能带小都去东北看看雪，孩子到时候就是 7 岁半了，嘟嘟也是差三个月八岁看的雪，我想该轮到咱家小都看雪了。

今年，老大嘟嘟中考和各种比赛你都没有见证，她即将进入高中校园，应该依旧是我一个人去送她入学。但我知道，两个孩子对你充满崇拜和思念，没有一丝抱怨，甚至你记不清嘟嘟上初几了她都只是"呵呵"一笑。一提起爸爸是驾驭"蛟龙"的水手，为祖国守住南大门，她们从内心感到自豪。我也一样，为你骄傲。希望你一切都好，尤其是身体，你的事业必须有一个好身体才能顶得住。

想到你那么拼，我在家也不敢怠慢，让我们在各自岗位上都加油奋进吧！

妻：羽颜

2022 年 8 月 1 日

自豪，我是绿色方阵中的一员

张新中*

娘：

10 年前的这个季节，当白菊花迎着深秋的凉风还在努力绽放的时候，您却带着对这块生您、养您土地的依依不舍，对亲人的深深眷恋，去了另一个没有病痛和忧伤的地方，丢下的是儿女无助的呼唤、无休止的泪水和日渐浓烈的思念。

娘啊，您在天堂过得好吗？儿子想和您说话了！

又一个紧张繁忙的白天军营生活结束了，明天就是中秋节了。熄灯军号响过后，皎洁的月色和执勤哨兵的枪刃辉映着，把大地映衬得有些沉寂而冷清。此刻，看着照片上您慈祥的面容，我无尽的思绪，在这铺天盖地的夜幕中开始发酵、回溯、绵延，回到从前，来到您的身边……

我 7 岁时，年轻美丽的您，在腿上铺一块新布，一针一线为就要上小学的我做崭新的书包，细密整齐的针脚承载着对儿子未来的美好希冀、对知识的尊重和对求知的渴望。昏暗的煤油灯火苗映着您姣好但疲倦的面容，那双日夜操劳充满血丝的眼睛，时而瞅一下因兴奋还在床上翻滚的我，嗔怪道："都半夜了，中儿咋还不睡，明天可是上学的第一天，早晨要是起不来，看我打你的屁股。"不谙世事的我翻出一个白眼："您咋还不睡哩？"您怜爱的目光看着我，轻声笑了："听话啊！儿子，

---

* 张新中，中国人民解放军 32704 部队政委。

快睡吧，娘心疼你呢！"

娘，我知道，在您幼年，新中国刚刚成立，整个国家的教育水平还比较落后。那时候，您家境贫寒，连正常吃饭穿衣的基本生活都难以保证，更谈不上去学堂念书了。但在您的骨子里、在您朴素的意识里，始终有着对知识文化的热烈渴望，这种渴望到了您子女上学的年龄，就毫不犹豫地把它变为弥补自己儿时缺憾的本能决定和举动。无论日子如何艰辛、生活多么拮据，供我们兄弟姊妹几个读书的信念笃定坚决。您常说，哪怕吃糠咽菜、砸锅卖铁，也要支持孩子上学，只要我们愿意和努力，能读到几年级，就供到几年级。您还常说，你们那一辈人就是吃了没有文化的亏。现在国家逐渐富强了，生活条件好了，一定得抓住大好时机读书，共产党、毛主席领导人民打下了江山，建立了新中国，咱们过上了好日子不能忘本，要好好学习，有了文化才会有出息，长大了才能为祖国建设多出力。

清楚地记得，在夏季农忙的麦场上、在秋收高高的谷堆旁、在厨房里那个破旧的风箱叶子反复推拉扇合中升腾的饭香里，以及后来逐渐增多的电话联系中，您无数次绘声绘色给我们讲起爷爷和爸爸的故事，把我拽进那段激情燃烧的岁月，感受那如火如荼的时光。正是这些朴实的道理，廓清了我人生路上的重重迷雾，激励了我前进的动力和斗志，坚定了我一往无前的信心和勇气。

一次，您非常郑重地告诉我，任何时候都不能嘲笑爷爷一瘸一拐的模样，那是爷爷当民兵班长时，与国民党"还乡团"的遭遇战中留下的枪伤。您说爷爷在很年轻的时候就参加打土豪、除汉奸，因表现突出而早早地加入了中国共产党，他是英雄、是榜样，咱们全家人都要孝敬他、照顾好他。

您又悄悄地跟我讲，之所以不讲任何条件，主动乐意嫁给我父亲，图的就是我爸爸18岁参军，第二年就在所在部队的一次重大活动中，因表现出色而"火线入党"。爸爸也确实没有让您失望，退伍返乡后担任大队支部书记，积极发挥共产党员的先锋模范作用，带领乡亲们垦荒种田、开渠修路，为新农村的建设发挥着"领头羊"、引路人的作用。这一直是您引以为荣、引以为豪的事情。每每谈及这些，您都舒展眉头满足地笑着。

娘，您说部队是所大学校，能让我更茁壮成长，更好地报效祖国。同时可以解开您的一个"大心结"，实现您的一个"大愿望"，延续您人生的一个"大梦想"——接过爷爷和爸爸手中的接力棒，祖孙三代都成为共产党员。

也是18岁，花季的年龄，在您说服鼓励下，我报名参军。您送我到车站，一会儿帮我整理新军装，一会儿拉拉我的手，一会儿摸摸我的头，在火车开动的一刹那，您强忍的眼泪像两汪泉水喷涌而出，貌似坚强地挥手、微笑瞬间变成撕心裂肺的呜咽。我看到您不由自主跟随火车跑动着。而在我泪水模糊的视线里，您的身影渐行渐远、一点点变小，慢慢消失在转弯处晚霞映照的天际……

娘，只记得，那是我第一次远离家乡，到另外一个陌生的环境，确实有很多的不适应，想家的情绪日趋一日浓厚，更多的还是想您！那时候现代化的通信方式在农村还不够普及，大都靠书信交流。记得每次写信，提起笔来眼前浮现的全是您的身影，满脑子都是您的音容，眼泪就止不住哗哗地流，把信纸都打湿了，写不下去，一封信需要好几天时间分几次调整平复情绪后才能写完。家书抵万金，每次收到您的回信无疑是我最幸福的时刻。您不会写字，每次回信都是您口述，让他人代写，而必不可少的"中心语"就是："听领导的话，团结战友，党叫干啥就干啥。别想家，家里一切都好得很，只要你在部队好好干，就是对我最大的孝顺！"

娘，您虽然不知道"忠孝不能两全"这句话的出处，但您这种朴素的感情和意识，让我感受到的却是母爱的宽阔辽远、无私温暖。我经常想，我们的人民军队从诞生、发展到日渐强大，难道不正是有千千万万个像您这样辛勤付出，长期承受骨肉分离、思念折磨，在远方、在背后默默奉献支撑的母亲吗？！你们才是这个世界上最可亲、最可尊敬的人！

怀揣您的殷殷嘱咐和沉甸甸的希冀，我开始了火热的军营生活。我把对您的思念转化为干好工作的动力，融入刻苦训练和勤奋学习中。由于表现突出，我当年便被组织列为党员发展对象。当我把这一喜讯告诉您的时候，我感受到了您的喜悦兴奋之情。时至今日，仔细想来，这或许是我唯一可以弥补我的缺憾、告慰您在天之灵的较为合适的借口。

娘，其实我知道，那只能算得上是一个牵强的理由。除此之外，有的只是在世时我对您无尽的索取，而没有尽到作为一个儿子起码应尽的孝道：没曾给您端过一碗饭、没有为您买过一件衣、没有带您走出那块土地到外面的世界看看，哪怕是我部队驻地的城市，您也坚决不来，只因担心我分心走神，怕影响我的工作。而今，子欲养而亲不待，我愧疚不安，悔恨不已。娘啊，来世我还想做您的儿子，以加倍报答您的养育之恩，您能原谅、答应我吗？！

娘，如今我已经是一名入伍23年的军人、入党22年的老党员了，并且还当了团级单位的领导。然而，人生总会有一些不如意，每每遇到困难和挫折的时候，就强烈地感觉到您就在我身边，于是平添了继续前行的动力。常常，夜深人静的时候，一个人坐在案头梳理一天的工作头绪，突然听到您在叫我，您摇动着蒲扇驱赶我身旁的蚊子，或是冬季轻轻为我披上御寒的外衣，端一碗漂着蛋花的热汤面。我习惯性地扭过头去，却找不见您，只看见墙上您的照片和照片里您欲言又止、安静祥和的笑容。娘啊，您一定怕打扰儿子，偷偷地躲到相框里去了，也可能是怕我犯困，逗我玩哩！

娘，在刚刚过去的9月3日，在北京天安门举行了中国人民抗日战争暨世界反法西斯战争胜利70周年阅兵仪式，场面隆重而壮观，让人热血沸腾。我们部队也选派人员参加了阅兵保障，我很自豪，毕竟我们也为此作出了贡献，我也是这绿色方阵中的一员。娘啊，就冲这点，您也该给儿子点个赞啊！

娘，今年军队要进行大的调整改革，裁军30万人。这是军队向现代化转型的现实迫切需要和时代强音，我会一颗红心、两手准备，随时听从祖国的召唤，进退走留服从组织的安排。娘，请相信您的儿子，无论继续留队还是转业到地方，有这些年来在部队锻炼的过硬素质本领，有您的嘱托和精神支撑，哪一行我都会努力干出成绩。放心啊，娘，无论什么结果，我都会及时向您汇报的。

娘，现在已经是凌晨1点了，今天是中秋节了，团圆的日子，别太想您的孩子们啊！我还要去营区转转，查查铺，那些年轻点儿的战士该想家了，我得去看看他们。信只能先写到这儿了，虽然心里还有千言万语。娘最理解和支持儿子，如果您还活着，一定会说："快去吧，乖儿子，娘相信你！"

娘，儿子想您、爱您！愿您在天堂的生活快乐幸福！

此致

最崇高的军礼！

中儿
2015年中秋节于军营

等你，一起向未来

黄颖群[*]

亲爱的舒先生：

近好！

多月不见，甚是想念！

记不清上一次给你写信是什么时候，只知道那时候宝宝还没有出生。那时候我会写很多信，每个月我都会去邮局给你寄信，工作人员都认识我了，还笑话我，说现在都是网络时代，像我这样写信的人还真是少见，我只是笑笑没说什么。那时候每个月你都能收到我的信，你说你很满足。想着你在千里之外读着我的信，我也很满足，这是属于我们的一种浪漫。还记得那年过年吗？你刚好在除夕那天收到了信，你说那是最好的新年礼物！

有了宝宝，已经许久不曾写信，现在我们都是等着你的电话，虽然每次只有几分钟，但每次都很期待。

从我们第一次牵手，到现在宝宝上幼儿园了，一路磕磕绊绊，我们在一起也经历了几个冬夏。我知道，你很不容易，我也真切地感受到了作为军嫂的艰辛……

每次打电话，你总是在电话那头默默听着我的唠叨和抱怨……听着你每次挂断前说的"早点儿休息"，我知道，自古忠孝难两全，你爱小

---

[*] 黄颖群，湖北省黄冈市黄梅县居民。

家，更要顾大家。

　　前几天你发了手机视频电话，我说，我带宝宝去探亲好不好，你说别来了，新冠疫情管控比较严格，部队条件艰苦……当你说这些的时候，我的心情瞬间跌落谷底，还跟你发了脾气。在这里我跟你道歉，对不起！我不该责备你，其实你也很无奈，我知道其实你也想好好陪陪家人，只是作为军人，身不由己。

　　由于特殊原因，这一年多来，你更加忙碌，休假也一拖再拖，距离上次见面已经过去一年半了。那会儿宝宝 10 个月大，你说他怎么不要你抱，看到你还总是哭……我知道被自己的宝宝当作陌生人，这种感觉很失败，听着都心酸。要知道宝宝没满月你就走了，他当然不熟悉爸爸。我说，要不过段时间我带宝宝去探亲，到时候你们好好培养父子感情，你听了满心欢喜。现在看来，这个计划又要泡汤了，真是计划赶不上变化啊！

　　但是你放心，我会告诉宝宝，他有一个了不起的爸爸，爸爸很爱他。虽然现在他还听不懂，但我相信等他长大一点儿，会为有一个军人爸爸而感到骄傲！

　　都说军嫂不易，"军嫂"这个词的背后蕴含着太多的心酸苦楚，但我不后悔，你是我们家的"顶梁柱"，是我和宝宝的"大英雄"！你安心去守护祖国大家，我会守护好我们的小家，和你一起，向着美好的未来出发！

　　安好！

你的妻：群
2022 年 9 月 15 日

"双警"夫妻的"钢婚"岁月

冯 晶[*]

老公：

你好呀！好久没有写信给你，上一次写信还是年初，那时候忙于新冠疫情防控，你守在派出所一个多月没有回家。

今天是 2022 年 12 月 24 日，我们的结婚纪念日。一转眼 11 年了，你知道吗？11 周年称为"钢婚"。咱们两个从来都不过洋节，但结婚日期却偏偏选在了平安夜。我们的警察职业最渴望平安无警。

结婚 11 年，但咱们从高中到现在已经相识 20 年、相恋 17 年了。回忆总会把我拉回校园时的青春岁月，每次回想耳边都会有自带的背景音乐《光阴的故事》响起，嘴角也会不自觉地上扬。

高一刚认识你的时候，你还是瘦瘦高高的大男孩，喜欢在体育课打篮球、踢足球。现在的你虽然没有时间运动，可派出所的工作已经多到足够锻炼你，壮硕但并不油腻。（算不算是老婆给你讲的最好听的情话？）

高三毕业的假期，一群同学相约去旱冰场，那是你第一次牵起我的手，我们问了彼此的志愿，那时我知道了你要去警校，也是第一次对警察这个职业有了一丝向往。

大学开学前的一个星期，随着你的勇敢表白，咱们开始了甜蜜的

---

[*] 冯晶，辽宁省葫芦岛市绥中县公安局网络安全保卫大队副大队长。

恋爱时光。你在祖国东北的辽宁警察学院，我在祖国西南的贵州民族大学。异地恋虽辛苦，我们却时刻不忘互相鼓励、好好学习。在大学入党，获得优秀班干部、三好学生和奖学金，荣获学校优秀大学毕业生。看，我没有辜负你的鼓励吧？

你还记不记得？大一时，一次你对我说："我们教官上课时说，当警察这辈子都挣不了大钱，你还愿意和我在一起吗？"这样一个满满正能量的大男孩，让我打心眼儿里崇拜。我当然愿意，很愿意，并且很荣幸。

毕业后，通过公务员考试，我也幸运地加入了辽宁公安队伍，成为一名基层网警，咱们成了战友。

你严谨的工作态度，不怕苦、不怕累的工作精神，收获了一份又一份好评。无论是在分局的刑侦大队还是在基层派出所，把百姓的事当成自己的事，就是你的工作标准。我从没和你讲过，但你确实就是我在警队的榜样。

我看到你下班回家腿上有伤，才知道你破门抓捕时，因为门不结实，腿被划出一道道血痕；在你和别人轻描淡写的聊天中，才知道那一次你拼命追赶嫌疑人把他堵到死胡同，无比庆幸嫌疑人那次出门没有带刀；在新闻上看到，你在旅游旺季的海滩巡逻，跟踪到了系列盗车嫌疑人的车，把他们抓了个现行；企业的车被烧毁，大家都说没监控破不了案，你却3天没合眼，硬是利用仅存蛛丝马迹把案子破了。这些年，你从来都是只做不说，一本本的工作笔记记录着你的忙碌。

唯一一次为你担心哭了出来是在今年10月，你所在的辖区因新冠疫情按下"暂停键"。你们全所同志全力奋战在一线，因为着急上火你连续两晚没合眼，头部耳后开始起带状疱疹。领导把你"一边打吊瓶，一边工作"的视频发进了工作群，我的眼泪不自觉地唰唰往外流。私信响起来，好多同事开始和我打听你的病情。知道告诉你没有用，大家都一再叮嘱我："工作再忙，身体是最重要的呀！"他们其实也知道，无论何时警情来了，排除万难也得冲在前呀！你去派出所的这两年多，我才真正体会到了基层派出所的不容易、作为基层所长的不容易。

我敬佩你把所有节日的值班工作都留给自己，把所有优秀和奖励都留给同事；敬佩你上下班一个多小时的距离，却总对我说没多远，让我别担心；敬佩你在家有接不完的电话，不管多晚接到任务从来都没有怨言；敬佩你下班回家对我说，今天所里来报警的大爷生病了没钱治病，我把兜里的500块钱给他了。

而我已经习惯了，把每天自己发生的、孩子发生的有趣、有意义的事儿编辑成文，发送给你，不让你错过家庭的任何精彩。

我的工作当然也离不开你的支持！2022年"全省人民满意的人民警察"，这称号沉甸甸的，必须继续努力奋斗才行啊！只要咱们始终坚持为人民服务的初心，就能把公安工作真真切切地落到实处。种下的每一分善意，都将收获满满的温情。

今天是平安夜，只属于我们俩的纪念日。而这个纪念日里，我唯一的愿望：希望你每一次出警平安。

妻：冯晶
2022年12月24日

盼你每次逆行，都能平安归来

章琪琦[*]

栋：

见字如面，可安好？

在这信息化的时代，已经很少会有人以书信的方式来寄托彼此的思念和牵挂。这是我们结婚之后，我第一次以妻子的身份给你写信。婚礼后的匆匆一别，我们已经快有一个月没见面了，你肯定很想我吧，因为我也是。

对于我们这个刚成立不久的小家庭来说，一切都才只是刚刚开始，我们也都怀着美好的憧憬一同奔赴着。但是因为你消防工作的特殊性，我们并不能像其他小夫妻那样，每天都能"腻"在一起。

有时候，我会"抱怨"这份特殊，因为在我需要你的时候，你无法第一时间陪在我身旁，甚至有时候还要为你担惊受怕。

你的这份职业有它的危险性，每次看到有意外发生，我都想劝你改行。但是我不能这么说，我看得出你对这份职业的热爱，双手厚厚的茧和身上大大小小的伤，都是你无声的决心和执着。

我唯一的要求是：你在执行任务的时候千万别想家，不要因为家里的事让你分心。因为家里有我呢，我会照顾好爸妈，打理好家里的一切，你就安心训练和出警。

---

[*] 章琪琦，浙江省绍兴市柯桥区居民。

既然选择了做消防员的妻子，我就做好了准备，你守护人民、守护国家，那就由我来守护你、守护我们的小家，大家安，小家才能安。

你常常觉得自己不够优秀，然后问我，以后想给我们的孩子报什么兴趣班，把他培养成一个什么样的人？其实，我觉得，只要能像你一样勇敢正直、有担当就够了。等孩子长大了，我会和他讲："你的爸爸是妈妈在这个世界上见过的最勇敢的英雄，你一定要像爸爸那样做一个有担当、有社会责任感，为人民服务的人。"

你不知道，你一直是我的骄傲，遇见你也是我的幸运，相信未来我们的小家庭一定会幸福美满的。

最后希望你每一次逆行而去都能平安归来。

妻琪亲笔

2022 年 6 月

最美家风

新时代最美家书

新时代最美家书

奶奶的那道"青菜豆腐"

杨志诚[*]

孩子：

虽然这个故事，我和你讲过了，但我还是想写下来，希望你能传承下去。

"青菜豆腐"是一道中国传统的家常菜，对我而言，它却超越了食物的原本功能，成为咱家家风的象征——清清白白，言而有信。

爱在心里口难开，你奶奶无法用生动的言语，贴切地表达对我们的希望和要求，就身体力行来引导子女行为。她经常用过来人的经验教诲我们：在今后的人生道路上，怎样少走歪路、不走错路。

一直以来，每逢除夕，我们家餐桌上的美味珍馐，无论多么的丰富，你奶奶总会做一道"青菜豆腐"，年复一年地坚持，不管在什么样的境遇下，她都没忘记过这道菜。

一开始，我也不能理解它的"强制存在感"。等我慢慢长大，为了解开多年积压在心中的疑虑，我终于忍不住问了你奶奶，我说现在家里条件好起来了，过年荤菜都吃不完，为什么每年年夜饭上还要做一道"青菜豆腐"？

听完我的话，你奶奶眉头舒展，眼含笑意地说，"青菜豆腐"看似简单，但也最不简单，这道菜的目的就是要求咱们一家人，做人、做事

---

[*] 杨志诚，杭州银行股份有限公司建德新安江支行员工杨慧敏的父亲，自由职业者。

要像"青菜豆腐"一样清清白白，一就是一，二就是二，言而有信，只有这样，人才能在社会上生存得坦坦荡荡，不会被别人唾弃。

　　孩子，你懂得奶奶的良苦用心了吗？

　　爸爸希望你记在心里，落实在自己的行动上！

爸爸
2022 年夏

致敬修堂后人：讲活中华传统故事

经遵义[*]

各位敬修堂经氏子孙：

国家强盛，家庭庇福。我敬修堂自芳洲公建堂以来，经氏以其善举成虞地望族。良好家风代代相传，使经氏文化发扬光大，连他创建的经氏私塾沿革至驿亭镇小，得以传承敬修文化为学校之特色。芳洲公说："以高大经氏之门，即鲁而钝者，亦得知孝悌、友恭、谦让、勤俭，不失为一家善士。"

我们以有优良家风为荣，以践行家训为责。这些年来，我作为经氏后代履行着我对家、对国的公民职责；退休后以弘扬乡贤精神为己任，发起建立全区（市）第一个乡镇乡贤分会，挖掘乡贤文化，宣传乡贤精神，服务家乡发展，曾被评为"上虞最美人物"。我践行敬老爱幼美德，关心老人、关心有困难的人、关心祖国花朵。我曾参与"点亮一盏灯"公益活动，2021 年被推为绍兴市"百名慈善老人"。这两年为新驿亭村老党员送春联、送"福"字表示慰问。我应邀与驿亭中心幼儿园小朋友共度重阳节，给他们讲重阳、画菊花、送菊画，去年还为驿亭镇小朋友讲乡贤精神。

我们践行和睦家风，邻里团结，友人相亲，做人以德为重，千万不可有自私自利之心，宁可吃亏，不贪小便宜。我家夫妻、父子都相敬

---

[*] 经遵义，浙江省绍兴市上虞区驿亭镇退休老人。

如宾、亲亲热热，虽儿孙不在身边，但仍时时有子女们的关心。这点我的夫人做得很好，从不与人争吵，左邻右舍也都亲如家人。我也学着用手机建朋友群，如我的"老爸群"，群亲都敬我如父；我的"白马湖畔"群，都是80岁以上的春晖老同学，至今互相关心、互相鼓励、互相帮助；我的"老同学群"，则是我早年的学生群；我的"春晖退休教师群"，则是春晖中学的老同学之间联系的群；等等。进入新时代，我们都用现代化手段联系友人，互相关爱。我们曾是春晖人，有着特别浓厚的"春晖情"，许多在春晖工作过的教师也常常微信问候，不时登门来看我。我的学生有的远在英国、美国，也常在微信上联系。这种交往，使我的儿子们也同样重情义。

我们践行优良家风，要活到老、做到老。我特别希望大家不进牌场、酒吧，多看书学习、多完善自己。这也是我退休不觉得空闲的原因，坚持每天看书读报，每天写字学画，书房虽小，藏书不少，坐进书房即游入知识海洋。读书能见古人，读书能见教授，希望大家都有这种感觉。我还参加了老年书画研究、老年学学会等社会团体。我的书画作品虽不算好，但每年都参加区、市及省级书画展，我以我的"爨"体书已为学校做校牌，为企业所择用。

年初，我家悲伤降临，我们远在北京的大哥病逝。消息传来，我与姊妹不胜悲伤，可更伤心的是哥哥临终前还念叨想回老家看看。哥哥仙逝，如丧先考，于是我们与辉儿商量，在老家为哥哥设了小灵堂，在家亲人都来凭吊。我们还拟了一副长挽联以颂哥哥功德。我们把悲伤化为团结力量，代代敬修堂人，生命不息，不忘祖训，义不容辞。

敬修堂子孙们，为了我们的家国兴旺，我们必须时时记得家训：团结博爱，不忘孝善，勤劳俭朴；践行社会主义核心价值观，弘扬新时代新风尚,以我们切实的行动讲活驿亭故事、讲好上虞故事、讲活中华传统文化的故事。

经遵义
2020 年 6 月

争当环保家庭,实现绿色梦想

倪贤秀*

我亲爱的儿子:

你好!

来信已收悉。新冠疫情期间,多谢你和媳妇对我们老两口儿的牵挂、问候,我的宝贝孙子还好吧?相信他一定会健健康康地成长。

我和你爸一切都好,新冠疫情期间,我们都挺注意的,不随便乱跑,所以身体还好。当然上了岁数,也都有一些小毛病,不过还能扛得住,你们不要记挂。有空的话回来和你爸聊聊天,他年纪越大越爱唠叨了,呵呵!

你要我介绍一下我们的生活状况,那我就代表你爸,说一说我们晚年的绿色家风和环保生活吧!

报纸和电视上常讲,党的十九大报告中指出,建设生态文明是中华民族永续发展的千年大计。必须树立和践行绿水青山就是金山银山的理念。构建政府为主导、企业为主体、社会组织和公众共同参与的环境治理体系。这让我家深受鼓舞,萌发了从我做起、从家庭做起,争当环保家庭,为建设生态文明、绿色城市作贡献的梦想。

近年来,环保意识深入人心。记得以前,爸妈看电视时,就被一则环保公益广告深深震撼了。平常司空用惯的塑料袋、方便碗筷铺天盖

---

* 倪贤秀,湖北省武汉市江岸区花桥二村69号居民,文学爱好者。

地，原来上百年不能降解，造成严重污染。白色污染不得了，还有大手大脚地用水、用电，耗费资源的现象在我家也偶有出现。为了实现家庭低碳节能减排，享受绿色时尚生活，我们老两口儿经过讨论、表决、制定了《绿色家庭生态环保规约》：买东西不用塑料袋、杜绝使用塑料方便碗及木筷，节能节水。

老妈我找出了弃用多年的竹制菜篮和布袋，重塑我家"菜篮子""米袋子"工程。现在每次买菜，妈妈都提竹篮上菜市场。那些菜贩子，称完菜就习惯性地套上塑料袋，这时妈妈就会不厌其烦地要求不用塑料袋。菜贩子十分不解，声明是免费派送，人人如此，非常方便。于是妈妈就开始苦口婆心地向他们宣传白色污染的坏处。久而久之，菜贩子见是你妈买菜，就自觉地不用塑料袋了。

你爸有时在外吃早餐，现在自备一套餐具，不用摊点儿上的方便碗筷。虽然吃完后得自己清洗，但他认为这样卫生、节约，最重要的是低碳环保，符合生态文明的精神。

自从定下规约，爸妈现在都更注意从细节上保持低碳节能的习惯，再也不大手大脚了。走出房间，我们会随手关灯，电脑、电视不用时拔下插头。你爸还将家里老式旋转水龙头全部换为节水龙头，把老式坐便器改换成节水型坐便器，可以大大节省用水。

老妈我呢，"改革"了洗衣服的方式，采取集中洗涤衣物的方法，小件衣物就用手搓洗，衣服较多时才用洗衣机。洗前先将脏衣物浸泡一段时间，然后按衣物的种类、质地和重量设定水位，按脏污程度设定洗涤时间和漂洗次数，既省电又节水。我还把洗衣服的水都储存起来，可以用来冲马桶。做饭时还注意用淘米水来洗菜、洗碗，洗完菜的淘米水也不倒掉，可用来浇花；用水时，特别注意水龙头要关紧，避免跑冒滴漏。洗拖把时，用桶接水来洗，比直接用水冲洗要节省不少水。家里洗餐具时，先用纸把餐具上的油污擦去，再用热水洗，最后用温水或冷水冲洗干净即可。

当然，除了家庭节水之外，对于社会上的资源浪费也不能等闲视之。现在爸妈养成了节水的好习惯，看见不环保低碳的事敢管、爱管。比如，那天我们门前的水管破了，水哗哗地白白流走，实在可惜。于是，你老爸赶紧在第一时间打自来水公司的电话，再三嘱咐工作人员来修理。第二天一大早，自来水公司就派来了工作人员，你老爸督促工作人员修理好了才安心。

我们国家是个人口大国，能源、水资源十分宝贵，应该珍惜。践行生态文明建设的精神，实现保护环境、绿色低碳的梦想，需从我做起、从小事做起、从家庭做起。爸妈的生态环保生活"痛并快乐着"，如果每个家庭都能如此，力促环保低碳的成就将是惊人的，美丽家园的梦想就一定能实现！

孩子，你现在和我们老两口儿相隔千里，但一定要记住我家的传统习惯，也要遵循新时代的新家风，那就是——节俭、绿色、环保、低碳，身体力行地为生活环境改善献一份心、尽一份力。

孩子，祝你全家生活幸福、健康、快乐、环保！也愿你们在国庆节回家与我们共享天伦，更好地交流一下新时代新家风的心得体会。

我们等着你们平安健康，回家过节！

爱你们的老爸、老妈
2022 年 8 月 1 日

一条扁担传家风

徐国强*

吾儿亲启：

见字如晤。

前日收拾老宅，偶然发现墙角还立着一条扁担，多年不曾使用，拂去灰尘，不觉历历往事涌上心头，忍不住提笔成书，与你共享。

这条扁担，或许你应该记忆犹新，幼时调皮的你，没少吃过它的"竹笋炒肉"。现在想来，当日被扁担鞭策红着屁股，啼哭告饶的调皮孩童已经走上了工作岗位。的确，光阴似箭，岁月如梭。

其实这条扁担，见证了我们家近百年的变迁。它，比你辈分大！新中国成立前，我的祖父用这条扁担挑着两床棉被和一双儿女渡过钱塘江，从"上八府"一路埋锅造饭、风餐露宿而来。那个年代，社会动荡、洪水肆虐，正是凭着这条扁担，我们找到了安身立命的地方，我们在这里开荒种地、搭建茅屋，艰难度日。

新中国成立后，共产党带领我们穷人翻身，我的父亲积极参加劳动生产，在党组织的培养下，不仅在 20 世纪 50 年代光荣入党，还因为公道正派，被推举为村小队长。白天参加劳动，晚上组织学习，我的父亲虽然文化不高、官职不大，但是在村民中却有很高威望。

你还记得吗？我们的老宅在村子最边角。在没有自来水的年代，我

---

* 徐国强，浙江省嘉兴市桐乡市退休人员。

年轻的时候每天要做的功课，就是用这条扁担步行到一里开外的河边挑水，以供家用。

其实，在建房时，作为小队长的父亲可以优先选择位置较好的宅基地。那时，母亲一直请求父亲将自家的宅基地选在临河、靠田的位置，既方便生活，也方便劳作。但是，作为党员的父亲不仅没有同意母亲的要求，还让村里的"五保户"、军属优先挑选了宅基地，将自家放在了最后。

母亲不理解，哭闹着去找正在干农活儿的父亲理论。拉不下脸又理论不过母亲的父亲，捏紧了手中的扁担，嘴里只是狠狠地说了一句"党员就是要吃苦在前"！

改革开放，社会发展，我们的农村从平房到楼房，从落后到富裕，这条扁担渐渐退出历史舞台，但是你热心肠的奶奶碰到谁家有需要，还是会把它大方借出。发黄的表面已经被岁月打磨得光滑圆润，背面是村里当年的"秀才"用浓墨写的"思诚堂"，这大约是绍兴老家的堂号，使用了近百年还是乌黑发亮。因为借出去次数多了，连村里不识字的老妪看到这条扁担，也知道这是"二爹"家的，永远也不会丢。

如今，我们都多年不干农活儿了，扁担也彻底"退休"了。虽然扁担不干农活儿，失去了原本的价值，但是，这条扁担作为家族历史的见证，我想把它正式送给你。一是留作纪念，二是希望你常常看能到，时时能想起，仍旧让它成为你人生的"鞭策"。

儿啊，你努力、好学、上进，你是父亲的骄傲和希望，你通过自己的努力在大学期间便早早入了党。如今，你也在工作岗位上积极奋斗着，我希望你能够一直让父亲骄傲下去。过去，祖辈用这条扁担挑起的是我们全家的希望，现在，我希望你用这条扁担挑起"办实事、办好事"的重担。

扁担是竹子做的，竹为花中君子，外直，希望你能正直做人、清白做事。扁担是几辈人用肩膀磨光的、口碑是用行动打造的，希望你牢记教诲，不负父母、不负组织。

南窗听雨，思绪万千。灯下成文，莫嫌啰唆。望自珍重，聊慰父心。

父字

2022 年暮春

听爸爸讲咱家的好家风

王金云*

亲爱的逗豆：

很高兴以这样的方式给你写这封信，希望你成年后能和爸爸一起完成我们家族的一个梦想——把奶奶的故事写成书、拍成电影。这要先从奶奶的故事说起——

"张妈妈，这是您订阅的《农村新报》和《中国妇女报》，恭喜您荣获了'湖北省三八红旗手'称号！"2022年3月20日上午9点刚过，张塝镇邮政局邮递员文先生准时将报纸送到了蕲商农家书屋。

张妈妈叫张满花，是你的奶奶。2022年3月1日，湖北省人力资源和社会保障厅、湖北省妇联发布《关于表彰2021年度湖北省三八红旗手标兵、湖北省三八红旗手、湖北省三八红旗集体的决定》，身为黄冈市蕲春县土库楼乡村文化服务中心主任、蕲商农家书屋创办人的奶奶被授予"湖北省三八红旗手"称号。3月8日上午，在黄冈市委组织部和黄冈市妇联召开的全市各界妇联座谈会上，张塝镇党委副书记、镇长徐蕾同志向大家介绍了奶奶乐善好施40多年的爱心故事，受到了与会者的一致好评。同一天上午，张塝镇也召开"三八"国际妇女节纪念活动，大会上，塘坻村妇联主任向大家介绍了我们家族四代人热心慈善公益事业的故事，引起了阵阵掌声。那一天，奶奶第一时间给远在深圳的

---

* 王金云，广东省作家协会会员。

爸爸打来电话，她谦虚地说："自己做得还远远不够，组织上却给了这么大的荣誉，你在深圳一定要把坚持了20年的公益事业一直做下去。"

听了你奶奶的一番教诲，爸爸不禁打开了记忆的阀门，想起了你奶奶爱心济困扬家风、乐善好施40载的点点滴滴。

你奶奶出生于蕲春县张塝镇张塝街，今年74岁。她从小就教育爸爸、姑姑多做志愿者、多做善事。她一生节俭，热心帮助邻里，乐善好施40多年。受你奶奶的影响，1999年来深圳创业后不久，爸爸就申请成为一名志愿者，至今个人志愿服务时间累计超过了1.5万小时。同时爸爸还成立了一家青年社会组织，20多年专注于青年就业创业，目前已帮助了1000多名青年成功就业、创业，累计花费了爸爸个人500多万元的积蓄。为此，爸爸也荣获了2019年"全国向上向善好青年"、第十二届"中国青年志愿者优秀个人"、"广东好人"等多项荣誉。

你奶奶年轻时家住在镇小学旁，你太外婆一生勤劳节俭，在家门口卖茶水和瓜子等补贴家用，却从不收取生活困难学生的喝茶钱，有时还主动拿钱帮助他们交学费。受太外婆的影响，奶奶嫁到塘垅村后，邻居有困难，她都会主动去帮忙；邻里有什么矛盾纠纷，她总是主动去化解。同小组的一位双眼失明的盲人母亲去世了，奶奶经常去他家帮助种菜，并做一些力所能及的事，盲人邻居总要拿菜感谢奶奶，她一次都没有收下。

2019年之前，爸爸老家门口的路很窄，不到1米宽，小车无法通行。奶奶和爸爸、姑姑商量后，将自家的稻场挖低和缩小面积，并投入近10万元在路边做了一道石墙，将路拓宽到近4米，方便了上面几户人家的车辆通行。

奶奶还积极向党组织靠拢，2020年和2021年两次向张塝镇塘垅村党支部递交了入党申请书。2022年7月，奶奶终于圆了入党梦，成为全县唯一的"70后"预备党员。自2018年至今,奶奶个人累计向塘垱小学、"爱心超市"、福利院、留守老人、患病村民和困境妇女儿童等捐赠善款10多万元。资助困难家庭孩子上学,也是奶奶一直在坚持做的事情。至今,她和爸爸、姑姑一起资助了200多名贫困学生上学,她个人资助了30多名学生,其中坚持资助一位农村娃上学13年了。

在爸爸、姑姑的帮助下,以及在当地党委、政府和各级妇联的支持下,2019年,奶奶利用自家的房子建了一间土库楼乡村文化服务中心,并和爸爸、姑姑一起成立了专注于乡村振兴和精神文明实践的"蕲商新时代文明实践志愿服务队",现有资深志愿者60多名,奶奶个人志愿服务时间累计超过了500小时;创办"蕲商农家书屋",预计藏书3万册,累计投入超200万元;积极申报"土库楼新时代文明实践站",并计划在农家书屋二楼筹建家风家教展览室,组建"爱心妈妈"志愿服务队,通过开展形式多样的新时代家庭文明建设活动,使之成为培育良好家风家教的"学堂"。

奶奶志愿服务的故事荣获了2021年湖北省新时代巾帼志愿服务"十大暖心故事",我们的家庭也入选了2021年"黄冈最美家庭"和"荆楚最美家庭"等。2022年1月,奶奶和爸爸、姑姑创办的土库楼乡村文化服务中心被湖北省教育厅、湖北省文明办、湖北省妇联授予"湖北省家风家教实践基地"等。

奶奶说,要让慈善公益成为我们家族一辈子的事业。爸爸一直有一个心愿,要将奶奶的故事写成一本书——《土库楼》,并在合适的时候把它改编成剧本,爸爸自己投资拍成电影,在全国影院上映。爸爸在深圳创业20多年,深圳已成为爸爸的第二故乡,但爸爸永远不会忘记自己是湖北黄冈人,要为家乡的振兴贡献一份力量。这也是爸爸这一代人的责任。

等你成年后，爸爸会选择一个阳光的午后，和你面对面，坐在奶奶创办的蕲商农家书屋里，喝着自家茶园的茶，慢慢聊爸爸写这封信时的所思所想。等你大学毕业后，相信农村会有更广阔的天地任你翱翔，希望你能和爸爸一起把奶奶的故事写成书、拍成电影，让更多的人看到农村的美，从而回到农村、建设农村，为实现共同富裕，担负起你们那一代人的责任。

深爱你的爸爸：王金云

2022 年 7 月 6 日

12字，代代相传的家训

蒋关寿*

亲爱的孙子：

我们蒋家的家训家规概括起来为12个字：待人热情、本分厚道、朴实勤劳。

我的祖辈曾是游走于街头巷尾的补缸匠，居无定所。那时，东南湖村是陶氏的"天下"，水是陶家的、地更是陶家的。外姓人要想在那里安身确非易事。正是由于祖辈热情、厚道的品格感动了那里的父老乡亲，才能在该村安身立命，繁衍后代。祖辈们"待人热情、本分厚道、朴实勤劳"的品格一直在家族中延续着。

20世纪80年代初期，村里掀起了建房热潮，有钱人家都在圈地建房。一位陶姓村民想在二叔家的一棵大苦楝树旁放地基，在没与二叔家商量好的情况下擅自砍掉了那棵大树。二妈知道后前去理论，结果被那位村民砍伤了手臂，血流如注……这件事惊动了当时的绍兴县公安局，行凶者立马被抓了起来。公安局多次派员来乡下调查，二妈从中得知行凶者可能要被判有期徒刑，就着急起来，连连为他求情。好多正义之士为她鸣不平，二妈却平静地说："我受点儿苦不要紧，人家一旦被判刑这个家就没有了。这种事我们是不会做的。"结果人家关了几天就放出来了，而二妈整整休养了3个月。一位曾做过旧时代保长的70多岁老

---

* 蒋关寿，浙江省绍兴市越城区陶堰街道居民。

人动情地说："我知道蒋家人三代忠厚。"

　　朴实勤劳是中华民族的传统美德，我们几代人也秉承着这一美德。自从投身教育事业后，我不断努力，强化学习，提升自身素养，先后取得了大专自考毕业文凭、本科函授毕业文凭，53岁那年还评上了中学教师高级职称。与此同时，我也积极帮家人管理农田；假期里还出远门到上海亲戚的工地里做小工赚钱，以补贴家用。一年四季都在忙忙碌碌，几乎没有好好休息过。由于自己以身作则，也因此影响着自己的儿子。当时，儿子大学毕业遭遇挫折，应聘了几家公司均没有被录用，他有点儿泄气了，整天躺在床上不说话。有一天，他突然对我说："爸爸，能不能让我好好休息一年？"我知道儿子此时的心情和苦楚，但我更深知其带来的严重后果。我除了安慰外还是严肃地对他说："我们家没有这个条件。你也看到了，我和你妈整天忙忙碌碌，到底图的是啥？"话不多，但句句在理，儿子无从反驳。于是，他不停地在网上找工作。功夫不负有心人。他终于找到了一家适合他专业的工作。每天早出晚归，风雨无阻。回家还要忙带回来的活儿到深更半夜，但从来没有叫过一声苦、喊过一声累。

　　孙子，你出生后，你爸爸给你取名"蒋礼"，寓意待人要热情厚道讲礼貌。奶奶也以这样的理念在努力教育你。你刚过一周岁，正在牙牙学语，奶奶带你出去玩时，不管遇到大人还是小孩，总会教你"叫公公""叫婆婆""喊一声哥哥姐姐"！你总会依样画葫芦地喊出来。这样的教导也得到了左邻右舍的一致认可："这样做好着嘞！"

　　我希望这"待人热情、本分厚道、朴实勤劳"的家训家规能一代一代传下去！

关寿书
2022年7月

"梅家小院"的传家宝

梅应恺*

玥玥：

 孙女，展信安！

 你经过12年的刻苦学习，今年终于考上了心仪的大学。

 暑期刚过，你爸爸就驾着咱家新买的车，把你送到惠山脚下美丽的校园，爷爷奶奶真为你高兴！金秋十月，迎来了国庆和党的二十大胜利召开，学校一定也和家乡一样举行了庆祝活动吧！回来定要与爷爷讲讲。

 "烽火连三月，家书抵万金。"抗战时期，你太爷爷开办健康药房（后改名国泰药房），冒着生命危险，秘密为新四军购买药品并送到解放区。虽然战争早已远去，但革命精神、优良传统不能丢失。由此想到咱家的老屋，何不把它整理成家风记忆馆，里面放上红色物件，用以宣传革命传统。习近平总书记提出要"不忘初心、牢记使命"，要注重家庭家教家风建设，更加坚定了我的信心。刚起步时，你把同学带来参观。同学们不时问这问那，兴趣盎然，那时我就知道，咱家这记忆馆建对了。只是彼时馆里的老物件还不多，也没有很好布置。如今，咱们"梅家小院"环境好了、东西多了，往来参观的人也多了。

 自你求学走后，我跟你奶奶又从家里翻出了一件宝贝，那是一盏大

---

* 梅应恺，江苏省扬州市江都区退休律师，其家庭被评为全国最美家庭。

茶壶，斑驳的痕迹有些年代了。这茶壶可有来历，这是你太爷爷为新四军秘密送药的物件。还有20世纪五六十年代的计算尺，前辈们用这个简单的工具，进行科学研究和工程设计。去年，我可忙乎了一阵子，山东、西安和南京的客人接踵而至。

十分荣幸的是中央电视台以"传承红色基因，赓续红色血脉"为题，对"梅家小院"进行报道，"梅家小院"一下子火了起来。最近我准备把这些红色物件做成视频，发到网上供更多的人参观学习。届时，你可以在学校里做个宣讲员，与同学们分享，接受革命传统教育，用喜闻乐见的"小故事"来诠释"大道理"。

你学的是光电信息科学，这可是一门新兴的学科。当今世界科技发展浪潮汹涌澎湃，你应该成为新时代的弄潮儿。

若你在学习中遇到一些困难，切不可畏难退却。当年你二爷爷去柴达木盆地找矿，只带了几个学生，去荒无人烟的沙漠，一去就是几十天，粮食和水都很少，终于找到一个很大的矿藏，这充分证明只有敢于克服困难才能胜利。我也是自学成才的，当时是"三无"：无学校、无老师、无教材，完全靠自己努力奋斗，没有教材就到处找、到处借，不懂的就请教书本，同学之间互相切磋，顺利地通过了国家司法考试，成为一名律师。我认为出现在你面前的小麻烦，一定能够克服。

你从一个不懂事的儿童，成长为新时代的大学生，是党和国家对你的培养，是老师和父母对你的教诲。你要牢记在心："勤俭、好学、奉献、团结"是梅家的家训，你要传承红色家风。

"少年强，则中国强"，你现在要打好基础，科学的高峰等着你们这一代人去攀登！要积极向党组织靠拢，争取早日加入中国共产党，为我们红色家庭增光添彩。就算再忙，也要加强体育锻炼，保持永远向上的精神风貌,去迎接美好的未来!

  顺祝

学安!

祖父母嘱

2022 年 10 月 7 日

妈妈的"家风"课

竺丹丹*

亲爱的孩子：

你好！

在现代信息发达的时代，喜欢时髦的你可能会觉得写信比较落伍，但是在妈妈看来这样的方式更有意义。我想通过信纸和文字跟你说一说家风。

都说国有国法，家有家规。每家都有家风，那么家风是什么呢？妈妈觉得，对于我们家来说，家风没有条文规定，而是几个平凡词语。它是对家中经历的简化，是对家中子女的教导，是对家中子女的期望，它就是一家之中的特殊符号。家风重要吗？妈妈觉得对一个家庭来说，家风的重要性十分有必要展开说一说。

一是家风之"文明"。还记得在几年前你还是个小学生的时候，我给你买了一本词典，好学的你爱不释手。一回到家就拿出来兴致勃勃地来回翻看，突然两个简练的字映入你的眼帘——"文明"。幼小的你不知其意，问道："妈妈，这两个字是什么意思哩？"我一边示意你看词典上的解释，一边读着："它包括精神文明和物质文明，精神文明包含心性智慧和思想知识；物质文明包含工艺性文物与无意识文物。""哦，原来是这样，那么我也要做一个文明的人。"似懂非懂的你，小脸儿上满是认真。当时妈妈听了非常开心，还曾跟你说："你要时刻记住它们，

---

* 竺丹丹，浙江省绍兴市嵊州市金庭镇后山村居民。

它是咱们家的特殊符号之一。"妈妈相信,这件小事就像在你心中栽种下了一颗文明的小芽。

二是家风之"坚强"。还记得两年前那次,你爸爸的眼睛因为意外撞击而青紫,模糊看不清事物。虽然他不说有多痛,不表露出一丝难熬,但看他的样子,就知道很难受。懂事的你也担心得不行,一直在你爸爸跟前问他疼不疼。他当时很轻松地对你说:"小事,一点儿也不疼,过几天就好了。"妈妈在这里偷偷告诉你,要强的爸爸其实很疼,晚上疼得睡不着而悄悄呻吟,但是在你面前却不肯露出一丝难受的神情。孩子你知道吗?超人也会累、会疼,但是坚强的爸爸想做你眼中的无敌英雄,做你的后盾。"坚强"二字就是对你非言传而身教的家风。

三是家风之"爱国"。你从小就爱听爷爷讲关于中国近代史的故事,如惨痛的"南京大屠杀"、激烈的"百团大战"。那么多的故事注入脑海,小小的你托着自己的脑袋,认真地倾听着。听到入神处,会看到你激动到握拳。妈妈相信小小的你也已经懂得了落后与强大的巨大差别。因而从小你就倍爱祖国,妈妈也深感安慰,希望我们都能给祖国贡献微薄之力。孩子,请你一定要深记,"爱国"这一家风。

十多年来,家风的影响,使你不断成长为一名优秀的中学生,使我们一家人力往一处使。它如一剂良药,让我们在错时回到正确路径;它如一股正能量,激励我们不断成长;它如一盏明灯,让我们不断找到前进的道路。

家风就是这样重要啊,孩子!它使我们向善、向美。妈妈觉得处于青春期的你更需要家风的引导,促使你带着文明、坚强、爱国的特殊符号和内心力量一路冲刺。

你的妈妈:竺丹丹

2022 年 7 月 3 日

孝顺，传递中华民族美德的接力棒

周冰莹*

我亲爱的孙儿们：

2020年是具有里程碑意义的一年。新年伊始，万象更新，值此新春来临之际，我希望通过这封信，以一种不一样的方式和你们专门聊聊关于"孝"的问题，这是叮咛，也是嘱托。

人之行，莫大于孝。我从小就知道祖父是宁波家乡出了名的孝子善人，崇孝、善学一直是我们的好家风、好传统。由于父母孝顺，祖母便一直喜欢与我们同住，她也常常教育我要孝顺父母、尊敬长辈、爱护弟妹。犹记得家中挂着的"二十四孝图"，那是祖母讲了一遍又一遍学孝榜样的故事。

我来到海岛40多年，坚持半月一封家信，月月寄工资，年年去探亲。为使父母晚年生活得幸福快乐，我多次接他们来海岛休闲。父母身体不好时，我及时打电话问安，病重时赶到身边陪护。在他们百年之后，我们坚持每个节日、清明祭祖扫墓，始终不忘父母的恩情。

你们的父母也都传承了孝顺的优良传统，经常回家探望、帮做家务、洗脚擦背。我们身体不好时，送药陪医、精心护理从无怨言。

在父母的影响下，你们三个孙辈也都非常孝顺。冰莹每年在我们生日和重要节日时，前来探望并送上礼物，结了婚带着爱人来看望我们。

---

* 周冰莹（代笔代投稿者），浙江省舟山市岱山县居民。

欣蔚工作后，把第一个月的工资买了营养品来孝敬我们。湛翔时常探望问安，在外读书也不忘打电话关心，还常常寄来好吃的土特产。周边的人都说："老黄家的孩子都是那么孝顺"。

我想，孝顺这一中华美德的接力棒已经传到你们这一代的手上，希望你们能继续传承、发扬光大。

你们虽时常陪伴父母，但作为子女，有时沟通还缺乏些耐心和虚心。不过我想陪伴就是最好的爱、最实际的孝，希望你们能常伴父母左右，让他们能老有所依、老有所乐。

为人父母，冰莹已初入门道，常常带着儿子来看望我们，这也是我享受"四世同堂"最快乐的时光。希望你们能给孩子树立良好的榜样，教会他们懂得爱国家、爱家庭、勤勉上进，奋发有为，长大后成为一个有益于社会的人。

孩子们，你们赶上了一个好时代，作为这个时代的一分子，要用心经营自己的家庭，在自己的岗位上廉洁务实，以爱为根、以勤为本、以德为先，只有这样家庭才能幸福小康，国家才能兴旺发达，中华民族伟大复兴的中国梦才能实现。

希望你们像小时候趴在我腿边时说的那样，做一颗闪亮的小星星，找准自己的坐标定位，在人生的道路上发光发热，只争朝夕、不负韶华！

与你们共勉！

最后，祝你们新年快乐、心想事成！

爱你们的外公、爷爷
写于 2020 年元旦前夕

爷爷的"信仰红""奋斗蓝""纯洁白"

卢柳方*

孩子：

今天，我再次给你讲讲你爷爷的故事。在今天的形势下，以你爷爷为榜样，你一定能做好本职工作。

你的爷爷曾是新塘生产队队长，在他17岁的时候，就加入了中国共产党。他工作中勤劳肯干、生活中乐于助人，以至他过世多年，村里人还经常念叨着你爷爷的好。

在他的身上，我总能感悟到一名共产党员的忠诚，那就是在你爷爷一生中展现的"信仰红""奋斗蓝""纯洁白"的做人做事风格。

"信仰红"——我们家住在太湖边，为了保证村民的生命安全，你爷爷主动做起了湖边的巡逻工作，一做就做了一辈子，挽救了10多位村民的性命。在他60多岁的时候，依旧义无反顾地跳进水里，救起了一个10岁的孩子。他对我们说："如果我不跳下去，这孩子就没了。再说我是共产党员，我不去，谁去。"

"奋斗蓝"——作为一名生产队队长，他带领村民辛勤耕耘，几十年如一日，一心一意为村民服务，被推选为全省劳动模范，在北京受到过周总理的接见。这是你爷爷这辈子最骄傲的事情，也是属于我们家的荣耀。

---

* 卢柳方，杭州银行股份有限公司湖州长兴支行员工卢范的父亲，某建筑公司总经理。

"纯洁白"——你爷爷一生清廉，90 岁的他生病在床还心心念念地记挂着党费还未上交，让家里人赶紧把钱交上去。当听到回复"交齐了"，他就咧着嘴笑着说："我是一名老党员，只要我一息尚存都会主动、足额交纳党费。"

在你爷爷的身上，我看到了一名党员的炽热初心和无限忠诚，他用一生书写了艰苦奋斗、勇毅前行的操守和情怀。如今，你从事了金融工作，希望你能继承老一辈的优良传统，勇于探索，做好本职工作，为社会贡献力量。

父亲
2022 年 6 月

挚爱亲情

一位母亲的权利宣言

谭四红 *

铁丹：

　　今天是五四青年节 100 周年，你正值青年，青春意味着什么？早上，我问你，你没有回答，也许你没有想好。我给你讲了三个故事：孙杨、无腿少女王海兰和 100 年前的五四青年，从个人到群体，他们表现出来的青春是爱国、是奉献，是自强，而不是自私、自傲、无礼和三分钟热度。

　　今天下午，你提前 40 分钟回来，催促我做饭，并且要求我 10 分钟就要做完，因为你要提前 40 分钟回教室。是不是昨天中午 15 分钟，我就端上了三道新鲜菜，让你以为妈妈是万能的？是的，在陪读的这一年多，从广益到明德，我练就了像孙悟空一样七十二变的本事：可以变成闹钟——早上 5：50 准时起床；可以变成陀螺——洗漱、做早餐、吃早餐、洗碗，骑电动车、坐地铁、上轻轨、坐公交车，6：45 还在长沙，8：00 就在办公室了；可以变成燕子——微微晨曦，宽阔的街面我背着红背包在暴雨中疾驰，公共汽车从我身边擦过，十字路口车流在我前面交织，我可以一一侥幸躲过！可以变成烹调高手——红烧肉、口味虾、龙门花甲、清蒸鲈鱼，现学现卖，让你胃口大开。我奇怪我的功力为何能如此大增？从小到大，我也是被爸妈宠爱的大小姐呀！想来想去，只

＊ 谭四红，就职于湖南省湘潭市中级人民法院。

有两个字：责任，一位母亲的责任。

但你竟然把这份责任当成了理所当然，甚至要求更高。我没有孙悟空的毫毛，10分钟吹不出一桌饭菜。你轻蔑地说了一句"useless"，我怒火中烧，我用数数来告诫自己不要乱发脾气，保持平和的心态。我知道你现在正青春，但青春不是自私、自傲和无礼的代名词。我希望用爱来感化你，但我仍然惊异地看到你随口而出的如针尖般刺人的话和一些无厘头的举动。爱是有底线的，看着你一天天因自我、自负与双亲、同学、老师产生摩擦，而耽误了学习，却浑然不觉，我必须说话了。

我知道，我爱心泛滥，有些啰唆。我也知道，一个15岁的少年开始有独立的观点、生活方式和隐私，和他交流时要平等对待。但是这半年多的朝夕相处，你处处宣告自己的权利：不能打扰，要吃好、喝好、要自由、要独立……是的，那是你青春的宣言。那么，作为母亲的我，是不是也可以宣告我的权利呢？你有你的青春期、叛逆期，我也有我的中年更年期。一直忍辱负重的我，今天要宣告一位母亲的权利。

我尊重你和你的朋友，但是你也要尊重你的母亲，这应该是我的权利。小羊尚有跪乳之情，儿孙更应该尊重长辈，常念亲恩。远在张家界的爷爷奶奶、75岁高龄的外婆，他们含辛茹苦把爸爸妈妈拉扯大，你虽然学业繁重，但打电话的时间是有的，妈妈有权利要求你有空时打个电话问候，以慰老人家的心。有孝心比有知识更重要！

我受学校之邀给同学们讲学法律的职业前景，你强烈反对，要我不要多管闲事。应该如何做人，你有你的一套价值观，对于这些价值观，我并不加干涉。因为我经历过青春期，知道一个正确的价值观形成有一个混沌初期，经历沉淀、洗刷才会逐步成型。但这次我不能苟同，渡人者渡己，敬人者人恒敬之，我不能为了迎合你的观点而不捍卫我的权利，我有我言论的自由、为他人服务的自由，这是我的权利！

这个时代属于你们，你从小就志向远大，老师、朋友、邻居都夸你是一个优秀的追梦少年。可能表扬奖励的话听多了，你变得不认识自己，自负与自傲让你心浮气躁。上了中学，特别是高中后，你像关云长一样屡屡受挫，考试成绩一度跌到了低谷。我和爸爸看在眼里、急在心上，与你商量，租房陪读，希望你能重返阳光、梦想成真，我们再苦、再累也值得。于是，外婆在家做饭，爸爸送我到车站，我就来到了你的身边。一家人一条流水线，终点就是你。每天我风里来雨里去，周围的人不理解，为什么高一下学期就开始陪读，问我累不累？我笑着说："跟儿子在一起，不累。"但你仍然牢骚满腹，如果按陈卉老师的观点，你应该头悬梁、锥刺股地学习才配得上全家人的付出。但我们理解，你只是暂时迷茫，冷静的思考、多次的摔打后，你会认清自己、理解他人，成为一个懂事、坚强、自律、智慧的好青年，你也一定会寻到自己的梦想，"会当凌绝顶，一览众山小"。

　　但理解是一个多么昂贵的词语呀，它需要每个人换位思考，也包括你。你下个月就16岁了，从法律上而言基本具有民事行为能力，要对自己的言行负责，所以你也要像成年人一样思考和担当。现在的你，活得舒适惬意、光鲜亮丽。为了给你买鞋，我跑奥特莱斯两次，爸爸去专柜两次。是的，对于美，你有很好的鉴赏力，但你得承认，你是在一个经济基本无忧的环境里成长，品位对于你来说有点儿容易。如果这无忧的环境赋予了你美感和品位、赋予了你舒适，那么它剥夺了你什么？你们这一代是否有另一种贫穷？当你觉得你的知识素养、视野远远超过父母的时候，你有没有想过，正是父母托举你到更高的地方，你才有机会看到更大的世界。

　　生于忧患，死于安乐。你的眼镜丢了一副又一副，现在居然不在学校吃饭，而早餐也因6：50才起床而来不及吃，来走读的目的你全然忘记。你想过你的父母吗？我们除了照顾你，还有成山的案件堆在案头要办、成堆的文件要处理，我们在上班时也会被领导大呼小叫，有时也要低声下气。爸爸挣得最多，却用得最少，10年前的衣服到现在还舍不得扔，肠炎吃了两个多月的中药没叫一声苦。妈妈有时累得不想说话，你说这是"装"，这些话如六月飞雪，让人顿觉心寒。不！作为母亲，我有权利要求你理解父母、尊重父母，要求你择其善者而从之，其不善者而改之，这是我的权利。

你在长沙求学4年，有时候一家三口难得在一起，我和你爸爸提议一家人一起出去踏踏青或看看电影，你总说没有时间。我知道你忙，但我心里却有些难过。我知道不能强求，关键时候不能浪费你的时间，但我心里真的渴望，就像你渴望一双限量版的跑鞋一样。你让我和你爸提前感受到了少年夫妻老来伴的人生滋味，我们从来没有想到过你以后要赚多少钱来回报，也没有要求你必须出人头地、为我们争光，尽管我们知道，你迟早会出人头地。

写到这里，我还是要点明，其实，你说了那句"useless"后就静下来到书桌旁学习去了，没有再跟我较劲儿。我心里欢喜起来，每天从清晨6：30到晚上11：30，这么长的学习时间，你想快点儿吃完饭，好好休息也不过分。其实你身上有许多优点：乐观豁达，从不在困难面前低头；尽管成绩目前靠后，但你仍然斗志昂扬；你不但孝顺，还会在妈妈生气之后故意跑到妈妈房间逗我笑；你会在回家时大声叫外婆，从不跟外婆斗嘴；你在谭爷爷的葬礼上哭得泣不成声；你为了班级的荣誉付出了很多，为了给班上的艺术节伴奏，你没事儿就跑琴房；作为篮球骨干，为了给班级争光，你挥汗如雨；班级财务你管理得井井有条，获得优秀管理员称号。你不是不懂感恩，你为同伴买电影票，只因他曾经帮助过你。

亲爱的孩子，你有那么多优点，我也有那么多缺点，可我还是狠心宣告自己的权利，因为我知道你爱我，但爱不等于理解。不！我需要理解你，同样你也需要理解我。

夜已深，推开窗，树影摇曳，月色入怀，而我，正静待花开。

妈妈

2019 年 5 月 4 日夜

写给我爱的妈和"爱恨交加"的爸

付 波*

爸爸妈妈：

你们好！

时代的不断进步，通信工具便利了我们的交流，可是连这么简单的对你们的问候我却不愿意做，感觉没什么事，不用主动去问候。是的，我在这个问题上做得很不够。是的，我是应该好好反思了。现在，太多的情感亏欠喷涌而出，无从表达。

自古以来，婴儿稚嫩的啼哭声无疑是世间的天籁、无与伦比的美丽。38年前，你们把我带到了这个世界。虽然记得不清，但我能肯定的是，一路走来，你们的目光是慈爱的，虽然偶有责骂声；你们的双手是温暖的，虽然满手的粗糙。甚至是每一次的说话、每一次的走路，你们都会投给我赞许及鼓励的眼神，给予我信心。就这样，在你们的搀扶下，我在38岁，成家立业之后，无论什么时候谈到你们，我的眉梢总是上扬的。我骄傲，有你们这样的父母；我骄傲，有这么疼爱、关心我的父母！

成长路上，你们给予了我太多、太多的关爱。自小，我们家就不富裕，普通的军人家庭，但是你们的努力让我觉得很自豪、很幸福。真的，"母爱似水，父爱如山"用在你们身上毫不夸张。只是对于你们俩

---

*付波，就职于上海市周浦镇安全监察局。

的情感我还是有区分的。妈妈，自小到大，您在我心中就是典型的贤妻良母，您真的就像牛一样默默地奉献，呵护着我、宠爱着我，直到现在依旧如此。爸爸，该怎么评价您最为合适呢？对于您，应该说是"爱恨交加""喜忧参半"吧！

说到这里您可能不乐意了，可是这真的是我最中肯的想法了。从小到大，您一直是一个"严父"的形象。但在我18岁应征入伍，您和母亲一起送我去参军，我看到了您眼角的泪花。其实我也哽咽了，我知道你们都是爱我、疼我的。爸爸，您就和我说了一句话："希望你到了部队，要能吃苦耐劳，别人行的，你一定也要行。"就这么一句话，我始终记得。

我知道您是一名老党员、一名老兵。您对自己和我的要求始终是那么高。记得您当兵时，我还小，不太懂事，部队来电说您为了救一名战士受伤了。妈妈当时听到这个消息，好像晴空霹雳，而我只是呆呆地看着母亲哭泣。后来您还是回到地方才去做的手术。至今您的手臂神经都是麻木没有知觉的，哪怕被蚊子咬一下都会糜烂。其实，儿子现在也是很为您担心，生怕您手臂受伤，正常人手臂受伤1周就可以好了，而您起码要3个月。

岁月无情，你们在渐渐地变老，如今我已长大。时光啊时光，你慢些可好？好想把时间定格在永恒的幸福时刻。可又有谁能抓住似水的流年，生活不会因为我的希望而停止转动的齿轮，我只能深夜空叹，无言独上西楼，看月色如钩。任凭岁月无情地在你们的鬓角上留下丝丝痕迹，任凭风霜肆虐侵蚀着你们的身体。从小，爸爸就告诉我，雏鸟的梦想是蓝天，也只能属于蓝天。只有学会了飞翔，它才能享受天空的美丽；只有学会了飞翔，它才能知道天空的广阔；也只有学会了飞翔，它才能收获"一览众山小"的喜悦。那时的我没有理解，但现在的我已学会了飞翔,并且正在努力飞向蓝天更高处。

爸爸妈妈,你们辛苦了,我的成长道路已被爱填满。谢谢你们,你们真的辛苦了!儿子已长大,从此请放宽心,好好享受生活,我有信心,也会奋斗,继续翱翔蓝天,竭力飞得更高,争取望得更远,努力变得更强!

我骄傲,有你们这样的父母;我骄傲,有这么疼爱、关心我的父母!

此致

敬礼!

儿子:付波
2019年5月20日

难忘故乡,感恩"溺爱"

龚小勇*

父亲、母亲安好:

见字如面!

都说家书抵万金,想来惭愧,这竟是我有生以来第一次给您二老写信!还要感谢我们单位组织的这一次家书活动,让我能有机会静下心来好好想想你们,想想那片山、那片水,想想家乡那条又细又长的路,细细咀嚼、回味您二老这么多年对我的养育之恩!

在农村曾经那个重男轻女的环境,我的出生想来是给了你们莫大的欣慰,至今讲起依然能看到你们脸上洋溢着满满的快意与荣耀。也许直到今天,你们仍然觉得我是没有辜负你们期望的!

你们还不知道吧?江西省宜春市樟树市中洲乡城上大队琵琶村,这一长段文字代表的不仅是一个地名,它还反映的是中国社会最基层的一个管理单元。你们一定想不到,作为中国社会最基层走出来的孩子,是你们的这份期望一直在支撑着我奋勇向前。

虽然你们都是文盲,虽然你们艰难度日,但你们给了我至今依然觉得是最幸福、快乐的童年和最广阔的自我空间。从小到大,你们从来不会问我作业完成得怎么样了、将来打算做什么,你们只关心我玩得开不开心、关心我吃得好不好、穿得暖不暖、干活儿累不累。在我看来,你

---

* 龚小勇,就职于上海市浦东新区周浦镇文化服务中心。

们对我以极尽溺爱的方式倾尽了所有的爱与关怀！你们用最朴实的方式完美地诠释了什么是爱的教育！正是因为你们的这份爱，让我最终成为你们想要的那个人！直到今天，我还会经常反思，自己对于孩子的教育是否过于苛刻？！

小的时候，你们从来不让我下地干活儿，哪怕是农忙季节，你们总是说外面太热。小学的日子里，我就像一只自由的小鸟，在家乡的山山水水间肆意放飞。那时候家里有十几亩田地，干完农活儿，你们疲惫不堪地回家准备好一家人的晚饭，然后村前村后满大山地喊我的名字，我或是从正在抓鸟的树丛中钻出来，或是从正在抓鱼的水沟里爬上来。你们也从不责备，只会笑呵呵地说："捣蛋鬼，快回家吃饭了。"在饭桌上，你们总是把最好吃的一个劲儿往我碗里夹，让我那幼小的心灵感受到了无上的关爱！

还记得父亲有一块家里唯一的机械表，在那个时代，一块机械表对于我们这个家可以说是非常珍贵的，却被我吵着戴在了自己手上，结果我在玩水的时候脱下来弄丢了。一家人难过了好几天，我也哭了好几回，你们对我却没有任何的责骂。至今我都没想明白，你们当时是出于什么样的考虑，在今天的教育理念里，这是绝对不被允许的！

我一直会梦到村口那条很长、很长的小路，它就像你们拽在手中的风筝丝线，你们在村口拽着，儿子在外面飞着！自打我上初中开始，每次离开家，母亲都会站在村口一直看着我远行，有时走出二里地再回头，还能看到您的身影！一个弱小的少年，书包里背着够一星期吃的几罐咸菜、萝卜干和几斤米，还有沉重的课本，独自步行前往六七里外的住宿学校。我想那个时候你们的心里一定有着万分的心疼和不舍。因为没钱到食堂买菜，我只能自己带菜去学校，但是家里的新鲜菜带过去又吃不了几天，放久了还容易坏，你们就尽可能地往萝卜干里加一些肉。

我记得每次回学校前，父亲都会花上很多时间，精心为我准备一周的食材。父亲有一回炒了一盘芋头丝，里面没有放肉，只是放了很多辣椒，开心地跟我说："儿子，这个可比肉还好吃呢！"真的是好吃，那几餐饭，我只要一点点菜就能吃掉一大碗白米饭，至今我还记得它的味道！可惜一小罐头菜，几天就会吃完，然后又是用萝卜干度日。

中考的那一天下着倾盆大雨，我正要上车，父亲从家里走了六七里路，穿着雨衣出现在我面前，塞给我三包咖啡，说是听城里人说这东西管用，吃了能考出好成绩。我不知道是不是因为您那几包"神药"起了作用，我以中考全校第二名的成绩考上了农村人人向往的师范学校，拿到了铁饭碗。看着您到处夸赞自己的儿子多么多么行，请来亲戚朋友大摆宴席，我心里终于第一次感觉到自己为你们做了点儿什么！

爸、妈，你们知道吗？其实我一直想跟你们说，在别人眼中你们对我的溺爱，不曾让我对学习有过丝毫懈怠。你们总跟我说："儿子读书这么自觉认真，可惜父母没本事供，只要儿子你会读书，家里就是砸锅卖铁也要供。"你们可曾知道，正是你们这些话一次次激励着我！其实，每次看着你们下地干活儿，我也总会吵着一起去，不是我好奇图新鲜，只是希望能替你们分担一点儿。尽管最后总是被你们强行遣返回家，但其实我一直想向你们证明，我也行！中考的圆满就是我最想向你们证明的！

也许那时候你们觉得儿子终于不用再走你们走过的路，不用再吃你们吃过的苦，这才是你们最最欣慰的地方吧？可没想到的是，你们的儿子没有止步于你们的期望。毕业工作后，工资不但一分都没有交到你们手上，还大把大把地拿去学音乐，考取大学后还继续问你们要钱！那时家里钱不够，你们就到处去借，尽管非常困难，但儿子在大学时的优秀表现是足以让你们自豪的！

挚爱亲情

　　你们从来没有跟我提过你们的意见，也没有跟我说过你们的想法，只是默默地支持着我一次次的选择与改变，直到后来到上海找到工作、成家立业。你们知道吗？其实有时候我是多么想听听你们的意见啊！我是多么希望能有个人在我人生的道路上给我一盏明灯！但我不能苛求你们，我知道你们可能觉得自己什么都不懂，也不敢给我提意见，生怕自己的意见会影响儿子的前途。直到最近几年我才终于听到你们常常会说："要是你工作离家近一点儿该多好！家里米啊、菜啊、油啊什么都有，上海这边什么都要买，生活太累了！"我也只能是跟你们笑笑，我知道尽管你们嘴上这么说，但心里是为儿子能扎根上海感到骄傲的！你们只是心疼儿子只身在外拼搏不易，所以当我需要你们的时候，你们抛下了家里的所有田地、所有收入来到上海，为的只是让儿子回家有一口现成的热饭吃。我心里知道，你们其实是极不愿离开生活了一辈子的那个家的，那里有相处了一辈子的乡亲，走到哪里都是亲切的。爸爸总是说在上海闻到的都是汽油味，还是家里的泥土香，也许大上海对于你们来说不过就是儿子这么个小小的家，什么灯火通明、什么霓虹缤纷，在你们心里只不过是一时的新奇。

　　小时候，你们总是会开玩笑地问我："儿子，长大后你会有良心吗？"我总是不好意思说出口，其实我心里每次想的都是：我一定要好好努力，长大后让你们过上好日子！可直到今天，看着你们满脸的皱纹、父亲微微佝偻皮包骨头的身影，我不止一次地问过自己，我真的让你们幸福了吗？我常常会想，要是当年我没有读大学，也许现在在老家做一名安安稳稳的教师，放假时回乡下去看看你们，顺便带点儿你们亲手种的菜、养的鸡，那也许才是你们最期望的生活，可是我没有做到！是儿子当年的不甘让你们背井离乡，跟着我在上海耗费了这么多年。父亲一天到晚待在家里哪儿也不去，我说您要经常出去走走，对身体好，于是您很听话地每天早上出去走，几年下来走遍了整个周浦。我一回到家，您就跟我说周浦哪里、哪里有什么，我都会很认真地听您说完，因为我知道，也许这已经是您最开心的时刻了！除了轧马路，您似乎找不到其他可以让自己参与的事。

今年春节因为新冠疫情，我独自带着儿子从老家返回上海。出门时，你们问我什么时候需要你们来就说一声，我当时"嗯"了一声说："疫情下你们就先安心在老家待着。"其实，我心里已经暗暗做好打算，如果这段时间我一个人能管好儿子就不让你们来了，我想让你们踏踏实实在老家享几年清福，尽管没有儿孙绕膝、没有都市的热闹非凡，但你们起码不用像"坐牢"一样待在上海，起码在老家也不用像以前一样面朝黄土背朝天。前些日子打电话，听妈妈说爸养了两头牛，每天没事就到山里去放牛，妈妈没事时就跟邻里乡亲在一起打扑克牌，我真得很欣慰！那才是我想要给你们的生活，就像小时候你们总想让我开心一样，我也想让你们能够在老家快快乐乐地生活每一天。

好了，也许是积蓄得太久，竟不知不觉写成了长篇大论！一封短短的家书不足以表达我对你们的情感，更不足以描述您二老这么多年的养育之恩！听说你们又种了一点儿田地，我知道你们是舍不得那些地，但毕竟年纪大了，平时还是要尽量少做一点儿，身体才是最重要的。你们身体好了就是在给儿女积福，好在家里还有二姐能够常回家去看看你们，我也就放心些了。

本来想暑假带儿子回家看望你们的，由于疫情只能作罢，下次回家应该是过年了，请你们多保重！

儿：小勇叩首
2020 年 8 月 23 日

老婆，你值得我赞美的地方数不胜数

柯方云[*]

亲爱的老婆：

　　时光像沙漏一样不停歇地流逝，转眼间我们从相识、相知到相爱、相伴，牵手走过了33个年头。这么多年的风雨相伴，我们正在用行动践行着"执子之手，与子偕老"的诺言。

　　自从你当上村干部，一直奔波在村里，每次忙完村里的活儿回到家，听到你疲惫的声音让我好心疼。我常年在外，你回到家后还要照顾老人和孩子，特别是尽心尽力照顾年迈的爸爸，几十年如一日。辛苦地照顾好咱们的家，我无数次想开口对你说却羞于表达，现以家书这样的形式来表达我对你深沉的爱。

　　近两年因为新冠疫情的影响，你待在家的时间更加少了。疫情防控期间，卡口值守、全员核酸检测，劝村民接种疫苗，上门逐户做思想工作。去年，村里创建省级美丽宜居示范村、提升人居环境面貌等，总有你忙碌的身影。你常常一脸疲惫回到家，却总是那句话："这是我作为一个村干部应该做的。"

　　记得你担任村妇联主席时，率先带领妇女同胞们跳起来、舞起来，在激情澎湃的舞蹈中，看到了乡亲们脸上洋溢着发自内心的欢乐和幸福，你说你感受到了人生的绚丽多彩。

---

[*] 柯方云，浙江省绍兴市嵊州市贵门乡玠溪村居民。

2015 年，你在村里成立了女子舞龙队、文艺队。现在，村文艺队队员已经达到了 22 名。在村里的文化广场舞台上、在镇里的文艺会演舞台上，在市里举办的庆祝国庆节、全民运动会等活动舞台上，都有她们洋溢着青春活力的舞姿。

玠溪村从晚清时期就有舞龙习俗，村里老人对舞龙情有独钟，只要锣鼓一响，老人们都能挺起腰板舞上好几圈，且面不改色。你说作为妇联干部必须把这种文化传承下去，为此专门成立了女子舞龙队。舞龙对体力要求极高，你就以身作则带领大家加强锻炼，增强体力，说这样才舞得起来、舞得漂亮。在每年重阳节，你率领的这只独特的女子舞龙队登台表演，一条黄龙在村文化广场上"盘踞一方"，龙头高耸，龙尾摇摆，顿时，锣鼓声、唢呐声响彻四方，从这个小山谷里面满溢出去。老人们围聚在广场周围，观看热烈而精湛的舞龙表演。一条 20 余米的长龙时而上下翻腾、蜿蜒遨游，时而腾空夺宝、盘旋仰啸；时而倒地平舞、翻起千层浪花；时而腾龙翩舞，卷起万朵祥云……双龙争珠、双龙穿云、绞结龙尾、双龙绞身……整个舞龙表演行云流水，看得人眼花缭乱，玠溪村的节日氛围就在舞龙中挥洒开来。

你说你明显感到，村民的思想观念真的转变了，村里的文明风尚已蔚然成风。看到你脸上洋溢的笑容，看到你实现了自己的人生价值，我心里也乐开了花。

其实，日子就像沙漏，一不小心就溜掉了，我们共同生活了 33 年，一辈子平平淡淡，一辈子不懂谈情说爱，你却用实际行动教会了我什么是爱。不知从何时开始，我越来越留恋一家人在一起的日子了，想念一家人围坐在餐桌前吃着你给我们做的饭菜，心里有满满的幸福。

老婆，你身上值得我仰慕赞美的地方数不胜数，在旁人看来，也许有王婆卖瓜自卖自夸的嫌疑，但在我的心里，千言万语也说不尽你的善良、你的勤劳、你的尽职、你的孝顺，值得我一辈子敬重。在今后的人生道路上，我要与你互敬互爱，相互扶持、风雨同舟。最后，我要对你说一句肉麻的悄悄话：老婆，我爱你。

你的老公
2022 年 6 月 24 日

"大难来时一起飞"

袁建良*

亲爱的老婆：

23年前当我们走进婚姻的殿堂，充满对美好生活憧憬向往的时候，当你肚子里怀着我们的宝宝准备做妈妈的时候，谁都不曾想到要遭受如此的苦痛与煎熬。

千禧年，我们迎来了第一个孩子——小涛，你看着刚出生的儿子皮包骨头对我说："我们的儿子咋那么瘦啊？"但当初没有多想。当儿子走路比同龄人要晚，开口说话也比同龄人都迟的时候，也没有多想。当小涛5岁大的时候，在幼儿园经常性的摔倒，幼儿园老师建议我们去看一下医生的时候，当医生建议我们去杭州大医院检查一下的时候，还是没有多想，一直以为小涛是因为缺钙导致走路不稳，容易摔跤。而当杭州儿童医院的肌肉活检报告出来的时候，你那痛彻心扉整个晚上的悲痛哭泣，注定了我们一生磨难的开始。

10年求医路，是你用伟大的母爱引导儿子走向了坚强之路。可曾记得咱们不顾大雨滂沱奔走在上海的各大医院；可曾记得咱们冒着漫天大雪眼含热泪等候在北京协和医院、301医院、东直门医院冰冷的门口；可曾记得咱们坐11个小时的火车赶往湖南湘雅医院，凌晨2点坐在医院挂号室的水泥地上等天亮；可曾记得一听到河南郑州有医生可以

---

* 袁建良，就职于浙江省绍兴市嵊州市七彩阳光志愿服务队。

治疗儿子的病，咱们连夜坐火车出发的场景……一幕幕的往事而今记忆犹新，每分每秒的守护让我们更加相亲相爱。

2009年，我们迎来了第二个孩子——卡卡。女儿的来临让本就因儿子治疗而财务空虚的家庭雪上加霜。这个时候，通过家庭会议，你主动充当起了巾帼英雄女豪杰的角色，决定你负责赚钱，我带儿子求医问药。短短3年时光，生生把你磨得憔悴，但你从来都无怨无悔，用柔弱的肩膀挑起了全家的重担。

2012年，我们有幸认识了上海复旦大学附属儿科医院的李西华教授，也通过李教授加入了上海罕见病慈善基金会的志愿者队伍，通过基金会的无数次论坛，让我们了解了许许多多国内外医学和科研的发展，最重要的是让我们感受到了志愿者的力量！

2016年，你提出要成立一个志愿服务队，去帮助更多需要帮助的人，去关心更加需要关心的人。继而成立了七彩阳光志愿服务队。从此，你就开启了一发不可收的公益之路，也让儿子从每天的无所事事回归到了一个正常人的生活空间。

有人说："夫妻本是同林鸟，大难来时各自飞。"但当我们的家庭承受病痛的苦难与折磨时，我们的相濡以沫、同甘共苦、风雨同舟、不离不弃，让我们全家每天都生活在幸福的氛围中，这来之不易的生活，都离不开你辛勤的汗水和对爱的执着。

感谢你！孩子伟大的母亲。感谢你！我的爱人！

最爱你的老公
2022年6月18日

新时代最美家书

你是黑色日子里的暖阳

郭忠尧*

亲爱的春君：

  你好，没想到我还会给你写信吧。最近经常有人来我们家，询问我们当年的事情，想要帮助我们。在讲述的过程中，我不禁感慨时间过得真快呀，转眼我们已经认识21年了。还记得当年我去你哥哥家做客，一看到你，就被你那明亮的、笑起来又弯弯似月牙的双眼吸引。我从来没见过像你这样的姑娘，在你的身边，仿佛永远都沐浴在春风中……

  我感谢，感谢命中注定的缘分让我们终成连理。那一次短暂的相见，让我们一见钟情，迅速地步入了婚姻的殿堂。婚后的我们相濡以沫，我在工地上做油漆工，你在灯具厂上班，虽不求大富大贵，但日子过得和和美美，也迎来了我们的爱情结晶。当时的我们相信日子会一直都这么幸福美好。

  我感激，感激在我遭遇不幸后，你依旧对我不离不弃。我永远也不会忘记，2014年，我在一次外墙面粉刷过程中，不慎头朝地摔下，生命垂危。当我从手术室里出来，第一眼看到的就是你，你那双被泪水围绕的眼睛，明显是哭了很久。但你满脸微笑，是庆幸我能活下来的喜悦……虽然经过医院的全力抢救保住了性命，但我脖子以下全无知觉，此生都会瘫痪在床。听到这个消息后，我想了很多，想过让雇主赔偿，

---

* 郭忠尧，浙江省绍兴市嵊州市崇仁镇托潭坑村居民。

但对方是老人，本来就没有什么钱，大家都不容易，当时也没有索要赔偿费。想到了正在读初中的女儿，想到了未来的生活……在那段黑色的日子里，我感激你对我的不离不弃，你像一团暖阳，逐渐让我恢复了对生活的希望。

我感恩，感恩你对这个家数年如一日的悉心照料。当初，在医院治疗时，是你独自一人背着我艰难上下楼。住院后为防止我后背出现褥疮，你一晚上就要帮我翻身十几次。那时候的你90斤不到，每次帮我翻身都累得满头大汗、气喘吁吁。为了照顾我，你早早辞去了灯具厂的工作，一边照顾我，每天喂饭、擦洗、按摩、清理屎尿，一边接些不赶时间的零活儿维持生计。你绕过铜线圈、钉过窗帘扣、编过珠绳、制作过喇叭零件……当日子慢慢变好时，屋漏偏逢连夜雨，2015年，我爸患上直肠癌动了手术，你得忙前忙后，两头儿照顾。但你没有一丝抱怨，用尽自己的力量撑住这个家，你经常说的一句话就是"辛苦我是从来不怕的，只要家人都在就好"。你一直安慰我和爸爸，说没有过不去的坎儿，让我们好好治疗。我常常感恩能娶到你这样一个好媳妇，真的是我们一家人的福气。

像我这种情况，如果没有你这些年的照顾，我早就没了。你也从来不当我是个废人，家里的大小事情都会征求我的意见。自从政府给我们申请了低保户，我们的生活已经有了很大改善，各种节日大家也常来慰问我们。女儿也将毕业参加工作，日子很有盼头儿……现在的我能在你的帮助下站起来了，接下来，我会继续努力恢复身体，寻找适合自己的工作，和你一起，尽快把之前借来的50万元欠债还掉。有你在，日子虽然苦，但心不苦。你说过，我是你的大脑，你是我的手，我们会一直在一起。

爱你的丈夫：郭忠尧
2022年6月

女儿想和您说说心里话

卢晓阳[*]

亲爱的妈妈：

您好！

长这么大，我还是第一次给您写信。最近，我惹您生气了，我们好几天没有说话了。可是，我有很多、很多的心里话想对您说。

这几天，我经常问自己：是谁陪伴我从咿呀学语到蹒跚学步，再到成长为今日的读书郎？是谁一直在我身边小心翼翼地呵护着我？是谁为我倾注太多心血和汗水？又是谁为我人生道路指明方向，照亮前方未知的旅途？是您，我亲爱的妈妈！

妈妈，我知道您是爱我的。

妈妈，我还记得，那一天早晨，我发了高烧。您急得不行，一会儿拿毛巾给我擦脸，一会儿让我吃药。可我的烧仍然没有退下去，您只好带我去打针。到了诊所，医生要给我打针时，您急忙嘱咐医生："医生，您小心点儿，小心点儿，我孩子怕疼。"当针扎进我屁股的时候，我扭头一看，您的眼圈红了，脸上现出痛苦的表情。我赶紧扭过头去，情不自禁地流下了幸福的眼泪。

妈妈，我知道您是爱我的。

还有这次，我考试没有考好。回到家，我做好了挨训的准备。而您

---

[*] 卢晓阳，河南省濮阳市范县在校学生。

看完我的卷子，神情凝重地对我说："人生的道路上遇到挫折不算什么，不但不是坏事，反而是好事。你应该在挫折中得到启示，去弥补错误。来，我们分析一下你的错题，你看这个题目……"从那以后，我暗下决心，一定要好好学习，不让妈妈失望。

可是，妈妈，您真不该为了让我上重点初中，就把我的课外书都锁进柜子里呀！

妈妈，我知道您做什么都是为我好。您希望我成为有用之人，为国家、为社会多作贡献。可是，我的生活不应该只有作业呀！我需要读课外书找到学习的方法，我需要读课外书开阔我的视野，我需要读课外书找到我美好的明天。

可是，我不该和您发脾气，更不该说出偏激的话语、作出偏激的行动。妈妈，我知道错了，您能原谅我吗？

写到最后，我还是想说："妈妈，我爱您！您的女儿永远爱您！"

祝您身体健康，工作顺利！

女儿：晓阳
2020 年 2 月 1 日

谢谢，我多彩人生的启蒙者

贾 洋[*]

亲爱的老妈：

今天是母亲节，是您的节日。

十月怀胎，如同奇妙的缘分。我刚来的时候，人生地不熟，一个美丽善良的女子——您，收留了我。我在您那里一住就是十个月，水电暖全免，还每天给我饭吃、教我数数、读故事哄我，带我东奔西跑地"旅游"。我办退房手续的时候，您痛不欲生。从此，我接受召唤，成为您的儿子，您服从"加冕"成为母亲。

曾听您无数次说过，襁褓中的我与您第一次别离时的场景。把我从滨州抱回家时只有8天大，但因工作您不得不马上和我分开。面对即刻来临的分离，您突感难以割舍的心痛，这时正在熟睡的我便哇的一声哭了出来，这也许是我们娘儿俩的第一次"心灵感应"吧！您当时是笑着说的，但是儿子却听出了您的无奈和愧疚。我在老家长大，头一年里每个周末您和老爸都会买了奶粉，骑车来看我，可惜我小不记事。等我稍微大点儿之后，"小屁"琼儿出生了。为了照顾妹妹，你们来得不那么频繁了，本来模糊的印象更是渐渐淡远了。3岁的那年秋忙，我从老家来到县城的家里。当您靠近我，我却下意识地躲闪。面对儿子的疏离与拒绝，不知当时您的心是多么的痛！

---

[*] 贾洋，就职于山东济南市委政策研究室。

我多种兴趣的启蒙在您的身边便开始了——

我非常喜欢用粉笔在水泥地上涂涂画画。有一天您看到我写的"大刀关羽"四个字时，就趁机给我讲起了汉字的书写——横要平、竖要直、点像瓜子、撇像刀……从那时候起，我对如何写好字就有了概念。随着您潜移默化的指导，我渐渐明白"一撇一捺写人字，横平竖直学做人"的内涵。

5岁的时候，您开始教我诗歌。记得当时有个小盒子，里面装有一张张卡片，上面是一首首配有图画和翻译的古诗故事。您每隔几天就教我和妹妹一首古诗。后来，有一张卡片不见了，您和老爸就裁出一样大小的硬纸板，老爸写字，您画画，重新设计了一张。我甚至觉得，那张卡片比原版的还要好看，那张卡片上的诗是白居易的《暮江吟》，至今，我依然记忆犹新。

乒乓球就不用说了，接触之后我便一发而不可收，经常和妹妹把家里的茶几收拾出来，拿几本小书隔离当网，乒乒乓乓地就打起来了，乐此不疲。伴随着那个变老的茶几，我渐渐长大了，您说您眼前时常会浮现两个小孩在那里挥拍攻防的样子。我笑了，您的眼睛却红了。

上小学的时候，您和我们一起"玩扑克"。您发明了一种新玩法：去掉2张王，把剩下的52张牌叠成一摞，背面朝上拿在左手中，右手摸出一张牌翻开，读出上面的数字放下，再摸出一张翻开，将上面的数字相加，一张一张直到最后结果是"364"，看谁用的时间最少。当我第一次记录42秒超过您时，您虽然输了，但是您那天笑的样子真好看。

后来在您的陪伴指导下，我还接触了中国画、英语、收看《百家讲坛》、吹笛子等，您不但把我养大，而且给了我一个丰富多彩的世界。

您又和其他普通的母亲一样，除了繁忙的工作之外，还要帮我们洗衣做饭、照顾起居、接送上学、辅导课业……光阴荏苒，岁月流逝，年复一年地劳作，日复一日地付出。那个曾经青春靓丽的女神现在也开始慢慢衰老了，但活跃在我童年记忆里的永远是您那最美的青春模样……

　　亲爱的妈妈，感谢您的陪伴与教导，让我变得多才多艺、自立坚强，让我拥抱精彩的世界！妈妈，我爱您，每天都是您的节日！

儿子：贾洋

2018 年 5 月 13 日

母亲节，写给3位"母亲"的一封家书

李华锡[*]

亲爱的3位"母亲"：

你们好！见字如面！

母亲节快乐！虽然值此母亲节之际，我和我的母亲、妻子生活在一起，但总归有些话当面说不出口，还是想以书信的方式写下来。

包括"妈妈，我爱你"这句话，我想从小到大都没有对母亲说过几次。

作为男孩，我太羞于对亲人说出感恩、感谢的话了。所以我选择给每位家人写一封书信，表达自己的想法，说出内心的话。

和妻子恋爱时，以及结婚前后，我也会每到纪念日都给她写一封家书。就是这样一封一封家书，构筑起了我的亲情之坝、爱情之堤。

所以在这个母亲节，我想分别对3位"母亲"说一说心里话。

一

首先要和生我、养我的母亲说声：母亲节快乐，您辛苦了，儿子永远爱您！

---

[*] 李华锡，中国青年网记者。

从小，您和父亲对我的教育是放养式，所以才让我最大限度得到了自由，在自由的环境里成长，成就了今天的我。

我知道您对我有很大期望，每个母亲都望子成龙、盼女成凤。当然，儿子自认为到现在为止，虽然距离您的期望有些距离，但总算没有让您失望。

从小到大基本上没有让您操过心，包括生活上和学习上。最后考上大学，也是咱们家里第一个考上本科的孩子。

毕业后来到北京工作，在家人的眼中算是有了出息。虽然在这里生活压力大，但整体来说过得还算幸福快乐。

一年多来，儿子完成了几件大事，买房、安居、娶妻、生子。这几件都是每个人的人生大事，也是每对父母最牵挂的事。

当然，这几件事都是按照我的意愿来的，没有强迫、没有迎合、没有不愉快。

和爱的人成了家，一个小的家庭组建了起来，这个家庭又因为一个小生命的降生而更加开心快乐。

有了孩子，当了父亲，我一夜长大。不养儿不知父母恩，这话说得一点儿没错。没有孩子总是觉得父母的付出都是应该的，但有了孩子真的体会到了做父母的辛苦。

我觉得做父亲的这一年真的是"累并快乐着"的。累是真累，特别是对于我这个非常重视家庭教育的新手爸爸来说，这一年来可以说是如履薄冰。

但总算有强大的内心，在做父亲的路上走得还算平稳。

看着妻子每天给孩子喂奶这么辛苦，我就想到您在我刚出生那两年喂奶的艰辛。每次问您，您都轻描淡写一句话带过，好像那个时候带孩子真的很简单，并不累。

其实不是。20世纪90年代，家里并不富裕，您和父亲还奔忙在脱贫一线，为了家里的生计奔波忙碌，还要照顾一个婴儿，应该更辛苦、更劳累才对，但您总是坦然面对。

孩子未出生，我就和您商量来照顾月子，那时妹妹面临中考，压力很大，您为了两个孩子奔波于两座城市之间。

等到妹妹考上高中后，您就来到北京，全身心地和我们生活在一起，帮忙照顾您的孙子，在北京享福。

其实，这一年在北京您还真的没有享到福，工作日每天白天都需要看孩子，自己做饭、给孩子喂饭、哄孩子睡觉，工作量很大。

周末，可以稍微轻松一些，但还要准备改善一下口味，蒸馒头、包包子、烙大饼、包饺子，您是一刻也闲不下来。

妈，这一年我非常感谢您！帮我们带孩子对您是件很辛苦的事情。您患有类风湿性关节炎，走路不便。孙子七七您也抱不动。走路都走不快，更别说追着孩子跑了。您靠每天吃药、贴膏药缓解疼痛。在身体这么痛苦的情况下，帮我们带孩子，真的让我和妻子很感动。

看到您每天带孩子期间，还抽空读书、学习知识，还能每天陪伴七七一起亲子共读，我和妻子更感激。

您在北京，人生地不熟，最让您牵挂的还是家里的妹妹。她每天走读，时常通视频说想您了，妹妹有时又气得您哭泣，您不仅身体辛苦，而且心理负担更重。

您的两个孩子都没能让您省心，我心里有愧疚。

今天母亲节，我要好好向您说声"谢谢"，给您一个大大的吻，并真诚祝福您：母亲节快乐！妈妈，我爱您！

从我上大学后，和您都是分隔两地过母亲节，这次终于可以在一起过节，您能当面享受儿子准备的鲜花、蛋糕、美食了，这让我最开心！

二

其次，要和养育妻子长大成人的母亲，我的岳母说句感谢！

其实，在我和张俊婚礼那天，就已经向您表达了感谢。但今天的日子不同以往，是您的节日，是专属于母亲的节日。

您含辛茹苦抚养两个女儿长大，在重男轻女的农村里，肯定是受了不少冷眼，这些张俊或多或少地跟我说过。

对我和张俊生的孩子是男是女，您说都可以，其实我们也明白，老人心里还是想要男孩，毕竟在农村，生男孩才是扬眉吐气的。

作为新时代的青年，我和张俊都强烈反对重男轻女的观念，但过去的事情我们不再提及，日子还是向前看。

孩子出生后，您抱上了外孙，是多么地开心、多么地高兴。虽然我和张俊在北京生活，但您每天都要通过视频见一见外孙。

今天这个日子，我要再次感谢您养育了这么好的一个女儿，并同意把她嫁给了我。让我们组建了一个家庭，并有了一个可爱的宝宝。

去年元旦前，张俊带孩子回老家提前给七七过生日，并接您来北京替换我妈，让我妈回家陪伴妹妹一段时间。

这是您第二次来北京，正值寒冬腊月。在春节前忙碌的一个月里，您每天陪伴着七七，还抢着帮忙做家务，给我和张俊做美味的饭菜，这让我很感动。

特别是有段时间，七七经常晚上无缘无故地大声哭闹，为了不影响我和张俊白天工作，您独自哄着孩子入睡，这些暖心的举动我都记在心里。

都说一个女婿半个儿，您没有儿子，我就是您的一个儿子，以后要用更多的时间孝敬您。

等新冠疫情稍缓，我就带着张俊和七七回老家看您。等七七会叫您姥姥，我想那个时候您会更加开心。

再次感谢您养育了这么好的女儿，让我有了这么美丽、善良的妻子。

三

最后登场的当然是压轴人物，就是我亲爱的妻子。

去年的今天，是你第一次过母亲节，我替七七买了一束花，悄悄送给你。你那天非常开心，还给我拍了七七和花的照片。

也是去年今天，我把家搬到了现在的居所，然后把你和七七接到这里来生活。

这一年里，七七叫了你无数声妈妈。我想，他每一次叫你，都会比今天这个母亲节要更快乐。

这一年里，最辛苦的母亲当属于你。全年无休，不仅每天要上班，晚上回家还需要照顾孩子。

基本上一天到晚都没有时间休息，特别是母乳喂养期间，每天晚上是那样的折腾。哄孩子睡着后，你还需要收拾房间、洗澡洗漱，真的是疲惫不堪。

是的，这一年，我们这对新手爸妈就是这样度过的，但你会更辛苦一些。我们没有抱怨，而是看着七七一天天长大，疲惫都化为开心的笑容。

这一年来，让我最为感动的是，你没有离开过七七一天，即便每天再忙，也会陪伴七七，让他感受到了非常满足的母爱。

七七也因此跟你建立了很好的母婴依恋，让我这个爸爸着实羡慕。

羡慕有什么用呢，只能自己多陪伴孩子，让孩子体会到更多的父爱、感受到更多的快乐。更重要的是，能为你分担一些辛苦。

这一年来，你坚定的内心也让我为之感动。很多新手父母都会手足无措，内心不坚定，容易人云亦云，观念摇摆不定。

但我们，尤其是你不存在这个问题。我们读了那么多的书、学习了这么多的知识，就是为给孩子一个美好的童年、给孩子最好的家庭教育。

每当身边人提出一些质疑、提供一些建议时，我看到你是那样的坚定和果断，坚持自己的观点，这是正确的。

孩子是我们的，在孩子早期还没有独立能力的时候，应该由我们决定。但我们的孩子又不是我们的孩子，等到他独立起来时，他又该是个独立的个体，享受作为个体的自由和快乐。

这一年来，我们每天陪伴孩子亲子共读，这是让我最为感动的。因为我们的价值观一致，都认同要给孩子最好的爱、给孩子最美的童年。最美的童年就要读最美好的童书，而绘本又是最美好的童书的代表。所以这一年里，我们每天陪伴孩子读书不低于 2 小时，给他大声朗读，已经成为习惯。这是我们送给孩子最好的礼物。

这一年里，你还给七七制作了很多美味佳肴。让我看到了既羡慕又嫉妒，很多美味我之前都从未品尝过。

你是那样地热爱学习，不仅学习如何进行家庭教育，还学习如何制作美食喂养孩子，这让我很感动。

这一年里，让我感受最深的是，我们都没有原地踏步，我们都在陪孩子一起成长。

我们都很喜欢一句话，那就是陪孩子终身成长，从目前来看，我们都在这样做，而且做得还不错，所以还需要继续坚持。

今天是母亲节,一个属于你的节日。从成为母亲之后,明显感受到你更成熟了,作为父亲的我也是一样。

从一个女孩变成一个女人,再成为一个妈妈,多重身份的转变,责任更重,也更为坚强,内心更为强大。

是的,新时代需要新父母,需要内心强大的父母,我愿意和你一起,成为陪伴七七终身成长的父母。

你不仅是一个妻子、一个母亲,更是你自己,我也会和孩子一起,支持你做好自己。

行文至此,多想给你一个抱抱、一个亲亲,我想这些都无法化解你的辛苦和疲惫,但可以让你感受到爱,一个爱你的老公、一个爱你的孩子。

祝你母亲节快乐,是不是母亲节的每一天都快乐!

再次祝 3 位"母亲"节日快乐!

永远爱你们的李华锡

2022 年 5 月 8 日

欲作家书意万重

李 洋*

亲爱的妈妈：

　　展信舒颜，见字如晤！

　　张籍在《秋思》中写道："洛阳城里见秋风，欲作家书意万重。"近几天秋意渐浓，不知您有没有注意添衣保暖，请原谅远方的女儿无法在您膝下尽孝。从军10年，我们的相聚也就少了10年。您总是说理解我，但女儿却因此深深自责。

　　曾听过一句话"神不能无处不在，所以创造了妈妈"，我想此话不假，您对于我来说，就像是守护神一般。您像太阳，无论何时、无论何地，总是散发着温暖的光辉。童年在您的庇护下，我生活得甜蜜幸福。但就像幼鸟终有一日会离开鸟妈妈独自觅食一般，现在我也长大了，渐渐离开了您。在我独自生活的时日里，有时我会遇到困难与挫折，但只要想起您，便会觉得心底生出无限的力量，有了克服万难的勇气。太阳的慈悲在于她会毫不吝惜地将温暖的阳光洒向大地，寒冷的人因为阳光会感到温暖，迷途于黑暗的人因为阳光会重寻方向。

　　小时候，我曾在旧相册中看过您少女时期的照片，也偷看过小小本子里您用天蓝色墨水写的日记。在那张褪色的相片中，您是另一个我从未见过的模样；在那本日记里，您诉说的是我从没听过的心事。

---

* 李洋，军人，现服役于中国人民解放军31634部队。

我知道了您也会编时髦的辫子，爱弹吉他和吹河边的风。我发现您也会抄优美的诗歌，有梦想和想去的远方。您的生活不是柴米油盐酱醋茶，而是盛满星星的夜空。在悸动的年纪找寻高山和森林，后来在一个叫安稳俗世的小屋久住。生活绊住了您奔向山川河海的脚步，岁月也将您的青丝染上白雪的颜色。渐渐地，您收起了诗歌，将梦想锁在箱底，只用您温柔的目光注视着我，怕我冷、怕我饿，只愿我快乐成长，只盼我平安顺遂。

随着我渐渐长大，我变得越来越含蓄，也变得愈加不善于表达爱意。远方不远，乡愁不断。如今，我在离开您的第十年，执笔写下对您的思念与感恩。

宇宙洪荒，生命浩瀚无垠，但只有您与我真正分享过心跳。时光匆匆，岁月滔滔，数不尽无数青丝变白发，道不尽育我成长受尽千辛万苦。您对我的爱是天底下最大的爱、最深的爱、最沉的爱。谢谢您给了我生命中美好的一切与成长！成长是最漫长的一件事情，漫长至终身。然而，在我漫长的成长道路上，每一次跌倒、每一次受伤，您总是陪伴在我的身边，默默地帮助我、支持我。

妈妈这个词，念在口齿间是如此的温暖而柔软，却又是最坚强的人。年少不懂事时，我曾以一声妈妈为理由，向您无尽地索取；您却一直以一声妈妈为责任，向我无限地付出。

亲爱的妈妈，您是第一次做母亲，我也是第一次做孩子，我们都在摩擦中成长。请您原谅您这个胆小怯弱的孩子，只有通过家书一封，才能说尽对您的感恩与思念；请您原谅您这个笨拙任性的孩子，她真的不懂如何表达爱，常常莽撞地伤害您的心。

子曰："父母之年，不可不知也，一则以喜，一则以惧。"意思是，父母年纪，不可不知，一是为父母长寿而欢喜，二是为父母老去而恐惧。年纪越大，越能体会这句话背后的分量。印象中您还是身体健康，可您眼角的细纹却在提醒我：您又老去了一岁。逐渐明白，我的成长是以您的老去为代价。我多想回到您的身边，日夜陪伴在您的身边。

　　光阴似箭，日月如梭，尽管世界在改变，时间不断向前奔去，但您对我毫无保留的爱不曾有丝毫改变。这10年在部队的生活，使我渐渐懂得：无论经历了什么，只要家里有一盏温暖的灯，为我点亮，便是团圆，便是美满；推开家门喊一声妈妈，就是最幸福的时刻。

　　亲爱的妈妈，感谢您把我带到这个世界，也给了我拥抱世界的勇气。感谢您包容我、信任我、理解我。如今女儿已经长大，是您的小棉袄，更是您的盔甲。小时候您保护我，现在换女儿保护您。

　　转眼已是深秋，愿女儿能早日归家，承欢膝下，共度新春！

　　敬请慈安！

女儿：李洋

2022年10月13日

抹不去，爹永远的背影

徐国珍[*]

爹：

很想您与娘，你们在那边好吗？今天提笔，先向你们报告一件事，这个六月，秀已大学毕业了。

爹，时间过得真快，那个我每次假期师训开始，您就会毫不犹豫放下农活儿来帮我们照看的小囡囡，那个把在您目光注视中吃下"世间最好吃的馄饨"写进作文的小学生，那个想起外公种种好而止不住流泪的大学生，从此将踏上社会，成为独立自主、自力更生的人了。爹，多想和您与娘面对面分享这种喜悦，可我再也无法望见你们。

抹不去的是爹留给我的背影。

2019年的冬天，您被姐姐、姐夫接到绍兴住。元旦假期，我与潮去看你。我们坐在一起聊天，说起您宝贝到大的外孙女秀，爹的眉眼都含着笑意。说到我们兄弟姐妹四个，爹说孩子们各个对您很好，您已很满足了。爹，您就是这样知足与乐观的人。

老人怕寂寞。去看您，我们尽量想多陪您一会儿。但知道您是个牙痛到脸肿都会对我们编个"喝了参须汤上火"的谎言而不想麻烦我们的人。潮聪明地换了种说法，让您陪我们去附近的西小路走走。

老街，老人。爹头戴灰色线帽，身穿宽大羽绒服，反剪着手走在我

---

[*] 徐国珍，浙江省绍兴市上虞区实验中学老师。

们的前面,那么笃定、那么稳健,仿佛是一个老干部在视察民情。没承想,那竟是我最后一次看到爹的背影。

此刻,泪已濡湿我的双眼,我又想起了爹的另一个背影——那是秀6岁大的时候,爹坐在我家门口的楼道上。

娘走后,爹就成了我的依靠。秀小时候,我上班去又放心不下她一个人在家。那时,我只要拨通电话,几乎不用开口,爹就会说:"你放心,我来,我明天一定过来。"爹不善言,但您的"你放心",就是一枚妥妥的"定心丸"。过早地失去了娘与婆婆,正是在爹的帮助下,我们走过了养育孩子最为艰辛的岁月。

那次暑假过后上班,我再也不好意思去劳驾爹了,尽管秀还有十来天的假期。那些天,潮刚好又出差去了外地。我几乎铁了心地将秀一个人留在家里。每天早上离家之前,我总是千叮咛、万嘱咐,要秀记住哪些该玩、哪些不该玩,毕竟那时秀还是一个未满6周岁的小孩。

那天早上,天灰灰的,飘着雨丝。因为要赶到别处参加培训,我早早地将秀安顿好准备出门。推开门,我猛然间发现有个人——确切地说是一位老人,正背对着我坐在楼道上——老人满头的白发在昏暗的楼道里显得格外醒目;宽大的灰白衬衣套在他的身上,使他看上去更显得瘦小。也许是坐得久了,老人正调整着他的坐姿,他把左脚往下一级台阶伸过去,右手放到背后轻轻地搓揉着腰。老人的左边有一只篮子,里面装着一些茄子和青菜……

那正是您。

"爹——"我失声叫了出来。

"唉,唉——"爹忙不迭地答应着,把刚刚伸到下面的左脚收了回来,然后左手撑地、右手紧紧地抓住楼道的栏杆,缓缓地站了起来。

爹一边拍打着身上的灰尘,一边转过身来,看到我就说:"好几天没有你们的电话，我想你一定上班了吧？秀怎么办呢？你们呀，怎么不跟我说一声？"爹一口气说完了这些话，"责怪"的语气中包含着深深的体谅。

"您怎么坐在楼道上？"我急于打开我的疑团，全然不顾爹的问话。

"想来看看你们，早上睡不着，就坐第一趟班车来了。"

"那您干吗不按门铃？"

"我知道你们喜欢睡早觉，怕吵醒你们呀！"

听到爹的这句话，我的心里酸酸的，抬头再看爹那张饱经风霜的脸，我忽然想哭。爹终于还是来了，在这样一个清寂的早晨，就在我们的家门口，爹竟坐了一个多小时，就为了不惊扰我们的晨梦！

爹，人说父爱如山，而我总觉得父爱亦是河。河水淙淙，会一直一直滋养我的生命。今生有幸，做了您与娘的孩子。

想念你们。

此致！

您的小囡：阿国含泪敬上
2022年6月28日夜

老爸留下的那支笔

刘先华*

老爸：

一晃，您离开我们已经 10 年。

您是否还记得一支派克钢笔，它是您留给我唯一的财产，曾听您讲这支钢笔是祖父奖给您的学习用品。

老爸，您知道吗？我用您的这支钢笔书写生活中的点点滴滴，感悟人生真谛，偶有作品见诸报端及杂志，使我成为一名业余作者。我的写作也激起了妈妈学习阅读、识字写作的兴趣。我和妈妈成为"文友"。在我的鼓励下，妈妈养成了记日记的好习惯，通过记日记找到了精神寄托，圆了妈妈儿时的学习梦。

老爸，您从小受家庭的影响，对中医产生兴趣，在祖父的教诲下刻苦学习，终成一代名医。您生前用这支钢笔开具处方为患者解除病痛。在治病过程中，尽量用中草药治疗，以此减轻患者经济负担，以"小处方治大病"见长，得到广大群众好评，人们亲切地称您"庚甫先生"。您用仁心大爱为患者服务，秉承家训家规，待患者一视同仁。膏方也是您的专长，每年立冬过后，找您开膏方的患者络绎不绝。

您写得一手漂亮的毛笔字，免费为乡邻书写春联。每年春节前，在我家门口领取春联的乡亲排成长龙。您性情幽默风趣，喜欢将别人的名

---

* 刘先华，就职于湖北省武汉市蔡甸区卫生健康局。

字嵌在对联中，赠送给对方。即使在生病卧床时，您也仍在病榻床前给乡亲们把脉问诊，直到生命的最后一息。

老爸，您瘫痪在床6年，妈妈照护了您6年，让您干净地回家。您刚离开的那段日子，妈妈沉浸在她的菜园中，麻木自己，当时似乎看不出什么孤寂感。但近几年，妈妈的孤独感与日俱增：在上班的时间妈妈频繁地给我和妹妹打来视频电话，有时会干扰我们的工作。为了帮助妈妈排解孤独感，我和妹妹商量，让妈妈学习写日记，转移妈妈的注意力，也让我们多一个和妈妈对谈的方式。我和妈妈立下规矩，白天在家记日记，晚上才能视频、检查作业，周末回家统计日记字数，按照千字千元计算稿费。2018年"三八"节，我给妈妈买了笔记本和钢笔，作为礼物送给妈妈，让她记录生活中的日常，打发时间。每个周末，我尽量抽空回家陪伴妈妈，帮妈妈纠正错别字、教会妈妈新词、与妈妈分享写作的快乐，兑现承诺按时发放稿费给予奖励。这招果然灵验，妈妈渐渐从孤独中走了出来。妈妈的日记越写越长，用的词汇越来越丰富了。现在记日记已经成为妈妈生活中的一部分。每次接妈妈到我家小聚，妈妈都不忘带上自己的日记本，坚持每晚记下当天的生活场景及事件。2019年春节前夕，妈妈用她的稿费买了一台电视机，为节日增添了欢乐的气氛。妈妈还从稿费中拿出一部分，激励晚辈学习进步。

老爸，2020年一场突如其来的新冠疫情，打乱了我们正常的生活秩序。武汉封城，按下"暂停键"。妈妈被困在汉阳的弟弟家里，我和妹妹都在抗疫一线。"温馨家园"家庭群，成了我们线上联络的精神家园，我们在群里相互鼓劲儿，我和妈妈在群里相互交流写日记心得，妹妹将妈妈日记的精彩片段朗读出来，录下视频发到群里让大家欣赏。在群里和妈妈一起回忆我们儿时的快乐时光，家庭群的温暖和妈妈的关爱，让我和妹妹忘记了战"疫"的疲劳，减轻了恐惧感和焦虑感，鼓舞我们战胜疫情的士气。家人的相互关爱，让我们一起度过了那段备受煎熬的岁月。

哦，忘了告诉您，老爸，随着科技的进步和社会的发展，我们现在已经用上了智能手机，妈妈在我们的指导下也学会了这新鲜"玩意"。我想，您如果健在的话，也会迷上这"玩意"的。老爸！我相信您也一定会和我们并肩战斗在抗疫一线，用中医药抗击新冠病毒，发挥您的余热。

老爸，您是否还记得给我讲过母亲十月怀胎孕育我的往事。由于疫情的原因，您外孙女婧儿的婚礼被取消。婧儿早孕反应最厉害、最需要我陪伴的时刻，我坚守在抗"疫"一线。只好用微信视频聊天给婧儿讲以前母亲孕育我的故事，来激励您的外孙女，使婧儿安全地度过了十月怀胎。2020年9月，我的小外孙勇敢地出生、顽强地生长。小家伙带给我们灾难后重生的希望和惊喜。老爸，如果您健在的话，也有人喊您太外公了哦！

"摇啊摇／摇啊摇／摇到外婆桥……"老爸，您是否还记得这首儿歌。小时候到外婆家，要经过一座石桥，石桥的两旁各有一头石狮子。每当走上这座石桥，您都会教我唱这首儿歌。我倒背如流，在心中根深蒂固。

老爸，我每次抱起小外孙的时候，都会情不自禁地唱起这首歌谣，逗他开心，陪伴他成长。如今他也学会了，每当他摇头晃脑地念唱这首儿歌时，都会唤起我儿时的记忆，仿佛您又牵着我的小手，走在去外婆家的石桥上……

老爸，2021年建党百年之际，我根据母亲日记里的故事，写了一篇文章——《母亲的读书梦》，参加了由省委宣传部和省农业农村厅联合举办的建党百年农家书屋读书征文活动，有幸荣获二等奖。"七一"

前，我哼唱着您教会我的《听话要听党的话》突发灵感，写了一篇《父亲教我一首歌》被刊登在蔡甸《知音汇》上；我还参加了"永安人文记忆"的写作，向读者讲述您和祖父悬壶济世的故事，传承我们中医世家的家风。老爸，现在我们三个小家都有了第三代，每家都有两三名党员，党员总数占到家庭成员的一半，您应该为此感到高兴和欣慰吧！

老爸，谢谢您给了我们生命，谢谢您留给我们永远的精神财富。未来的日子，我将继续用您的这支钢笔记录生活，书写人生，将家风传承，让生命绽放。

女儿敬上
2022 年 7 月

亦师亦友的父女

何显斌*

慧慧：

　　摇啊摇，摇啊摇，宝宝快睡觉哇，快睡觉！
　　孩儿快长大啊，小宝宝，好苗苗。

　　这是你听到的第一首歌，一直由我们家著名歌手——我，为你演唱。老爸曾计划在你披上婚纱时给你一个惊喜的，没想到这几天这首歌老是从我心底唱出。

　　过几天，也就是正月初九——2月5日，是你22岁生日，你一定会喜欢。因为你"始终都不追求金钱，追求的是思想和精神"。你需要的，老爸早已无能为力了，唯有劝你在长年累月的少有睡意中静静熟睡。

　　来，再躺在老爸的怀里，头枕老爸的臂膀，听老爸再给你唱这首优美的摇篮曲。

　　因为，儿时的你，一旦听到我轻轻地、慢慢地唱到"好苗苗"时，你就静静地、熟熟地睡着了，哪怕有时是假装的。

　　睡吧，孩子！让我再看看你献给我的第48个生日的礼物《献给老爸》，回味我们父女相称的8024个甜蜜日子，回忆你给我们带来的欢乐、幸福和荣耀。

---

* 何显斌，现任湖北省伦理学学会常务理事、湖北省荆门市东宝区延安精神研究会副会长兼秘书长。

你我是父女,更是师生、是同学、是朋友,还是互相的崇拜者。

记得吗?1979年你学叫"妈妈"的同时,学叫我"老师"。我们以口哨为铃声,小板凳为课桌,上课讲故事、下课做游戏,直到小学二年级,你才改口叫我"爸爸老师""老师爸爸",后来才改称"爸"。我曾经是你的老师。

1984年,你吵着要上学。可到学校后,你以为我还是老师,不让我离开教室,"逼"得我又一次当起了一年级学生,与你同桌。

一个星期在学校与你同学,竟萌发了我——一个农民重新上学的念头。经过10年的学习比赛,你考上了沙洋师范,我自学完成了大学专科、本科的学业,而且考上了国家干部。接着的5年,你考上大学、考上研究生,我修完硕士研究生课程。

其间,我们的关系不知不觉换了位,我由你的老师变成了你的学生,由你崇拜我变成了我崇拜你。我们在一块时总有说不完的话,经常在探讨社会现象和人生价值中迎来黎明。

这几天,我"偷"看了你在1998年写的日记。你写道:"父亲是一个隐形的独裁者,我要摆脱他的控制。"细想起来,我确实有点儿独裁,我把我的一切希望都寄托在孩子身上,试图靠子女来实现我无法实现的梦想,满足我的虚荣。因而很少顾及你们的愿望,以至于剥夺了你上高中的权利,使你上大学后付出了常人难以想象的努力,也难怪你那时"时常涌现出对父亲的'恨'意"。

在《献给老爸》中你写道:"冷静地打量父亲,你会无奈或欣喜,总之不迷信也不再怨恨。他就是他,这世界上独一无二的你的爸爸。而且他把他的一切都在你的身上打下了烙印,你能做的只是扬长避短罢了。""但我可以肯定老爸为我设计的路即使不直,却教会了我做人的基本功。"你宽容地重新接纳了我,在你20岁的时候,我们又开始了互相学习。

你说你崇拜马克思、崇拜毛泽东、崇拜邓小平，崇拜他们以天下为己任——先天下之忧而忧，后天下之乐而乐。于是你一面埋头在书堆里与历史上的伟人交流，一面又随时变换身份，尽可能地与你能接触的世人对话。你说："我内在对于他人有两种态度：一是认为每个人在本质上都是孤独的，所以我应该给大家带来快乐；二是我也有一种善良的虚荣心，即在明快的交往中我感到快乐。"正因为这样，你在面对所有人（不管年龄、经历、职位、学识、心态和经济状况有多大差别的任何人）时，都能做到有话可说，让别人都感到你可亲可敬，值得交往。也正是在这种明快的交往中，你逐步在完成你自己确定的历史使命："揭示这个世界的真相，解释这个世界，提出改造这个世界的方案，并参与改造世界。"你不断地战胜自我、超越自我，令我自豪，也令我羞愧。

你在母校彭堰村办小学、沈集中心小学、麻城中心小学、麻城中学、沙洋师范、湖北师院、南京大学都是优秀学生，是荆门市的优秀学生干部、黄石市三好学生、沙洋师范十佳学生、湖北师院优秀毕业生、南京大学优秀研究生。你的同学南京大学哲学系(2000)级研究生全体同学说你"勤奋好学、才华横溢、热情奔放、乐于助人"，与你"友谊笃深"；称你为"阿慧小妹"的室友们说你"是她们的好朋友"；与你同窗13年的陈红说你"无论在哪里、无论何时，总是那么优秀，引来许多同学和家长的羡慕"，说你是"父母的骄傲、老师的光荣"。是的，你是那么优秀。

21世纪的第一个大年三十，我们同行在冰天雪地之中，谈论生活的话题，我发觉你把生活看得很透，研究得很深，我记住了你的名言，"善待生活，过好每一个当下，过好每一天。"你说："我感到骄傲的是，我的父母在我小的时候过滤过生活，告诉我生活是乐观的精神加上不断地奋斗。"

岂止我们帮你"过滤"过生活？你何尝没为我们"过滤"生活？在你写给我们的上百封信中，使我们懂得了宽容，知道了"生活不仅是活着"，"还应为这个世界多少留点儿东西""为他人作点儿贡献"。妈妈上了大学、弟弟准备考研、我又恢复了自信，这无一不是你引导的结果。你还帮你的不少同学、同龄人树立起了"直面一切"的勇气。

你走过的22年生活历程，你关于生活的所思所想、所记所写，无不揭示了生活的真谛。你忙于求索，顾不上收获，你总是说你要先厚积然后薄发，厚积到什么时候？什么程度？你曾说你有一件憾事，就是没帮老爸将发表的文章编辑。现在老爸请求你不让老爸也留下遗憾，让我来把你留在家里的数百万字的文字整理出来，题目暂定为《过滤生活》，行吗？

你曾经写过："我是一个渴望远方的人……小时候就清楚远方会有珍贵的东西，要么远方走向我，要么我走向远方。"经历了22年的积累，你涉猎了哲学、经济学、政治学、社会学、教育学、文学、宗教学、物理学等学科，有了较为扎实的功底，计算机通过了国家二级、普通话考过了一级乙等、英语过了六级，还开始了德语学习，你可以到更远的地方去探寻更珍贵的东西了。

大年初一，你带着为了全人类的信念，踏上了新的求学的路，老爸祝你一切顺利！

你也别忘了"等待"的滋味，常回家看看喽！

你的听田震的歌会流泪的爸爸
你的心疼《一个都不能少》中孩子的爸爸
你的"中部崛起"、引吭高歌的爸爸
2001年1月29日（正月初六）凌晨5时35分

解开与婆婆心里的"疙瘩"

厉云春*

亲爱的婆婆：

您好！

最近如不是家中遇到了小纠纷，我都快不记得我已经多久没有跟您好好通个电话、多久没有回家看望您了。今天想提笔给您写下只字片语，却发现笔尖凝滞了，沉甸甸的……很多话在心中，几欲脱口而出，但终究是欲说还休。

一年前，公公因病住在重症室近两个月。那段时间，我们每个人都牵挂着公公，尽心、尽力、尽责。虽最终未能挽留住公公的生命，未能让他在家中闭眼，心中略有遗憾，但也给了公公临终关怀，给了他当时最好的安排。然唯独对您缺少了应有的情感关怀……

您跟公公一辈子相濡以沫、互爱互伴，我们小辈一直看在眼里。我曾幻想过年轻时你俩应该是伉俪情深，是令众人羡慕的一对。也曾期盼过，等我们老了，也会像你们一样，相知相守、相伴到老。

您是一名普通的家庭妇女，把家庭琐事、关爱后辈当成己任。从我来到你们家，就多了一位爱我的妈妈，是您让我倍感家庭的温暖，没有疏离感。曾记得我跟老公吵嘴闹情绪时，您会耐心地陪伴我，跟我说："我没有女儿，你就是我的亲女儿，他欺负你，我骂他……"满满的护

---

* 厉云春，就职于浙江绍兴上虞区谢塘镇中心幼儿园。

犊之情，只不过这只"犊"由他转嫁给了我。曾记得我想学做红烧肉，您会手把手教我做红烧肉的"一、二、三、四、五"五步骤；曾记得我陪您去散步，总会引来旁人羡慕的眼光："这是你女儿吧？"当时您总是拉着我的手说："是媳妇，但比女儿还亲……"

在我的眼里，您一直是勤俭持家、隐忍耐劳的长辈。每周的菜谱，周末那几天是最丰富的，平时您总是剩饭酱菜一拌了事，而每到周末您却总是提前给我打电话："回来吗？想吃什么，我给你们准备好。"每当身体不适，您也总是隐瞒着不说，仍旧操持着繁重的家务，不想让我们挂心或担忧。

记得10年前，您从深圳回姚，心里一直藏着个"疙瘩"却没跟我们吐露半字。在公公的陪同下，您再一次去医院进行了检查。回来后貌似轻松地告诉我，长了个瘤，菜花状，打算跟舅舅去武汉动手术。我当时蒙了，不知道菜花状其实就是恶性的，还在安慰着您："没事的，说不定是良性的，再好好检查一下。"其实当时您自己很清楚，偷偷上网查过，就是恶性肿瘤，但面上一点儿都没表露出来，还是像往常一样关照着："你们放心好了，照顾好自己，不用担心我……"那一年，我们未尽孝在床前，甚至因为工作未能赶到武汉来看望您一下。好像在您人生的词典里，只有"付出"一词，没有"回报"一说……

这次也是一样，看似不起眼的小纠纷，对您来讲却是很难跨越的鸿沟。而作为子女的我们恰恰是最后一个知道的，还是通过家族群其他人的群聊信息得知的，惭愧之心油然而起。您把尊老爱幼、夫妻和睦、勤俭持家、亲情陪伴……这些中华民族的传统美德发扬得淋漓尽致，但在这里我只想告诉您："妈妈，我们是亲人，我们是一家人，这世上有什么比一家人相知相守更重要呢？您身上有的，我们必将会传承。您心里想的，也请您及时告诉我们，不要再一个人默默地承受。"

中国有句古话："树欲静而风不止，子欲养而亲不待。"我不会让这种遗憾再次发生，所以我要告诉您：妈妈，以后我还会跟以往那样经常来"烦"您。

爱您的儿媳、女儿
2022 年 6 月

一封无法送达的信

陈国英[*]

妈妈:

离开我们已一个多月了,你在天堂还好吗,是否因为牵挂你的女儿而走得不安?女儿希望你在天堂好好休息一下,不再为生活而忙碌,也不再为了我们而心焦。

曾经因父亲的早早离去,你为了抚养5个女儿而省吃俭用、辛苦劳作。那时你是家里起得最早的一个,给家人做好早饭,忙活好家中一切,吃上几口饭便去上工。中午又匆匆回家做饭,打扫卫生、喂好家禽,等我们回家时,家里一切整洁有序。午后别人总是小憩一会儿,而你总说睡不着,呆坐着无趣,又出门去地里。晚饭时,总算可以不用那么忙碌,一家人说说笑笑,吃完饭后不是看电视就是坐着闲聊。只有你还有很多活儿等着:洗碗、洗衣、收拾地里拿回来的东西、准备明天要用的……你吃剩饭、穿旧衣,省下每一分钱,干无数的活儿。那时我只记得你匆匆的身影,却又让儿时我那么的安心,不因父亲早逝而彷徨。你的辛劳、你的节俭,让家里生活越来越好,而你依然忙碌、依然省吃俭用。直到那一天,你刚从地头回来突然倒下,依然穿着那身洗得发白的棉布衣服,那时你已是90岁高龄啊!

你用一生的辛劳,告诉我一个朴素的道理:勤俭持家生活才会越来

---

[*] 陈国英,浙江省绍兴市柯桥区平水镇越崎社区居民。

越好。

我从读书到工作,从来没有迟到一次,也从不早退。我只知道读书期间,你总是早早叫醒我,让我做好上学准备,按时去学校,你没有告诉我不能迟到、不能早退,但你用你的行动,默默地影响着我——要守时。我也从不轻易答应别人什么,因为你告诉我答应了就要做到,那叫守信。小时候,你把捡到的3万元巨款(那时万元户举国皆知)还给失主。当人家要给钱表示感谢时,你说:"要钱就不还你了。"记者采访时,你说:"丢的人会急死。"你用朴实的话语告诉我——不贪、不昧。

每次回家看你,闲聊时,不免抱怨几句工作、生活。那时,你总会和我说起你和父亲的过去。

你们婚后没几年,父亲参军离了家,后来还去了抗美援朝。你说,那时生活很苦,孩子还小,家里老人要照顾,一家老小生活的担子压在你肩上,你只有更加努力,用更多的时间去劳动,干脏活儿、累活儿多挣几分工分,这样才能在年底有粮食、有钱。可就是这样,我们家还是"倒挂户",直到几个姐姐长大也能干活儿,才好点儿。你说干活儿很累,但看到女儿懂事,生活有盼头,心里踏实了;你说坚信父亲一定会回来,那时就好了;你说你喜欢干活儿,喜欢这样平平淡淡忙碌又充实的农村生活。

你不说你的艰辛,但我却从你的叙说中仿佛看到了你伛偻着腰忙碌于田间地头;看到了你照顾家中老小匆匆的身影;也看到了你每每担心战场上的父亲而偶尔失神的呆愣。我更从你故事般的讲述中明白了:工作、生活,总会有这样那样的不如意,但我们要对生活充满希望,努力去做好我们应该做的,去做我们能够做的。

记得小时候,乞丐总会来家中乞讨,你都会把家里吃的装上一大碗,有肉时还会加上几块。后来乞丐都不要饭了,只要钱,你每次都

挚爱亲情

会给一元、二元，而给我从来没有那么爽快。再后来，乞讨的人都比你年轻很多，你依然给得那么大方。我曾生气地和你说："他们比你年轻，不知道去干活儿挣钱，还要你一个老太婆的钱，这样不知道羞耻的人，你还给？他们的好吃懒做，都是你惯的。"你说谁没事愿意出来做这没脸没皮的事？于是你依然如故。我想，这是不是就是你说的尽自己所能帮助需要帮助的人。这也是你再一次教我：勿以恶心度他人，做人要善良。

妈妈，你总是用你的方式关心着我们、影响着我们、教育着我们。在你的影响教育下，我们姐妹团结友爱、互帮互助，我们努力工作、热情生活。

妈妈，你从不和我们讲大道理，但你又教会我们很多大道理。谢谢你，因为你的教育影响，让我无论学习、工作、生活，都能坚守初心，做好自己。

妈妈，这辈子有幸做了你的孩子，我还想做你下辈子的孩子。

谢谢你，我的母亲，我的亲娘。

此致

敬礼！

你的女儿：国英

2022 年 6 月 20 日

在真切的感恩中慢慢长大

郭锦梦*

亲爱的爸爸妈妈：

我又想给你们写信了。

天气渐渐冷了，在每个寒冷的早晨，你们安排好我上学，又急匆匆转身去上班的背影，让我很感动。我常在心里默默地说：爸爸妈妈，做你们的女儿，我真的很幸福！

父爱如山，母爱如海。

爸爸妈妈，你们是平凡的，整天为生活而奔波。每天清早天还不亮，妈妈就为我准备好了香喷喷的早餐，你们自己匆匆忙忙吃点儿饭，就急急忙忙赶去上班。

我放学回家的时候，一位拖着疲惫的身体在厨房里准备可口的晚饭，一位帮我辅导完成作业。家里家外，你们的身影总是匆忙的，我甚至很少看到你们休息。

爸爸妈妈，你们是伟大的，你们对我和哥哥的成长，倾尽全力、辅导有方。

我从小学三年级开始使用钢笔，我写的字总是歪歪扭扭，让你们看着头痛。为了提高我的书写能力，你们花费了不少的心思。不管多忙，只要有时间就陪我写作业，帮助我练习书写，纠正我的握笔姿势；给

---

* 郭锦梦，河南省濮阳市范县金堤路小学学生。

我报名参加学校的书法社团，跟着书法老师练字……你们时常提醒我："一定要养成良好的习惯，不良习惯一旦养成，想要改掉特别难。"现在我写的字明显有了进步，连语文课的李老师都表扬我了，上周书法比赛我还获了奖。

2019年7月，哥哥收到北京大学录取通知书，爸爸妈妈你们是那么的开心。8月17日，我们全家送哥哥去北京上学。四口人走在北京大学的校园里，我看到你们脸上藏在皱纹下的微笑。

妈妈您告诉我："这里是中国最好的大学，每一名学生都有可能成为国家的栋梁之材。要想成为这里的学生，从小就要努力学习、勤奋上进。"爸爸妈妈的鼓励、哥哥的期待，在我的心灵深处埋下了一颗梦想的种子。

在这之后的日子里，我每次遇到困难，有不如意、不顺心的事情发生、发脾气、使小性子的时候，你们就把哥哥写的笔记读给我听，把哥哥获得的奖状拿给我看，还让哥哥抽空与我视频，说说大学的校园生活，以此激励我，却从不对我发脾气。

亲爱的爸爸妈妈，我越来越体会到你们的良苦用心。你们让我明白，学习就是要脚踏实地，不能有半点儿虚假、不能半途而废；做人就是要谦虚谨慎，懂得妥善处理不尽如人意的事情。

你们爱我，却从不娇惯我。一直要求我自己的事情自己做。我很高兴，我能作为家庭的一位成员，分担着家里的一些家务。我学会了洗自己的衣服，整理自己的房间、洗碗、浇花。其实，我还可以做得更多呢。从中，我也体会到了爸爸妈妈的辛苦，感受到你们忙里忙外的不容易。你们的付出，让我懂得了感恩，我在真切的感恩中慢慢长大。

亲爱的爸爸妈妈，谢谢你们！

我永远记得，哥哥在全县大会上给学弟学妹说过的"我在北大等你们"那句话，这是我的信心和力量，我要像哥哥一样努力，跟着哥哥的脚步，走进北京大学，成为优秀的大学生。

  我生活在这样温馨、和谐的家庭中，我是多么的幸福啊！我是一个平凡的女孩，但我一定不会平庸。相信在未来的某一天，我也会成为爸爸妈妈的骄傲！

  祝爸爸妈妈工作顺利、身体健康！

爱你们的女儿：梦梦
2022 年 11 月 5 日

儿媳是亲生的，儿子是捡来的

董笑含*

亲爱的元元：

今天是 5 月 31 日，是你和夕尧结婚一周年的纪念日，也是咱娘儿俩结缘一周年的纪念日。在这个特殊的时刻，妈妈有些心里话想跟你说。所谓以文记之，以信传之，就算是妈妈送给宝贝一件特殊的礼物吧！

元元，妈妈至今还记得第一次见你时的喜悦——你清澈的大眼睛毫无生分地热情地看向我，可爱的笑容里没有半点儿做作、扭捏。敏感关系里的两个女人第一次见面，妈妈本想端着准婆婆的架子与你进行礼貌的交流，可是在你面前，妈妈心里所有的设防与距离瞬间就被你的真诚瓦解了。

老话说，不是一家人不进一家门。妈妈年轻时是个工作狂，且为人强势。你先生，也就是我儿子夕尧自小最缺的就是妈妈的陪伴，最烦的就是妈妈的强势与控制。他曾发誓说："将来我结婚，一定不会娶像妈妈这样的女人。"当时我听了心里既难过又心酸——妈妈那么努力打拼，不是为给他提供衣食无忧的生活吗？妈妈对他严格要求不也都是为他好吗？那一刻，妈妈觉得自己是个特别失败的母亲，甚至对自己取得的成就也感觉毫无价值和意义。直到夕尧带着你出现在妈妈面前，那一

---

* 董笑含，散文作家、文旅策划制作人，原河南广播电视台民生频道总监。

刻，我明白了一个母亲在孩子心里，尤其在男孩子心里会起到多么大的作用。

英国心理学家温尼科特说过："所谓的谈恋爱，其实就是在寻找能扮演母亲角色的人。"当然妈妈不能断定这个理论是否成立，可是无论从外表长相、精神气质、人品德行以及情趣爱好、生活习惯，你身上确实有妈妈的影子，包括那一点儿小小的控制欲。只不过，宝贝内心的柔软和女孩子娇媚、可爱胜过妈妈太多，这也许是让夕尧最痴迷的地方，我想这也是让他决定选你为妻最关键的动因吧！

一个好女人，福荫三代人，通过这一年的相处，妈妈明确知道宝贝身上具备最可贵的女子秉性，那就是"柔"。可别小看这一个"柔"字，它几乎是妈妈半辈子都在修行、修养的一个字。老子说："天下之至柔，驰骋天下之至坚。"意思就是"柔"不仅是生命的特征，更是一种强大的力量。女子可以自立自强，但在一个家庭中不能失去做妻子的柔美、做母亲的温婉。妈妈觉得柔善是一个女子最重要的品性，超过身材曼妙、容貌姣好。这也是元元最让妈妈欣赏的地方——夕尧跟你结婚后，一改以往孩子般的任性，像个真正的男子汉了。

亲爱的元元，生而为人，做一世女子，你知道这是多么美妙而又是多么艰难的人生体验啊！元元，我们每一个女人都是这个世界上最珍贵的生命，她是人类生发孕育的母体，每一个女性都应获得尊重、爱戴和呵护，每一个女性都是这世上独一无二的存在。亲爱的元元，你和全国6亿多姐妹都是幸运的。在我们国家、在这个时代，你可以尽情地释放自己的能量，展现自己的美好，施展自己柔韧、细腻、卓尔不群的女性特质。

在我们的日常相处中，妈妈会把你当作天赐的女儿、无间的闺密、相契的朋友。妈妈唯一不想做的是用社会关系和老传统定义的"儿媳"

标签来要求你、约束你。妈妈会尊重你们小家庭的生活方式，并与你们的生活保持应有的边界。

在事业发展上，妈妈特别支持你大胆尝试，发现自己所长、探寻自己所爱。妈妈在这件事上始终都会是你的陪跑和教练，就像我们联手开创的新媒体账号"知几知己"，它的诞生让妈妈看到你蓬勃的创造力和超棒的执行力。在工作中，宝贝以"90后"的视角，与妈妈探讨账号的风格与思路，废寝忘食地剪辑创作，严谨的态度让妈妈心悦诚服。身为老媒体人，妈妈为新媒体人元元点赞自豪！

在你和夕尧的情感关系上，妈妈想告诉你的是，经济独立、情感独立、精神独立是一个女人此生、此世顶级的配置。无论宝贝身在哪一种关系状态中，都不能失去"独立"二字。一个生命影响另一个生命，一个灵魂感知另一个灵魂，是这个世上最棒的关系状态，宝贝谨记！

纸短情长，容再叙。

爱你的妈妈
2022年5月31日

大洋彼岸思故乡

于敏敏[*]

亲爱的老爸老妈：

你们好！

好久没有给家里写信了，可能是每周打电话联系，就渐渐地把写信的形式取代了，可提起笔来还是有很多、很多想说的。

时间真快，一转眼来美已3年了。想想当初那个勇敢辞了职、毅然告别亲人，提着两个大箱子，踌躇满志来美的我真是感慨万千。3年弹指一挥间，我却经历了求学的艰难，体验了生活的艰辛与生存的压力。我想有些感受，如果不是经历出国的磨炼，那个在北京有着舒适生活、宛如温室里花朵的我，是永远也体会不到的。

老爸总是在电话中问我："你在美国最深的感受是什么？"我说在这里感受最深的就是：永远不要嘲笑他人的梦想！其实，这句话不仅是我时刻提醒自己要尊重他人的一句座右铭，更是我用以激励自己乐观、自信、努力进取的法宝——勇于追逐梦想。

人的一生是很短暂的，如果没有梦想，只满足于生活在自己平淡的世界里，就永远不会体会到生命的精彩。我想老爸肯定也会赞同我的观点。因为从您自身的经历就能充分地体会到这一点。试想当初若不是您勇于报名参加1978年"文化大革命"后的第一届研究生考试，经过刻

---

[*] 于敏敏，某企业高管。

苦努力的奋斗，在北京获得了硕士研究生学位，很可能您还是那个只有高中一年半学历、在电厂里工作的工人。

当然，由于受家庭因素的影响，每个人的起点都是不一样的。就像我和老哥生活在北京优越的家庭环境中，上大学和在北京找一份稳定、体面的工作，要相对轻松容易得多。所以我们会不满足于现状，为了实现自己的梦想，辞去工作，老爸和老妈不理解我们为什么不珍惜这些到手的幸福生活。其实我们只是想在爸妈给我们创造的良好生活基础上，寻找更大的发展空间。如果当初我和沈立不曾梦想到美国来发展，我也就不会拿到硕士文凭。

人不能空有梦想，更要时时刻刻为实现梦想而努力奋斗。在我接触的中国留学生中，大家都十分刻苦，每个人都在不同的生活阶段为了不同的生活目标努力奋斗着。记得刚到美国的时候，为了入学的 GRE 和托福考试，我每天都会给自己制订严格的学习计划。上学后，为了能够节省学习时间和费用，就注册 16 个学分课程（超过 12 个学分后再注册的课程免费），当然一个学期（3 个半月）下来要应付 13 个大大小小的考试，晚上很少 12 点以前睡觉。

毕业后为了找工作，我还要精心准备简历、锻炼自己的口语等。其实，这些都是为实现自己的梦想所做的努力。记得上班的第一天，坐在开往曼哈顿的火车上，置身于匆忙的上班族当中，我突然想到了小时候生活在河南焦作电厂的一些场景。那个时候，我知道爸妈在北京工作，感觉外面的世界最大不过就是到北京去看天安门了，谁会想到长大后我会生活在地球的另一面。而纽约又是一个国际大都市，在这里，不仅可以看到来自世界各个国家不同肤色的人群，更能感受到不同的文化氛围。如果不出国看看，真是感受不到世界是那么大、那么精彩。

当然，我们更不能忘记祖国。现在沈立尚未毕业，等他拿到博士文凭，我们增长本领就回国发展，为国效力。我们做梦都想回到故国家乡呢！

  祝：爸爸妈妈幸福安康、万事如意！

女儿：敏敏
2003 年 10 月 27 日

婆媳亲热如母女

顾春芳*

兰：

你好！

从你融入我们家，我们相亲相聚已经7年了。在这几年中，你会毫无顾忌地大声叫妈，声音响彻左右，让人不自觉注目你；你会和我、小不点儿一起看晚霞归鸟、逛水库田头，偶尔还会一起去钓个小龙虾、抓个泥鳅，乐和乐和；有时我们还会一家人野游，随便看见一家小吃部，去吃上一碗热腾腾的打卤面，然后慢慢走回家；我们还会一家人团聚在一起，一人一口干掉那个"雪胖子"，美其名曰"减肥"，鼻子上沾满奶油而自嘲。有人说，你和我长得很像，从外貌到行动，难怪有人说："门前一条河，讨个媳妇像阿婆。"我们之间的那种亲热程度，大家都以为我们是母女。

但是，兰，记不记得几年前，我分析了你和我儿子的性格脾气，对你推心置腹地说了几句话："兰，生活要靠自己，男人再有本领，也是他们自己的，女人要活得有尊严，必须靠自己。"从那以后，你开始了备考的艰辛之路，工作之余，你夙兴夜寐、劳心劳神，一路过五关、斩六将，考过了建造师一级、造价师一级，而且道路多项，园林、水电等加项，考出了骄人的成绩，绘出了美丽的彩虹。记得那时每天早上，天还泛着鱼肚白的时候，你就亮起了房中的灯，开始晨读。而我也肯定起

---

* 顾春芳，就职于浙江省绍兴市诸暨市大唐街道综合文化站。

床了,给你准备早饭、茶水,给大家洗好了衣服,从田头收来了蔬菜,希望给你们最新鲜的东西吃。而且每次到菜市场去买菜,我都会选你喜欢的菜,希望你吃得开心,工作得有劲儿。

你的不倦学习、乐善为人、勤奋工作,为你的儿子也树立了榜样。你在灯下读书,你的儿子也在阅读,虽然没有读到精髓,但是已经有模有样,这是你的榜样作用。家里每次吃西瓜、糕点等,你都会给每人留存一份,同时也不忘送给爷爷、奶奶一份,那种自然之孝,溢于行动,已成我们家的一种风气。我忽而想,将来当我们老的时候,你的孝心也会让我们如沐春风,让我们一家人和顺甜美。

工作,是一个人的立身之本。你勤勉工作,从来不迟到,用百米冲刺的速度完成着你的跑前准备,而老妈是你忠实的跟班、后勤保障。当夜幕降临,门口翘首观望的是你的家人:下雨天,6岁大的儿子给你撑伞,让你幸福感满满;老爸老妈为大家准备的一桌美食,让你有归家的温馨;饭后的田园遛弯、大樟树下跳绳,成了一家人最欢快的相聚时光;还有……这一幕幕田园诗般的生活模式,让我们一家人和美相处,幸福满满。我知道,这一切的获得,得益于你性格的恬静、生活的豁达。因此,你就是我们家的"润滑剂",和顺了家庭的脉络,让一家人快乐相处。

兰,你知道平时老妈喜欢上网,看到那些婆媳的矛盾、钩心斗角,总不以为然,我以为是空穴来风,是无稽之谈,和我们有天壤之别。但是,我更知道,一个家庭的和美需要用真诚、用爱去呵护,经过多少年的经营、多方面的付出,才能使家成为大家温馨的港湾。

祝好!

老妈喜呈
2022 年 6 月 6 日

挚爱亲情

我会接过您手中的接力棒

陈　榕*

亲爱的外婆：

　　展信安！

　　我好像是第一次以这样的方式和您交流。上周来看您时，您坐在巷子口等，看着您的满头白发在风中晃晃悠悠，我才惊觉，曾经那个事事要强的您已经是个爱晒太阳的老太太了。三十个春秋，我走得太快了，根本没有觉察出那变化是什么时候开始的。

　　我的大半个童年，是和您在老屋中度过的。记忆中的您是很严格的，当我摔倒在地哭着要抱时，您总是拿着红花油"冷眼旁观"，告诉我要自己站起来；当我用渴望的眼神看着操场上疯狂追逐的孩子们时，您总让我先写作业，用平淡的口气说："要多读书。"您经常给我讲居里夫人的故事，鼓励我成为她那样的女性，以至于刚上学的我见到邻居和亲戚朋友就不知天高地厚地说："我长大后的理想是当中国的居里夫人。"

　　家里常年订着《绍兴晚报》和《益寿文摘》。晚饭前，您会站在窗边，扶着老花镜看报纸。吊扇不紧不慢地转着，与时钟的"嘀嗒"声一起，和着纸张的翻页声，转过了一圈又一圈。这种扑面而来地带着些许霉味的阴凉，总会让我的心一起静下来，在翻完我手中的画本后，偶尔

---

　　* 陈榕，江浙省绍兴市越城区塔山街道东双桥社区居民。

也来您这儿瞟一眼长寿秘诀什么的。您还记得留给我的一本本剪报吗？每每看到报纸上能发人深省、催人奋进的文章报道，您都会收集起来，仔细地贴在硬壳本里，嘱咐我好好看。那个时候"终身学习""独立人格"这些词还没那么流行，但却是您对子女后辈的最大期望。我想，要达到您所期望的目标，我还有很远的路要走。

我仍然记得，夏天的夜晚，我们在院子上摆上藤椅，您摇着芭蕉扇和我讲您年轻时候的故事。从战争讲到饥荒，从申请入党讲到成为茶厂里唯一的女组长。虽然您的故事来来回回总是那么几个，但我依旧入迷，就像在听孙悟空历经八十一难，终于成圣归来。而等我长大许多，我才明白，那些考验与磨难，未必不如西天取经一般惊心动魄，荡气回肠。

时至今日，您忘性大了，却还清楚地记得每一个交党费的日子，心心念念着什么时候去开党员会议，拉着我念叨共产党的好。每次有困难户需要捐款，您也总是最积极的那几个人之一。去年，您拿到了"光荣在党 50 年"纪念章，开心得像个孩子，还专门让母亲给您拍照留念。您眼中的光，就如那年夏天夜晚的星子一般耀眼。

"忠诚印寸心，浩然充两间"，您深厚的家国情怀总是在我成长的道路上不断指引着我前进。仔细想来，您从来没有给我讲过什么大道理，却用自己的一举一动默默感染着我。感谢您让我在童年就有着自由勇敢的心，让我更加坚定人生的信念。

如今，我也是一名有着近 10 年党龄的党员了，还担任着区税务局妇委会副主任一职。我时常想起您来，想起您如何帮助工厂提产扩量、帮助困难姐妹脱贫致富。站在服务群众的最前沿，我始终牢记自己是一名党员，精准服务，为纳税人、缴费人纾忧解困，热情帮助，当妇女同胞的"贴心人"。虽时代不同、场景不同，但稼穑蓬勃、梦想熠熠，我

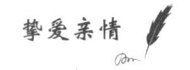

会接过您手中的接力棒，奔跑在新时代的新征程上。也愿岁月温柔，让我能陪伴您更久、更久一些。

最后，祝您身体健康，平安顺遂！

您最爱的外孙女
2022 年 6 月

亲子时光

做个追赶太阳的人

王伟君*

女儿：

见字如面。

自你工作以后十多年来，咱们娘儿俩总是各忙各的，好像许久都没有好好说会儿话了。听说你们单位开展家书活动，我百感交集，就想和你说个痛快。

妈妈自20世纪80年代走上教师岗位，已经干了36年。去年，组织上给长期担任班主任的妈妈颁发了"伏枥奖"，这是组织上对我们这些"躬身践行教育梦，静待陌上百花开"踏实任教的老教师的鼓励与鞭策。

回想当初，我们在20来岁，响应国家号召，毕业后直接到基层小学任教。那个时候，生活真是艰苦，每天风里雨里十几公里路程的奔波。你呱呱坠地后，我总是把你放在外婆家。在妈妈进修学习的路上，错过了你成长中那么多的"第一次"，我心里常感到愧疚。

伴着你咿呀学语，你爸爸跟我商量过，要不要辞去教师这份工作？可当我看到班里那些孩子，即使吃不饱饭、穿不暖衣，还是对知识抱有深情的渴望，我就于心不忍。这条路就这样坚持走了下去。

那时候，学校条件有限，教室的窗户漏风渗雨。我怕冻着孩子们，就用塑料薄膜钉窗户，在门缝和墙缝里糊上报纸。有些孩子家里特别

---

* 王伟君，杭州银行股份有限公司台州分行员工王涛的母亲，退休教师。

穷，常常饿着肚子来上学，我就把饭菜分给他们吃。我把自己的办公桌也搬到教室，和孩子们一起学习和工作。

为了提高自身教育素养，妈妈一直坚持学习课改理论和专业知识，参与各类教研培训，先后主持《活动化教学新模式》等多个市级课题，撰写了《激活求知欲望》等30多篇论文发表在报刊上，或在省、区、市各级各类比赛中获奖。

妈妈和你说起这些，就是想告诉你，人生中有耕耘就会有收获，只要坚守自己的初心和理想，就能看到美好的未来。

有人说，教师是太阳底下最光辉的职业。我觉得，教师就是那追赶太阳的人。每天早晨，迎着初升的太阳走向学校，看着朝霞洒在同学们的脸上，他们的笑脸是那么的灿烂，我也会由衷地幸福着。

正如那追赶太阳的夸父。他认定太阳的尽头有一片生命的绿洲、有一方神奇的净土、有一个美好的家园，他就每天与太阳竞走。教师也是认定了孩子的心灵是一片纯净的蓝天，教育事业是一方神奇的沃土，莘莘学子是可以用双手托起的太阳，人类的文明发展需要代代薪火相传，所以，妈妈会不辞辛劳地传道、授业、解惑。

孩子，你已经长大了，我为你感到骄傲和自豪。你们现在工作生活条件好了，要努力工作、多作贡献。今天的好生活，是无数革命先辈用鲜血和生命换来的，我希望我的孩子能感党恩、知党情、听党话、跟党走，不要辜负党的谆谆嘱托和殷切期望，在自己的岗位上拼搏奋斗、努力贡献，为国家建设发挥好自己的作用。

妈妈希望你做个追赶太阳的人，永远积极向上！妈妈相信你一定能做好！

爱你的妈妈——一位老教师寄语
2022年5月1日

你只是全班四十分之一

徐 娟[*]

亲爱的儿子：

今天的英语课上，你一次次地举手，一次次没有被妈妈点到名字，"蛋糕"奖励也一次次与你擦肩而过。你后来"一不做，二不休"，开始低头摆弄手中的橡皮……妈妈看见了你心中的"愤懑"。

这堂英语课，妈妈要教单词蛋糕"cake"，为了能调动课堂气氛和学生参与的积极性，在和你一起回家的路上，妈妈拐进了蛋糕房。想着能用实物蛋糕教学，还可作为奖品"奖励"学生。英语课上，新授单词巩固环环推进，一双双小手高高举着，妈妈却一次次掠过你举起的手，点了别的同学……你开始用愤懑的眼神紧紧盯着我，最后哭泣、流泪，接下来，课堂上再也没有看到你高举的小手。

这节课，妈妈没有为你停下教学的脚步，然而下了课，眼前却总是闪现你那"愤懑"而不甘的眼神……不能忘怀，课后你找到我，狠狠瞪着我，冷冷地说："妈妈，你不爱我，为什么别人举手你叫他们回答，而我举手你总不叫我？"

儿子，妈妈想对你说，在课堂上你是学生，妈妈是老师。你是全班四十分之一，我要把机会给班中每一个孩子，在机会不能均等时，妈妈只能"忽略"你，把机会给其他同学。同时，我不希望你因妈妈是老师

---

[*] 徐娟，江苏省苏州市张家港市塘桥中心小学教师。

就想拥有"特权"。妈妈希望你得之坦然，失之淡然，充满对下次机会、下节课机会、下下节课机会的期待之心，在未来成长之路上，培养宽阔、坚定、积极、进取等高尚的品格。

儿子，9岁大的你一时还不能理解妈妈的良苦用心，没关系，妈妈会用笔书写、用心等待，给你一个自由成长的时间。这一课，是痛的课，期盼着，化为乐的收获！

孩子，妈妈爱你！

深爱你的妈妈
2010年9月10日深夜

12年"抗战",妈妈是你的战友

刘嘉雯[*]

致我最爱的宝贝:

  这是妈妈写给你的第一封信,脑海中总有千言万语想说给你听,忽然不知道从何说起。还记得十月怀胎从一开始孕吐到全身无力,到你在肚子里"拳打脚踢",再到听见你出生时第一声啼哭,那个时候妈妈就只有一个愿望,希望你健康、快乐地长大。可是妈妈发现,随着你慢慢长大,妈妈变得越来越贪心。

  当你拥有正直、善良、大方的品格后,妈妈又希望你能在德智体美劳各方面能有良好的发展。给你报画画课,希望你能取得考级证书;给你报钢琴课,希望你能早日考出十级;给你报英语课,希望你能尽快拥有一口流利的英语口语;给你报围棋课,希望你每次考级比赛都能顺利通过;给你报游泳课,希望你在有限的课程内掌握更多的泳姿。仿佛对你的每一次"耕耘",我都希望尽快能获得硕大的"果实"。

  看着你每次去上课时小小的背影,我心里总有万般情感不知道如何表达。你就像一只小小的蜗牛,背着重重的壳努力前行。而我总嫌你不够快、不够好。还记得前两天的晚上,因为你练字慢、做错数学计算题,妈妈对你发脾气了吗?当时你越哭越委屈、越哭越伤心,直到让你去洗澡冷静一下,才慢慢平静下来。虽然已是晚上10点,我仍然让你

---

[*] 刘嘉雯,上海市浦东新区傅雷小学胡天辰同学的妈妈,从事汽车行业。

把剩下的练习题全部做完后才让你睡觉。

可当你刷完牙走出浴室时，你眼中闪烁着泪珠对我说："妈妈，您别生气了，我以后会速度快一点儿认真做的。"那一瞬间，妈妈的内心五味杂陈。你上床后，妈妈问你："妈妈对你发脾气，你讨厌妈妈吗？"你说"不讨厌"。我再小心翼翼地问你："那你还爱妈妈吗？"你说"爱"。

请原谅，妈妈第一次转换一个新的角色而不知所措，你进入了人生一个新的阶段，我也跟着学习调整心态。总想让你变得更厉害、总希望你变得更完美、总想你成为我希望的那样，但是我却忘记了你原来天真、可爱、无忧无虑的那份美好。每当钢琴比赛或考级前，你每天都要坚持高强度几小时的练习，偶尔你会哭闹，但还是会努力坚持。看着你练习时的背影，妈妈把心疼深深藏在心底，希望你能明白"坚持"这两个字的难能可贵。有付出才有回报。当你参加钢琴比赛获得金奖时、当你参加钢琴考级取得五级优秀成绩时，妈妈永远都比你还要紧张和激动，但原来你可以那么毫无畏惧、坦然面对。

孩子，这就是你的闪光点，努力做好每件事使你变得更有自信。我总让你学习别人家的孩子，但是你却从未要求我做完美的妈妈。双休日，我睡懒觉的时候，你会在我床边轻声说："妈妈，我先去弹钢琴，弹完你要起床陪我哦。"我说我很累的时候，你会帮我按摩；我说我做不来的时候，你说你帮我；你还说你长大了就学开车，你开车带我出去玩；你赚钱了给我买我最喜欢的首饰……仿佛你已经是个长大了的男孩那般懂事，但其实你还只是一个小暖男。原来孩子对我们的爱简单而纯粹。

有时候，我以为对你付出了很多，但其实妈妈并没有那么伟大，付出的同时一味地对你索取，而孩子对妈妈的爱与生俱来、赤诚深厚。希望你以后为人父母时能体谅现在的我,对你的严厉只是希望你以后能获得更多的尊重和自由,仅此而已。

  还记得妈妈在开学前对你说:"我们要经历12年'抗战',妈妈和你一起'抗战'到底"。我希望你能明白,妈妈是你的"战友",而不是你的"敌人"。当你需要我时,我会义无反顾地陪在你的身旁;当你想要展翅高飞时,我会学习慢慢放手,让你去寻找更美的天空。妈妈答应你,以后不再对你乱发脾气、大吼大叫,多发现你的闪光点,一起努力,慢慢进步。妈妈永远是你坚强的后盾,让我们一起努力:默默耕耘、静待花开!

最爱你的妈妈

2020年5月7日

爱能包容一切

李文明*

诚儿：

前几天，你和爸爸因为选择你未来考大学的方向而起了争执，妈妈看在眼里，说实话，真为你高兴。因为你已经知道规划自己的人生，而且对自己的未来充满信心。你掷地有声的一句"我的事不用你管"，这渴望独立自主的呐喊，是妈妈养育你15年来最想听到的声音，这一刻终于来了！

然而，你为此挨了爸爸一巴掌，这是你15年来第一次挨爸爸打，你感到无比的委屈、无比的气恼、无比的不服气。其实，爸爸的这一巴掌，饱含着他15年里对你每一天的期待与深沉的爱，对你长大后要经历的人生寄予的无限希望。但打完之后他后悔与自责得俨然一个可怜的小孩。因为，他知道，你已经步入了青春年华，正处在以梦为马、不负韶华的时代，你有权决定自己的未来！

而你，遇事也需要冷静，你用法律维权似乎很对，但如此严肃做法，用在爸爸身上有些生硬。要知道，他是因为爱你才执意参与你的选择。

"父母教，须敬听。父母责，须顺承。"你应该先尊重爸爸，听爸爸发表他的意见，你有不同的看法，等爸爸说完再和气地探讨。小时候，

---

* 李文明，辽宁省铁岭市昌图县实验小学教师。

你背得滚瓜烂熟的《弟子规》，那一刻都抛到九霄云外了吧？妈妈知道，你是一时没控制住情绪，这也是正常的。

你赌气说再也不管他叫爸了，还真的执拗着不理睬爸爸了。可爸爸仍一如既往地为你准备晚饭，还傻傻地为你反驳他时说的大道理感到欣慰，爸爸还和妈妈夸奖你是羽翼渐丰的雄鹰，可以放心地把你放飞了！不管怎样，爸爸是真心真意地希望你好。其实，爸爸真的很爱你。

爸爸打你确实是一时冲动，他原本是舍不得对你说一句重话的。那天，爸爸下班回来买了点儿小吃，一进屋就兴致勃勃地喊你过去吃。这是爸爸想要与你和解，你明白吗？诚儿，我们也没上过父母大学，也是第一次做父母，现在反思过往，妈妈也有很多做法是错的，但你从不与妈妈计较，因为你知道妈妈爱你。现在你还跟爸爸怄气，你是觉得爸爸不爱你吗？

冰心说："父爱是沉默的，如果你感觉到了，那就不是父爱了！"其实父爱同母爱一样无私，不求回报，是一种寓于无形之中的感情，你不识父爱真面目，只缘被爱包围中。

15年来，爸爸没有一刻不爱你，他始终把你放在心里最柔软的地方。在你小的时候，爸爸每天下班回来第一件事就是看你，轻轻地抚摸你的小脚丫、亲你的小脸。每当这时，我都领悟到"爸爸"这一称谓是多么伟大，可以使铮铮铁骨男儿充满一腔柔情。

妈妈还记得，幼小的你第一次出鼻血，爸爸慌乱中竟然找不到卫生纸，那一刻，他对你的爱尽显无遗。4岁那年你生病，我们决定带你去市医院，我让爸爸吃完饭再去，"那还吃啥，早一分钟是一分钟"。爸爸的这句话是对你的深情告白。

新买的玩具玩不好，爸爸做技术指导；玩具、用品坏了，爸爸修；起不开罐头盒盖，爸爸开。我们喜欢吃的美味，爸爸都会做；我们想去的地方，爸爸挤时间带我们去。爸爸一直是我们心中的"大力士"、无所不能的"超人"。现在，你长大了，个子有爸爸那么高了，很多力气活儿、技术活儿都不再依赖爸爸了，但爸爸始终关注着你，对你的爱一丝一毫都没有减少。

　　诚儿，爱能化解一切怨怼，爱是包容一切的海。爸爸妈妈爱你，我们已经达成共识，因为我们爱你，所以尊重你的选择，让你做自己，我们在你的背后，永远默默地支持你、给你力量，用我们关注的目光照亮你前进的方向。

　　加油吧，小伙子，朝着你自己设定的目标，让你的人生绽放。

永远爱你的妈妈

2021 年 2 月 8 日

百变叮当

钟晓辉[*]

亲爱的叮当同学：

你好呀！

是不是很奇怪这是什么？这就是妈妈跟你说的"信"，写给你的第一封信哦。这信就像你学姐姐写小纸条一样，把想说的话记录下来，但内容更多了。

首先，祝贺你成功完成了小学第一课——体验日活动，你是一名真正的小学生了！

小学，你是既熟悉又陌生，熟悉的是姐姐在这所学校读了 3 年，陌生的是你一直在自己的小世界里，仿佛突然进入了另一个世界。

你说你理想中的小学是像马里奥那样的大型模型场所，有各种场景可以参观，还有闯关游戏等着你们，你们就是小小的马里奥要通过自己的智慧和勇敢来过关。如果再来一个马里奥的哥哥就更好了。看了现实中的学校，你又觉得学校像个迷宫，学习就是对决，每天走同一条路就可以送走大怪物。说到字，你又说字宝宝就当它是无脑僵尸好了，你用你的玉米加龙炮打倒一片……这都是什么天马行空的想象和联系。妈妈可没有玩过马里奥的游戏，男孩子的世界，妈妈真的越来越不懂了。但妈妈发现你会把两个事物联想到一起，找相似和不同的地

---

[*] 钟晓辉，上海市浦东新区傅雷小学朱泽瑞同学的妈妈，从事财务工作。

方，这个想法很好。妈妈不支持你玩游戏，但鼓励你开阔眼界并和实际结合起来。

听完你说的，妈妈想了想，觉得你就是小小的马里奥，即将要在傅雷小学这所迷宫里探索、闯关：语文课带你认识更多的生字宝宝，还有好听的故事；数学课帮你弄清楚这游戏总共有多少关，你解锁了几关，还剩多少关；英语课啊就是宇宙里的外星语，你都可以和外星人交流了呢；体育课那就是变身大力士；美术课可以让你随意增加自己想要的场景和道具；还有好多课程等着你去解锁、发现其中的奥秘呢！你觉得小学怎么样？我觉得和你想象中的一样，等你来挑战。

在你写心愿卡时，我们说了几个话题，你最后选了梦想，但你的梦想变成了：长大后要当矿工挖水晶。还有，你一会儿要当赛车手，一会儿要当科学家，一会儿要当矿工。一开始，我只当你随便说说，现在我才理解，原来是你懂得了一个道理：做好一件事要有一个前提条件和一定的过程。你的最终梦想是，开着自己制造的先进火车参加战争，赛过敌人的车（赛车手），前提是你要有很多钱来买零部件（矿工挖水晶），再自己研发制造出想要的火车（科学家）。你的这一条思路，终于在踏入小学大门的第一天给理清楚了，我感觉像突破了世界难题一样值得庆祝。妈妈为你的梦想而感到骄傲。叮当，为了你的梦想好好学习知识吧，这样才能用最省事、省力的办法找到大的水晶矿哦！

怎么突然发现你变了呢？除了还是那么可爱，又多了几分勇敢和担当。叮当，男孩子要有责任、有理想和抱负，不怕困难，勇敢地接受每一个挑战。但是叮当，你要转变一个角色了，你现在是一名小学生，你要明白你现在的任务是学习。上课要认真听老师讲，看黑板、看书，课后及时认真完成作业，尊敬师长，和同学友好相处，爱护环境、热爱劳动。只要做好你应该做的,老师和同学都会喜欢你的,你的成绩也会很好哦!

加油吧,叮当!相信你的小学生活会非常丰富有趣的。

爱你的妈妈
2021 年 11 月 17 日

加油,"大姐姐"

陈珊珊[*]

"大姐姐":

眼看你就到五年级了,到了小学毕业这一年了,时间过得飞快。时间于人似乎难有感觉,但时间于你,感觉最明显的好像是你的身高。5年,你以每年10厘米的速度,从"小朋友"跃然到162厘米亭亭玉立的"大姐姐",仿佛见证了奇迹。你的身高"鹤立"于众同学之中,你却说:"感觉有点儿不好意思了……"所以,你开始"刻意"避开参与学校的公开演讲之类的竞技活动,你说觉得以自己特殊的"海拔"身高,去台上跟一众"小同学"竞争,会让人误解你是在"欺负"小朋友!然后,妈妈才明白,原来妈妈一直引以为傲的你的身高、那些老师啧啧称奇的你的身高、那些你同学和家长嫉妒、羡慕的你的身高,竟然也成了你的一种累赘和"自惭形秽"?!

所以,妈妈想告诉你一个哲学问题:万事万物都是对立统一的,是矛盾的。你的优点和长处,在某些方面,也可能会成为你的缺点和短处。还是以你的身高为例,因为遗传,因为运动和锻炼身体,长得高确实有优势,你不是也说了,在班级里,你可以轻而易举帮同学擦到黑板最高处那些他们擦不到的地方;班级办黑板报,你也是"舍我其谁"承包黑板最高地段的绘画,你可以非常骄傲地帮同学们够到高处他们够不

---

[*] 陈珊珊,上海市浦东新区傅雷小学郑依晨同学的妈妈。

到的东西……但是，同样，身高也成了你的掣肘和麻烦，比如你永远只能坐在教室最后一排，远远的，偶尔看不清、听不清老师写的和说的；在出操和放学列队时，永远排在最末尾；你只能勾着身子在矮小的课桌上趴着写字……这就是身高太高的矛盾。最明显就是每逢体育课，因为你个子高，体育老师总是会对你"委以重任"，统计管理和搬拿运动用具……妈妈想说的是：不管身高给你带来烦恼或者骄傲，希望你都要、你都能坦然面对和接受，消化和分散就好，不用盛气凌人或者畏畏缩缩。

五年级了，你也迎来了人生的成长转折点。你的身高比同龄孩子早窜高，身体也比同龄女生早发育，每个人的成长阶段和时间节点都会有所不同，这其实很正常。既然你比同龄人个子高，那就尽量发挥和利用好个子高的优势，你只管挺直了腰背，昂首阔步地走路，一定要纠正和避免身高带来的含胸、驼背问题。如果你感觉课桌太矮，可以勇敢地跟老师提出来适当调节课桌的高度，总之是坐在最后一排，不影响其他同学的视线就好。

身体方面，你还是要多锻炼，节假日有空还是要继续坚持骑行和游泳，随着年级越来越高，看书的范围和时间会越来越大、越来越长，要注意保护好眼睛，虽然你现在上课已经需要佩戴浅度的近视眼镜看黑板，但还是要多注意保护眼睛，端正看书的坐姿，特别是要自觉控制电子产品的使用时间，这样即便不能使眼睛恢复如初，也能有效缓解近视程度。女孩子不管何时何地，自身形象和形体保持是毕生的功课，妈妈希望你坚持锻炼，将来成为窈窕、亭亭玉立的形象，这是完全值得你坚守和骄傲的资本！这也是你作为我家"姐姐"形象的示范，以后妹妹也会以你为范、以你为敬、以你为荣的！

小学这几年下来，虽然你的学习成绩并不是很优秀，但是妈妈从来没有觉得你比同龄孩子差。因为在生活方面你一直比较懂事，独立自主。早在二年级你就能独立上下学，独立安排生活、计算购买，独立照顾妹妹，而后越来越能干，能独自出门帮妈妈按清单购买食品，能独立坐公交车，独立浏览网络查询资料，独立摸索修图软件运用，熟练运用手机支付，特别是固定的零花钱方面，你也一直控制得很好，于是你就成了我家最懂事的"大姐姐"。特别是在帮妈妈带妹妹方面，妈妈一直是满意和感动的。妈妈也经常在朋友圈感叹：每次出门都靠姐姐！姐姐比爸爸有用、靠谱多了！确实，妈妈想说的是："衡量一个孩子，并不是只看学习成绩，生活技能和独立自主能力也是孩子成长很重要的方面，有时候甚至比学习成绩更重要！"这些年来，你要感谢妈妈一直对你学习不做强制要求，妈妈也要感谢你一直都和妈妈保持良好的亲子沟通；你要感谢爸爸对你从来不吼、不叫、不打、不骂，爸爸也要感谢你真的是他的贴心"小棉袄"！

你已经是毕业班了，你的学习生涯将面临第一次大的考验：小升初！妈妈希望你有所重视，因为人生很多成长转折点都是需要重视起来的。比如，这两年的世界性难题：新冠疫情，我们遇到了，是对生命安全教育重要的一次经历，应当积极面对，好好珍惜当下。那么，像爸爸反复说过的那样："你很幸运，因为你们是傅雷小学第一届毕业生，将来某些能力优异或有所建树的，都会成为这个学校未来的标杆和纪念。"妈妈并不是要求你能成为傅雷小学未来的标杆，但是为什么不能积极努力和争取一下呢？！所以，在小学最后一年里，你还是应当稳打稳扎把学习基础打好，争取把你的特长——绘画发挥好！还是要多听妈妈的嘱咐：上课认真听讲最重要，自觉花时间多背、多记知识点，继续保持端正、干净的书写流畅和规范，独立自主上学，合理安排好学习和作息时间，闲暇时光看看书，扩大阅读范围。节假日，妈妈还是会继续抽出时间,陪你出去开眼看世界,多多体验不同的快乐……只要你努力,就能正常考进理想中学。中学就是你的青春期了,你也会发现和爸爸妈妈会渐渐远离,那将是你成长的新一阶段,爸爸妈妈拭目以待。

　　加油,我的"大姐姐"!

爱你的妈妈
2021 年 8 月 24 日

亲子时光

阳光小暖男

涂玲玲*

我的小暖男：

图哥，你好！

妈妈还是想用这种特别的方式给跨入一年级的你一点儿仪式感，第一次这么正式地给你写信，感觉很奇妙，我的小小少年就这样长大了。

提起笔来，过往的时光像放电影一般一点点划过，想起妈妈曾经的豪情壮志，有点儿惭愧。想要把你的点点滴滴记录在册，可每每提笔，次次词穷，如今只有偶尔在朋友圈上的只言片语。从呱呱落地的喜悦、珍贵到如今的欣慰、安心，妈妈感谢你选择我，让我有了一个新的身份，让我有机会和你一起成长蜕变。

第一次看到小小的你，背着大大的书包，坚定地踏入校园的那一刻，妈妈感触很深。无忧无虑的幼儿生活一去不复返，迎接你的将是十多年寒窗苦读。但是妈妈相信，你可以很快地适应，机会是留给有准备的人。我的小暖男，这份家书妈妈思考很久，还是想好好夸夸你。

首先，你习惯良好。"凡人之性成于习"，妈妈也一直坚信：习惯，是在习惯中养成的。你良好的饮食作息、与人为善、热爱阅读、遵守规则等习惯与品性，都是你这辈子最大的财富。好的习惯养成，得益于家庭环境和高质量的陪伴，和睦乐观、积极向上的氛围，引导你不断在独

---

* 涂玲玲，上海市浦东新区傅雷小学张宇泽同学的妈妈，从事建设业务运营管理工作。

立、自信、自律的道路上提升自己。当然，你才不足7岁，很多时候难免拖拉、任性，未来的路这么长，至少你的起点还不错。

其次，你积极上进。"合抱之木，生于毫末；九层之台，起于累土；千里之行，始于足下。"教育从来就不是一件快乐的事，从出生起，你就已然跨入人生的赛道。妈妈深信"少壮不努力，老大徒伤悲"的道理，我们早早开启学前教育之门，从牙牙学语到学科教育，不浮不躁，一步一个脚印。你是一个对自己有要求的孩子，努力上进，专注力较强，希望这些知识储备和学习能力，可以帮助你轻松应对小学生活。

再次，你善良大度。"与人为善，于己为善；与人有路，于己有退"。你乐于分享、善良大度、懂得感恩，这是妈妈最希望你可以一直坚守的原则。正确的三观，健康的心理是何其重要。我们小心翼翼去呵护你的美好世界，希望你可以单纯、简单，做你喜欢做的事情，尝试更多的挑战。妈妈更多的时候是"佛系"的，希望你快乐、健康、善良……

复次，你兴趣广泛。"人若志趣不远，心不在焉，虽学无成"。兴趣是最好的老师，你爱好广泛，我们也一直尊重你、支持你、鼓励你去尝试各种喜好。当然有兴趣不代表一定有天赋，妈妈也希望你不要太在意结果，过程中你有其他的收获也算是另一种意义上的成功。在运动上，自身的协调力受限，需要花费更多的时间和精力，你让我看到了勤勉坚持；在音乐上，虽五音不全但偏爱钢琴曲，虽不爱弹奏但节奏感还不错，陶冶下情操也挺好。现在的你爱骑车、爱跳舞、爱画画、爱下棋……总之你开心就好！

最后，说说些许期望吧！俗话说："家长懒，孩子才能勤快。"一直以来妈妈张罗得太多、决定得太多，你的依赖性、独立性还有待加强。是小学生了，妈妈要变得"懒惰"一些，希望你可以更加独立、坚强，自己主动安排生活和学习，男孩子果断的性格、担当还是必不可少的。

亲子时光

你是个慢热的孩子，还有点儿小害羞，妈妈希望你多交朋友，与不同性格的人一起碰撞，相互学习，大大方方地表达自己所想，让你的小学生活变得五颜六色，不是更精彩吗？古语有云："读万卷书，行万里路。"你热爱读书，妈妈爱好旅游，未来的我们要一起走更多的路，一路上相互陪伴，带妈妈看遍世界繁华……

除此之外，还是要再感谢一下我的小暖男，包容妈妈偶尔的暴脾气，时刻给予妈妈温暖和能量，支持爸爸妈妈有自己的事业。同时也感恩爷爷奶奶的付出，让我们没有后顾之忧。妈妈希望你记住：无论什么时候，爸爸妈妈都是你坚实的后盾、最安全的港湾，我们永远爱你。

家书是一种传承，妈妈争取能经常给你写一写，期待下一次你的回信哦！

爱你的妈妈
2020 年 9 月 14 日

时间在哪里，花开在哪里

张 维*

亲爱的孩子：

　　古希腊哲学家柏拉图曾说："时间带走一切，长年累月会把你的名字、外貌、性格、命运都改变。"深以为然。

　　现实生活中，明明幼儿园时大家都是站在同一起跑线，但是随着时间的推移，大家的境遇已悄悄发生了翻天覆地的变化。

　　为什么会这样呢？

　　妈妈认为，那是因为大家对于时间的使用程度不同。有的小朋友每天早上睡到最后一刻才起来，拖沓地刷牙、洗脸，直至最后一刻进入教室。而有的小朋友，上了6点的闹钟，准时起来洗漱，然后拿出语文或者英语书本进行晨读。你觉得这两种小朋友，他们在学习上会有差距吗？妈妈请你仔细地思考一下这个问题！

　　其实，妈妈也有自己的看法，我觉得我们把时间放在哪里，我们就收获在哪里！就拿我们家的两只小鸟来说，都是爸爸从它们蛋壳里刚出来就开始养的，它们的起点是一样的。但是因为"渣渣"是第一只手养的小鸟，你万分喜欢，每天都会把它放出来，跟它玩，所以它也很亲人，它会黏着你，能听懂你叫它，能和我们有互动。相反，第二只小鸟"泰迪"因为"渣渣"的存在，我们全家都忽略了它，每天只是在笼子

---

* 张维，上海市浦东新区傅雷小学石雨晨同学的妈妈，从事进口木材销售工作。

亲子时光

里面待着。偶尔放飞一下，它也不跟我们亲近，时常乱飞，导致我们越来越不喜欢和它玩。这就是活生生的例子啊。

还记得我们背的陶渊明的古诗吗？"盛年不重来，一日难再晨。及时当勉励，岁月不待人。"时间，是这个世界上最公平的东西，每个人所拥有的时间都是一样的，就看我们怎么去支配它了！开学之后你就念二年级了，又长大了，妈妈觉得你应该学会如何分配自己的时间了，所以今天我写这封家书来提醒你，希望你可以有所思考并有所收获。

我不想安排你的人生，那种被妈妈规划好人生，然后驱赶着你前行的方式，我们都会很累。我希望你的人生你做主，你能明确自己想要什么，树立好目标，再朝着目标规划你的时间。我说过，我只想和你做朋友、做闺密。

妈妈希望你有所思考后，来找我聊聊你的想法哦！

爱你的妈妈
2021 年 11 月 10 日

输不失志,赢不失态

张凤燕[*]

亲爱的宝贝:

很惭愧,妈妈是第一次给你写信。爸爸妈妈虽然非常爱你,但一直疏于表达。

你是一个非常可爱、追求完美的小朋友,虽然有时候你会发脾气,但更多的时候给我们全家带来了欢乐。我爱你,我的小宝贝!

妈妈时常一个人静静地回想这7年多来,你从咿呀学语到有自己独立想法慢慢成长,让妈妈时刻充满着感恩与感谢,感恩你成了爸爸妈妈的孩子,感谢上天给了妈妈一个懂事乖巧的宝贝。3岁时,妈妈手牵手送你去上早教;现在,你在前面跑,妈妈在后面追,我们每天早上高高兴兴地走在上小学的路上。你走出去的每一步,都带着爸爸妈妈对你热切的期盼与展望。

宝贝,这7年也给了爸爸妈妈很多感动与惊喜。2012年9月12日,你终于第一次出现在我们面前。第一次将你抱入怀中的情境记忆犹新:我双手小心翼翼地将你搂着,不敢太轻也不敢太重,你抱着很轻,但我的责任很重,因为有了你,我们就有了作为父母的责任与担当。我们总是很担心,怕教育不好你,怕不能给你一个最好的未来,怕……我最爱的宝贝,你可能体会不了爸爸妈妈的心情。这种种的担

---

[*] 张凤燕,上海市浦东新区傅雷小学熊子豪同学的妈妈,教育工作者。

心造就了妈妈日后对你严格的要求。很多时候你都责怪妈妈对你太凶，可能我真的太严厉，使你很害怕。如今反思，妈妈觉得可能这种方法真的错了，以后妈妈会改正，也希望你能体谅妈妈。

亲爱的孩子，如今你已经成为一名小学生了，从幼儿园到小学这几年，你让爸爸妈妈很安心，一直遵循着入学第一天爸爸告诉你的做人准则：做一个善良的人、做一个有责任心的人、做一个有礼貌的人。妈妈很为你感到骄傲。

但是妈妈有很多话对你说。妈妈知道你害怕错、害怕输，这也与妈妈的教育有很大关系。亲爱的孩子，错了、输了都没有关系。这世上没有谁能随随便便成功，更没有一蹴而就，只有厚积薄发。如果想做对，首先请学会放下，放得起，才会有成功。成功一时，未必次次成功；错一次，未必次次错，不要沾沾自喜、恃才傲物，不要妄自菲薄，输不失志、赢不失态，输赢皆是人生常态。

如果把输赢看得太重就会很累，要学会轻装上阵，跌倒了必须勇敢地站起来，微笑面对，从头再来。孩子，那些成功、赢得漂亮的人，私底下都付出了高于常人百倍的努力与艰辛，只有用汗水与血泪才能浇出成功之果。孩子，妈妈希望你自信，自信可以把潜藏在你身体里的能量全部激发出来！一个人有多少能量，他自己是估量不到的，别人更无法探测。

亲爱的孩子，希望你学会接纳，点亮别人。子曰："三人行，必有我师焉；择其善者而从之，其不善者而改之。"多看别人的优点，多看自己的缺点，海纳百川，有容乃大。妈妈希望你以后永远做个点亮别人的"太阳"，放松心态，相信自己，不要怕！这世间没有过不去的坎儿，我们尽力而为就是了，能做好最好，做不好也不要逼自己。

未来可期,你可以"期",妈妈也会去"期",尽你的力量走好就行了。妈妈希望你做独一无二的自己!

和你一起成长的妈妈

2019年12月4日

静中之慧，方可致远

蔡易霖*

柯、昂吾儿：

时光葱茏，白云苍狗，见汝日长，深感教子之任重于泰山，唯恐为母不周、教子无方而误汝等之前途，故作此书，以此示儿，亦以自省，当共勉。

汝等生逢盛世，生在红旗下，长于春风里，实是万幸之至，为人为学，只记一"静"，方可致远。

为学尚静，此乃心无旁骛，持之以恒之意。古有诸葛孔明，戒子言曰："夫学须静也。"诚然，古人诚不欺吾哉。夫学，长才，增知，非静无以成学，静之于学，乃心之所安，意之所聚，情之所钟。不以外物之为扰。古之学者，有生于陋巷不改求学之乐者颜回，亦有趋百里求师不减问道之志者宋濂。此二者，乃践行心无旁骛，静心求学之道，其言："以中有足乐者，不知口体之奉不若人也。"亦复明其专一衷情，故后有大成。匡衡凿壁、王冕学画亦处处诫汝持之以恒、心无旁骛。汝等为学须心神合一，聚精会神于庠序、执经叩问于尊师、谦逊有礼于同学，静中求学，持之以恒，方能知才兼具、文武兼备，此乃静中生慧。

为人要静，此乃戒骄戒躁，淡然平和之意。若吾儿有志于学，他朝

---

* 蔡易霖，浙江省绍兴市诸暨市浣江教育集团浣江初中教师。

侥幸有成，彼时趋炎之语、附势之人多有阿谀谄媚之态。汝等切不可沉迷于其中，骄不自禁，傲视群雄，以为天下莫己若者。若有此态，则大祸将至矣。切记，其一，愈是高耸峻拔处，愈是险象环生时，定须静心观之，以德命运之右；须静心待之，不忘初心之志；须静心审之，以明己心之望。其二，汝等生于浮躁之世，光怪陆离之象、灯红酒绿之所，俯拾即是，吾儿若只仰慕他人殿宇之高、车马之贵、衣冠之华，衍生出浮躁不安之心、躁动郁结之意、贪生虚荣攀比之望，忘却奋斗之志，则苦己甚深，亦损己之德，实乃大愚之至。他人所得，乃其自身之福，吾身欲得，退以修身，乃正确之道。古人云："淡泊以明志，宁静以致远。"胜时不骄，仰人莫躁，静以修身，淡泊所得，方能行万里之遥。

处世亦须静，此乃"静"待时机、净化困厄。所谓人生在世不称意，十之八九。佛家亦云："人生本苦。"可见一生顺遂是上等之运，起伏跌宕、无常变化乃是常有之态。于低处最见人之品性，故曰："低处须静"。文王拘而演《周易》，仲尼厄而作《春秋》，屈原放逐乃赋《离骚》。于彼之时，若着意于他人之流言、诋毁之恶语，则易一蹶不振，丧失奋斗之志，而失重来之机。于苦厄之际，尤要"静观其变""静候佳音"。《易经》有言"潜龙勿用"，尚言处于困顿之际要守时蓄势，待他日"飞龙在天"。若无静，则败于小人之言，横生卑怯之意、愤世之心，朝菌不知晦朔、蟪蛄不知春秋，定勿生怨念，愠他人之不己知，终日郁郁，不得脱。则永无来日之望。吾儿莫忘，以平静之心观低谷之运，不弃奋斗之心、不忘初心之志、不理无礼之言，静中努力，默下奋斗，静待其时，定能新生羽翼，化为鲲鹏，直上九重。

心无旁骛，静中求学；戒骄戒躁，静中为人；静待时机，以静处世。此三者乃静中之慧。愿吾儿有静待花开之心，亦有笑看花落之态。若如此，则古学者仁人之境，新时代少年之姿，都为吾辈所有。愿吾儿处变不惊，以静为要，定能所遇皆坦途，一路皆生花。

母：蔡易霖
壬寅年丙午月癸丑日（2022年6月29日）

新时代最美 *家书*

心中有大爱的妈妈，我的榜样

吴周涵[*]

亲爱的妈妈：

您好！

原本咱们家准备欢欢喜喜过大年的，突如其来的新冠疫情，使我们全家陷入恐慌。您和爸爸分头行动，到各大药店去买口罩、消毒水，到超市买速冻食品、青菜和肉。

当我们一家准备好"宅"家时，您却仅仅待了几天，就去小区做志愿者了。那时，我十分不理解，为什么要冒着生命危险去帮助别人？但您却跟我说："虽然我不是医生，也不是那些奋战在一线的战士，但我希望，我是这黑暗中的一点点微光，可以给世界带来一丝光亮。"

您的话在我心头久久回荡，社区志愿者就如萤火虫，小小的，在黑夜中虽只有微弱的光，但我觉得若是一群萤火虫聚在一起，那光芒足以照亮黑夜。

您十分勇敢，我也知道您心中有许多的事放不下。之前，您一心都在我和妹妹身上。因为疫情，您非常信任地把妹妹托付给我。我一直比较粗心，您临走之前，又千言万语地嘱咐我。

您身上有一种责任感与使命感，只因看到群里有一条志愿者告假的信息，刚刚安全隔离完的您，连夜整理好衣物，第二天早上又早早地走

---

[*] 吴周涵，浙江省温州市瑞安市桐浦镇中心小学学生。

上岗位。

在我的心目中，以前的您，不过是要求我学习的严格妈妈；现在的您，不仅对我和妹妹有爱，更是心中有大爱的妈妈。

妈妈，我要向您学习，以后也想做志愿者，号召更多的人做这让黑夜有光亮的事！

祝您身体健康，愿疫情早日退去。

您的女儿：吴周涵
2020 年 4 月 29 日

梦想从这里起飞

汪雅宁[*]

亲爱的仔仔：

你有看到过妈妈写给你的信吗？我想你一定会说："没有啊！"

是的，因为我的信都悄悄地写在了日记本里，而且放在了你不知道的地方。我想这封信应该会是你看到的第一封信吧！看到它，你会有什么样的感受呢？我似乎想到了很多，却又好像想不出来。

时间跑得有点儿快。第一次面对你上托班时的不舍和担忧还历历在目，一回头却发现，你已经背上了小学生的书包，开始了漫漫求学路。

时间又好像走得太慢。在我期待你开学的日子里，看着你一笔一画写出的汉字，和一拍一拍按下的琴键，我多么希望你的进步能快点儿、快点儿、再快点儿！

可是，我知道任何事情的发展都有它自身的规律，当然也需要时间。对于你的成长，更是如此。你总会遇到各种各样的问题，需要爸爸妈妈的帮忙，当然更多的是需要引导和陪伴。

你时常会问："妈妈，我为什么要写作业？"但是你却从来不会问妈妈："我为什么要看书？"因为你喜欢看书，你喜欢看书里的大千世界。我想这就是任务和兴趣之间的不同吧！

或许作为妈妈，我应该尝试着把任务设计得更加丰富和有趣些，但

---

[*] 汪雅宁，上海市浦东新区傅雷小学韩天元同学的妈妈，软件工程师。

是却又想让你明白：其实有很多事情虽然没有那么有意思，但是却很基本，也很重要。就好比如果你不认识字，那么你就无法自由地阅读。如果你不会正确地练习指法和乐谱，那么你也无法弹出优美的旋律。

当你接到傅雷小学入学通知书的时候，我看到了你脸上的自豪和幸福。可是你知道傅雷是一个人的名字吗？其实啊，当妈妈第一次听到这个名字的时候也还在上学，当时的历史书上这样介绍傅雷：中国翻译家、作家、教育家、美术评论家……

"哇，好厉害！"你和妈妈相视一笑，为什么傅雷会有这么多的本领呢？这就要从傅雷的家庭说起了：傅雷的妈妈在他年幼的时候就开始了对他的教育，当然傅雷也有调皮捣蛋的时候，但是很快在妈妈的教导下，傅雷改掉了这些不好的习惯，不仅学会了"四书五经"，还学会了外语……等到傅雷当了爸爸的时候，他也开始了对子女的教育，尤其是儿子出国留学期间，他给儿子写了很多封信。他的信中，有对儿子的关怀、有对儿子的想念、有对儿子的教育，也有对儿子从事艺术的探讨，他们就像朋友。我想我们的家学应该也是这个样子的！

作为2021年年初进入傅雷小学的一（1）班学生，妈妈和你一样，心中无比的自豪和幸福，这里是漫漫求学路的开始，也是梦想起飞的地方。

那就让我们一起从这里加油！成长！

爱你的妈妈
2022 年 1 月 12 日

讲给女儿的恋爱课

朱玉媛*

我的宝贝：

前夜与你的一番对话，让老妈我激动不已，辗转反侧，一夜无眠。我的宝贝女儿竟然恋爱了，这是多么美好的事情啊！

说真的，我很好奇，会是个什么样的男孩能入得了我女儿挑剔的法眼、俘获了我女儿高冷的芳心？究竟是怎样一颗有趣的灵魂征服了我的女儿？究竟是如何模样、何等幸运的小子，让我女儿开启了爱的心门？

我好奇，我期待……

此刻，有一份欣喜和一丝落寞同时滋生了，欣喜的是我的女儿终于情窦初开、心有所属了；落寞的是从此女儿的爱不再专属于我，将被瓜分了、与他人共享了……

女儿，你的快乐就是我终极的快乐！恭喜你，也祝福你哦，我的宝贝！

好，言归正传。

女儿，你恋爱了，有些话我想还是很有必要跟你认真聊聊的。

首先，不要为了恋爱而恋爱，不要抱着"别人有男朋友，我也一定要有"这样的心态而恋爱。妈妈是过来人，如果不爱，不必将就！真的，爱就要真爱、互爱，爱得快乐！平日里妈妈无意中流露的那些对于

---

* 朱玉媛，浙江省绍兴市上虞区东关街道马家桥村居民。

年龄的恐惧和担忧，这些情绪可能会影响到你，你千万不要介意，更不必放在心上。

同时，妈妈也要告诫你，不要盲目地去爱一个高不可攀或者不怎么爱你的人。记住：宁愿高贵地单着，也决不卑微地爱着！一个人爱不爱你，一眼所见，爱你的人眼里心里都是你，他会记得你所有的喜好，会想方设法取悦于你……如果爱上一个不爱你的人，那会给你造成很大的伤害，我怕你受伤害！记得我们曾经也讨论过"你喜欢爱你多一点儿的人，还是你爱的多一点儿的人"，你的答案是后者。说实话，我希望你的答案是前者。因为找一个爱你多一点儿的人，至少，他不会让你受伤，你也不会觉得累。

当然，我十分笃定我才情兼备、青春靓丽的女儿值得被优秀的男孩深爱！

希望你找到的是一个与你三观一致，爱你、包容你、有责任心的阳光男孩，如果能兼具风趣幽默那就完美了。关于三观是否匹配，你自己掂量，重不重要更不用我说。

女儿，有人说："恋爱的人智商为零。"我深以为然。你是一个没谈过恋爱的人，没有享受过爱情的甜蜜，我担心你到时会被爱冲昏头脑。所以，首先，你要有底线！你要有底线！你要有底线！不是妈妈传统，而是现实很现实！一个随便的女孩子，绝对不会得到他人的尊重，这其中也包括你的男朋友！

其次，恋爱了，学业也千万不要放松，一个女孩子自尊、自信、自立、自强是立足于社会的根本。现在的你已是研二的学生了，恋爱要谈，未来也需要你早早地规划。妈妈希望你早日完成学业，凭你的实力找到一份心仪的工作，发挥你所学的专长，或成为精明干练、气场强大的律政佳人，或成为英姿飒爽、弘扬正义的公检女孩，让你的自身价值得到充分体现……祝愿你梦想成真!

　　最后,我依然要老生常谈:身体是本钱,健康第一位!照顾好自己,让自己由内而外的美丽,让自己成为你男朋友眼中熠熠生辉、光彩夺目的女孩!值得他拥有和珍惜!

爱你的妈妈
2022 年 6 月 10 日

今天我们谈谈"自律"

凌燕萍[*]

亲爱的儿子：

你好！妈妈又给你写信了，意不意外？惊不惊喜？

上次给你写信时，你刚进傅雷小学。那时目送你进校门，总要紧紧盯着你，你小小的个头儿，不小心就会淹没在人群里。转眼，你都上三年级了。这两年，爸爸妈妈对你的表现还是很欣慰的。你交了好多新朋友，生活丰富多彩；老师们都关心、爱护你，每天都是阳光明媚、元气满满。你学会了很多知识和本领，也懂得了很多道理，逐渐成为一个阳光并且有责任心的男孩。一个人的成长从来都不只依靠自己。儿子，你要感恩，感恩傅雷小学这个大家庭，为你提供的机会和包容。

这几天，我和你爸爸经过商量，决定今天跟你交流一下"自律"。

什么是自律呢？自律就是在没有人现场监督的情况下，自觉地遵循规则来约束言行，也就是能管你的人都不在，你仍然能遵守纪律和规则。那你有没有自律的行为呢？当然是有的。穿行马路时，即便没有来往的车辆，你都会乖乖等绿灯亮起，这就是自律；路上找不到垃圾桶，你就把零食包装袋一路带回家，这也是自律；大人不在家，平板电脑却躺在沙发上闪闪发光，你能遵守约定，忍住不去玩游戏，这更是自律。

爸爸妈妈曾和你约定，陪伴你一二年级的学习，从三年级开始，我

---

[*] 凌燕萍，上海市浦东新区傅雷小学金子凌同学的妈妈，从事教育工作。

们就放手了。记得当时，你的眼神充满了委屈与不解。儿子，真的不是爸爸妈妈图清闲不愿意管你，而是放手让你自己学习的这一天迟早都会到，你总要试着独自去面对。即将到来的三年级，对你将会是不小的挑战。但你只要按照老师的要求不折不扣去完成任务，即便没人监督你，效果也不会差，你不用过分焦虑。

还记得你小班刚学围棋那会儿，小棋手们按座位轮流上场下棋，你经常连自己执黑、执白都分不清，总会引起大家的哄笑。有一次课上，老师要求大家每天在网上下两盘棋，后来就真的每天都能看到你抱着平板电脑在下棋，由于家里没人懂围棋，也觉得能不能学好围棋无所谓，就这样过了无人监督的几个月。后来，一次课上照例轮流下棋，老师突然指着你的一手激动地说："这是羊圈里来了一只狼啊！"从此，你在这个围棋班所向披靡，年龄最小的你逐渐成了下棋最厉害的人，再也没人敢笑你了。我从老师后台调出的数据得知，这个围棋班里坚持每天下两盘棋的只有你一个，这就是自律曾带给你的信心和荣耀。

儿子，你也不要骄傲，有两件事你一定还记得。一件事是你刚上一年级时，我们没时间管你，每天放学后，整个小区必定热闹起来，这里就数你嗓门儿最大、跑得最欢，不到8点半你都不会回家。最后，你拿着语文试卷哭了，决定自觉遵守先写作业再去玩的约定。另一件事是这个暑假有那么几天，你的眼睛粘在手机上，已经完全忘了20分钟的约定，结果眼睛布满血丝，你站在镜子前反复查看，吓得瑟瑟发抖。这样的事，你肯定不想再来一次了吧！

儿子，你可能会问，在学习上，怎么做算是自律呢？妈妈认为，在学校时，自律就是在老师目光不及的时候依然遵守纪律认真听讲，端正坐姿书写整洁。在家时，自律就是在家长不过问的情况下依然有条不紊完成老师布置的各项作业。儿子，你所取得的成绩无不通过努力，别人要取得成功也是一样的。曹植若没有日积月累的诵读哪来的出口成章，王羲之若没有经年累月的练习也不会有《兰亭序》的流芳百世。同样，你的同学们弹动听的曲子、讲流利的英文，哪个背后不是经过自律的练习？

儿子，当你做好要自律的决定时，也要清楚可能会经历的痛苦和孤独。坚持一天只吃一次冷饮，你吃完了就只能看着我们吃；坚持做完作业去打球，也许做完作业就正好开始下雨；坚持节假日才能组队玩游戏，那你眼馋别人玩也只好偷偷哭一哭让自己不太难受。自律时常要牺牲眼前的快乐，但忍过那一阵就好了，就像苦瓜，嚼完咽下才有回甘，而所有规则可以随意打破的自由，终究是会让人后悔的。这个世界总会有太多有趣的事情阻挠我们遵守规则，学习上有、生活中更有，所以能做到自律的都不是一般人，都是顶顶厉害的人。而你，就是顶顶厉害的人。

儿子，自律是爸爸妈妈送你的新学期礼物，也是我们对你在将来的学习和生活中的要求。或许我们的放手会让你跌倒，但你唯有自律才能真正站起、站稳。管教的塔尖开不出自信的花，自律的坚韧里才能长出参天的树。加油！

爱你的妈妈
2021 年 8 月 27 日

清明是万物生长

晏　菁[*]

亲爱的孩子们：

这次我们回到了老家，春天阳光很灿烂。

爷爷在路上给我们讲什么是清明："清明不只是传统的节日。在农村，它指一切变得清清静静，而又明朗。生生死死，一切都可以看到结果了。清明是万物生长。"

我听着爷爷的话，总觉得有一些伤感，伤感中似乎又带着一些希望。

每次回老家，爸爸总会有很新鲜的发现——家乡院子前的假山，上面的马线子果子已经长成了。他带着你们一颗一颗地把它们摘下来，然后放进小小的杯子里。吃下去，手上、口上都会沾上果子红红的浆汁。你们笑得很开心，忙着塞进自己的嘴巴里。我只有阻止，必须洗干净了才准吃。

可是我心中很高兴，你们有机会去认识这种浆果，这是属于儿时非常宝贵的记忆。

我慢慢地了解了苏苏讲的理念，听她讲自己的经历，所以知道，季节感对我们每个人都是那么重要。

一年的四季就好像是我们生命的四季，总有高高低低、起起落落，

---

[*] 晏菁，北京大学传播学硕士、重庆市第二师范学院副教授、儿童文学作家。

知道春天来了之后会是夏天，而夏天过后就是秋天，秋天之后又是冬季。当我们明白四季在变化，而我们对季节有了感悟，那么对于人生的变化韵律就会感觉更加自然了。

苏苏阿姨非常动情地告诉我们："当我重重跌倒时，支撑我走出来的力量，往往就是幼小时候对于季节的感觉，让我相信，我总会走出来。"

亲爱的孩子们，所以我想老家在农村对于你们而言，是件非常幸运的事情。我至今还记得，自己在外公家的那两棵大李子树上度过的难忘时光。我爬到大树的树杈上，捧着外公的一本书，让清风吹过，然后我顺手摘过树上的果子，一边吃李子，一边看书。跷着的腿在风中，阳光在头上，我想，那就是老家带给我的美好记忆。

所以看着你们在那里吃着浆果，我真的很开心。

不只是这样，田野上油菜花已经开过了，结出了菜籽，我唱着一首改编的歌——《我爱油菜》，"我爱油菜，把那菜籽做成清油储存起来，然后我来炸酥肉，来炸鸡排，我爱吃鸡排……"

当然了，我并不爱吃鸡排，那不过是为押韵罢了，可是你们笑得很开心，似乎觉得我唱的歌很好玩。

当然，老家的欢乐不只是这些。

爷爷让家里的母鸡孵蛋，18个鸡蛋，慢慢地被小鸡们啄开了。孩子们，你们蹲下，一会儿看看，一会儿又跑东跑西，说要去拿水喂小鸡。

甚至包括我，其实，我也是第一次看小鸡破壳而出。小鸡必须自己打开蛋壳，才能够出来，没有人能帮助它。如果我们急于帮助它们，往往这样孵出的小鸡就不会健康。

绒绒的，在地上跑的小黄球，多么可爱。

我俯下身对你们说:"你们小时候,就像这些小鸡似的。"然后你们都开心地笑了,我把你们一个个举起来,举在春天的阳光里,就好像又一次把你们孵化出来似的。

再没有什么比记得四季更替的感觉更加重要的了。你们要知道,春天的时候,所有躲藏在地下的种子都会努力地破土而出,马苋子的浆果会生长、桑椹的果子会长出来,春天里所有的生命会喷薄而出;到了夏天,热烈的太阳会把所有能唤醒的唤醒,然后我们会听到虫儿在夏夜的鸣叫、看见星星点亮在老家凤凰山的夜空,像是被放大了的天空穹洞,那里有光透出来;然后是秋天,秋天会有熟了的各种蔬果,地瓜也到了成熟的时候,还有晚玉米也可以掰出来,在炉灶里烤了来吃,有着微微的焦香;冬天到了,我们大家围在一起,找来红灯笼,把家中的老树新枝一枝枝地装点,空气中会弥漫着腊肉香肠的香味,然后我们围坐在炉火边,和亲人们互相恭贺新年。

一年四季,从春到冬,每个季节都有着每个季节的美,并且,当你们真正明白了四季更替的感觉,你们就一定会记得春天会回来的。

记住了,春天是一定会来的,不管在什么时候,不管经历多长的等待,春天是一定会来的。

我希望你们记住这样温暖清明的春天的感觉,这是城市的家所不能够给予你们的。

娘亲
2014 年 4 月于重庆

亲子时光

我记得你去年秋天的模样

邱 方[*]

亲爱的老虫子：

今天是霜降，秋天来了又要去了。

你发了几张照片过来，也跟朋友又去了一趟新罕布什尔，你说真想念去年的新英格兰秋游啊！我们也是。去年这个时候，你精心设计线路带我们领略了新英格兰的秋色。那是你策划的第四次家庭旅行，本来今年有第五次家庭旅行计划的，但因为新冠疫情搁浅了。

现在，也只能用视频和照片回忆去年秋天那些绚烂的画面，以慰思念之情。

北上佛蒙特州，一路惊艳于那美丽的湖光山色。遇见一只黑色的小熊，正走在路中央，听到车声慌忙往山坡上跑了。参观《阿甘正传》中阿甘跑过步的珍妮农场，马、牛、羊在安静地吃草，远山景色和房子，还是电影中的经典画面。在路过的小镇，吃了一顿难以忘却的超酸蘑菇。看到了暮色中的廊桥，也走了佛蒙特州峡谷最深处的一座老桥，在风雨交加中到达北边的一个小镇。

一路由北往南，108号公路的秋林经过雨水的冲刷，愈加鲜艳夺目。河流、廊桥、牧场、木屋，在雨雾茫茫中，另有一番田园风光之美。在斯托小镇，为了拍摄那所白色尖顶教堂，我们冒雨爬上了一

---

[*] 邱方，退休图书编辑。"老虫子"指笔者的女儿。

座山，却仍然找不到那张网红照片的角度。参观了《音乐之声》原型冯·特拉普家族的故居，周围群山环绕，景色优美。到了预订的佛蒙特南部的旅馆，没见到传说中的餐具，我们只好吃了一顿香喷喷的手抓饭。

继续穿行在绚烂的画卷之中。吃了"世界上最美味的早餐"。走错路，车掉头的时候掉沟里了。一位红脸膛的大叔过来帮忙把车推出来，跟你说以后不要再掉头了。你也调侃自己："我算是掉进过沟里的人了。"沿着7号公路进入绿山地区，两边是连绵起伏的彩色山峦，斑斓无比。在本宁顿看了美国诗人弗罗斯特的石屋，也拜谒了诗人的墓，他的墓志铭写着："我和世界有过情人般的争执。"在猪背岭远眺，层林尽染，万山红遍。

前年，你曾经去新罕布什尔的林中小木屋看秋色，当时你说：希望以后有机会也带我们去。没想到一年后，这个愿望就实现了。林中小木屋都是由房车改造而成，散落在树林里，每一栋相隔十几米。小木屋是由两名哈佛大学毕业的研究生创办的，理念是远离城市生活。我们在小木屋拾柴生火、烧烤、聊天、仰望星河，度过了一个特别静谧的夜晚，远离尘嚣。前往林中小木屋的途中，我们路过弗罗斯特农场博物馆，可惜这个季节博物馆已经关闭。几幢白色的小房子后面有一大片草地，周边立着有诗人头像和诗歌的白色牌子。阳光里，瓢虫在漫天飞舞，花栗鼠在干燥的树林里跑动，发出很大的声响。橡子不断噼里啪啦地掉下来，砸在我们脑袋上。

回程的路上，我们拐进一家叫"MACK'S APPLES"的农场（麦克农场）摘苹果。农场自1732年就开始在这里耕种。15美元拿到一个袋子，装满袋子就可以拎走。让人震惊的是，几乎每棵苹果树都是天一半、地一半的，地下那一半一层覆盖着一层，有新鲜的、有烂掉的。回来后,你挑了一个最酸的做了苹果派,结果不但不酸,还很好吃。

你又抽空做了蛋糕,用麦克农场的苹果切片装饰,用我们出去捡的落叶装饰,一个秋天风味的蛋糕完成。其时,离我和你的生日正好还有一个月,我们生日相隔一天,我们已经 10 年没有在一起过生日了,现在有你亲手做的蛋糕,便提前一起许了愿,吹了蜡烛,唱了生日歌,真是一个难忘的生日。

前年夏天,你曾带我们去过瓦尔登湖。老实说,我对那一片不大的水塘挺失望的。没想到秋天再去,很意外。原来秋天的瓦尔登湖那么美。这次终于找到了梭罗的小屋,虽然仅仅是一堆表示纪念的石头了。《瓦尔登湖》这本充满了哲学灵性的智慧之书,我曾经一直看不下去,两次寻访瓦尔登湖,回来后居然能看下去了。

南下康涅狄格州,在耶鲁大学逛了两间著名的图书馆、一间美术馆,校园的景和人都美极了。本来是要到河谷看红叶的,没想到,下很大的雨,车轮又被钉子扎了。于是改变计划,去参观美国最古老的一间公共艺术博物馆。在美术馆和博物馆,我们每一次都是连滚带爬地看不完。这次也一样,衣帽间最后剩下的,是我们的大衣和围巾孤零零地挂在那里。

虽然天气阴沉,但韦尔斯利学院在秋天独有的美,还是咄咄逼人。学院有着罕见的围墙,校园里的参天大树和房子仿佛是与世隔绝的桃花源。我们在冰心命名的"慰冰湖"畔流连忘返。当年冰心就是在这优美安静的环境里,写下了著名的《寄小读者》。

波士顿公共花园里那组小鸭子,你发过几次照片给我看。这次我们也终于寻访到了。这组名为"让路给小鸭子"的雕像诞生于 1987 年,是为纪念波士顿公共花园 100 周年以及作家罗伯特·麦克洛斯基所著同名绘本而设立的。绘本被美国《出版者周刊》评为"所有时代最畅销童书"。它与哈佛大学、麻省理工学院一起，成为波士顿的"名片"。

万圣节前夜，你带我们到著名的贝肯街溜达。这条街建于 19 世纪，是波士顿最精致、最具历史魅力的街区，可以看到新英格兰风格的街道和建筑。万圣节装饰有着悠久的历史，颇值得一看。每家每户门前、庭院、窗户都努力营造着恐怖的气氛，然而并不感到阴森可怕，反而让人觉得这种认真执着的态度很可爱。

波士顿有家私人博物馆，你去了两次，说这家博物馆小而美，很特别，希望有机会带我们去看看。这个愿望也成真了。伊莎贝拉·斯图尔特·加德纳博物馆建筑精美，藏品价值连城，女主人人生经历富有传奇色彩，吸引着世界各地的参观者。它是波士顿的地标建筑，被誉为"世上最美的私人博物馆"。

你还带我们去了海边小镇，看那座老灯塔；也带我们到奥本山墓园，那里是俯瞰波士顿秋色的最佳观赏点之一。

感谢你的精心安排和暖心陪伴，这一场秋，会一直在我们的生命里缤纷着、绚烂着。世界有无尽的风景，与你一起路过、看过的，才是我们眼里最美的风景。

祝秋安！

老妈

2020 年 10 月 23 日

亲子时光

我的成长您何曾缺席过

罗泽雨*

亲爱的外祖：

您在天堂过得还好吗？

我，是您最不亲近的外孙女。

从我记事起，您就是一个年迈的病人。从他人的叙述中，我知道您曾经是个朴实的庄稼汉，面朝黄土背朝天。新中国成立后，您在绍兴钢铁厂烧锅炉，凭着"思想好""工作负责"，于1959年年底成为一名光荣的共产党员。退休后，您又回到生产一线。

我可以想象您在田间劳作的样子，您挥舞锄头、镰刀熟练地割稻、翻土，脸上的笑纹里积满了阳光和泥土，空洞的嘴里三颗牙齿傲然矗立。

您与同时代的人一样，依恋土地、敬畏土地，这倒不是因为您向土地讨生活，您在农闲时也乐意去地里走走，惬意地让松软的泥土握着您的脚趾，然后举起乡间泥路般粗糙的手指，抚摸庄稼，动作轻柔得如同擦洗刚出生的小羊羔。

后来，您病了，锄头和镰刀变成轮椅和尿壶，脸上的阳光和泥土被阴冷和灰尘取代，您小麦色的皮肤也变得苍白、暗淡。

我知道您一辈子都在同命运做斗争。年轻时与出身斗争，中年时与

---

* 罗泽雨，浙江省绍兴市上虞区道墟镇居民。

生存斗争，老年时与疾病斗争。您这辈子最大的遗憾是没能有个儿子，结果是三个女儿接连降生。外婆说您为此脾气日渐暴躁，但您对女儿们都很好，供她们上学、替她们觅良婿、帮她们找工作，一脸慈爱地替女儿们带她们的女儿们。您的暴躁以及最后收二女婿当儿子的决定，绝不是重男轻女，而是应付他人的口舌，也是盼着为这个大家庭找一根"顶梁柱"。

我敬佩您，外祖。您对党的忠诚在当地是尽人皆知的。每次参加党员大会前，您都让外婆推着去马路旁的王二哥家剪头。在您患阿尔茨海默病后期，只要也只有提到"共产党"，您那混浊的眼里才会泛起一丝清明。

我与您在一起的回忆少得可怜，您像是进门时必须参拜的塑像、电话里必须问候的名字，至今仍有几件事供我咀嚼回味，久久难以忘怀。

那年夏天，母亲带着您和外婆去医院给您看病，母亲一路都没有开空调，也没有开窗。到了医院，母亲和外婆先去挂号，留我和您待在闷热的车子里。您等她们一走便大声嚷："热死了，呜呜。"我也很热，就打开发动机开了空调。您的声音飘来"你比你娘孝顺"，当时我感到很诧异，背上有冷汗冒出，现在想来真想大骂当时的自己不懂事。外祖啊，您生着病不能吹冷风啊！妈妈和外婆都是为您着想啊！即使那时我只有十一二岁，我又怎能原谅自己啊？！

当您的身体还允许您和大家坐在同一张桌子吃饭的时候，某次大团圆，中间，我的父母去陪我祖父家的客人了。舅舅阴阳怪气地数落着，留下来的我成了群起而攻之的对象，我的沉默令他不能尽兴。突然，您大吼"噤声"——即使您的喊叫模糊不清，言语间的威严使舅舅吓得不敢再说，饭桌上的人都默默地吃着饭。我抬头望望您，第一次产生亲切与感激。

之后的见面几乎都是在医院，最后一次是在老年医院，您躺在床上，张着嘴但并不喘气，腿弯曲着。您突然把头努力地朝向我："要好好读书，为国家、为党、为光宗耀祖。"我惊呆了，这似乎是您第一次和我说这么多的话。以往我叫您，您几乎不会有反应的。我定定地注视着您的眼睛，那双眼睛已经失焦，但我可以清晰地感受到外祖正在看着我，并且这视线似乎是从后背穿透过来……

您去世时闭上眼睛像是安详地睡着了。在场的人号啕痛哭，外婆哭烂了眼圈："老头子，带我一起走啊。"我张张嘴，发不出一点儿声音，揉揉眼睛，干得发涩。悲伤在我的心底默默地流。

我走出去，在凉风中，所有零星的回忆一齐涌上来，我甚至想到我还是婴儿的时候，您应该抱过我、哄过我……眼泪突然就掉下来了。我一直以为我是圈外的人，其实我从来都在圈中！我一直以为我和您不亲，但血与肉相连的亲情何须言说？您的故事，您的坚强、勤劳、不屈、忠诚从来都影响着我，鼓舞着我。我的成长您又何曾缺席过？

您终是与命运握手言和了。您离开了人世，却永远慈爱地凝视着您人世间的子孙。

我在仰望，我在微笑。

谢谢您，亲爱的外祖！

您的外孙女：罗泽雨
2022 年 6 月 17 日

人生寄语

以满腔热情迎接新生命的诞生

迪力亚夏尔*

宝贝女儿迪爱依：

你好！

日子过得可真快呀，仿佛昨天才听到你呱呱坠地的哭声，转眼间你已经从婴儿变成了幼儿，这可是你成长的一个大进步呀！在你1周岁生日之际给你写这封信，是想跟你说说心里话，是想让你在17年后的生日那天再感受一下父母对你的爱和殷切的希望。

……有一天，我熬夜加班回到家，迎着晨光，你妈妈告诉了我，你的存在。那一刻我的情绪无法用语言表达，似乎那刺眼的日光也变得绚烂多彩起来。此刻，我们成了这世界上最最幸福的人。

你妈妈是个极其自律的人，每天晚上10点钟准时睡觉，早晨7点钟起床。怀孕后，你妈妈孕吐反应很强烈，整宿睡不着觉，看着她难受，我心里也不是滋味，这也让我明白了母亲的伟大，让我对所有的母亲产生了深深的敬意。为了分散妈妈的注意力，减轻孕吐的痛苦，我和你妈妈整夜聊天，幻想着你的将来，幻想着有你的美好生活……

妈妈辛苦而又幸福地孕育着你，我却接到组织安排去南疆参加驻村工作。我在第一时间想到的是你和你的妈妈，当我想到不能陪伴你成长，不能陪伴妈妈度过每个孕吐的夜晚，我是纠结的、矛盾的。正是你

---

* 迪力亚夏尔，新疆妇女杂志社干部。

妈妈鼓励了我，让我去南疆为老百姓做实事、做好事，让我去实现人生价值，贡献自己的青春力量，以后能正确地引导你，给你做楷模，也有故事讲给你听。

在你妈妈预产期前几天，我从驻村休假回来，等待着你这位小天使的降临。

在产房外，时间在焦灼、兴奋、担心、欣喜中一分一秒度过……我用颤抖的手在微信上记录着自己的心理变化……我真的着急，在楼道里来回地踱步、搓手，害怕又期待。终于，下午3点45分，我透过产房门口的小窗户看到一个婴儿，第一眼就认定，那是我的女儿，听到你的哭声，我也流泪了。签字确认之后，我抱起了你，你睁开眼睛看着我，像有心灵感应般停止了哭泣。是的，我当爸爸了，我是一个爸爸了，我犹如站在高山之巅向全世界宣告："我当爸爸了。"

孩子，不要嫌我啰唆，你现在还体会不了爸爸那天无以言表的情绪，我就是想告诉你，我们爱你，想让你知道有这么多人重视你，期待你茁壮成长。在成长的道路上，也会有一些变化和坎坷等着你，希望你能坚强地挺过去。

……

最后我也要感谢你，是你让我明白了生命的意义，明白感恩、明白父母之恩。你是我快乐的源泉，让我的生活多姿多彩。

此致！

最爱你的爸爸
2022年5月13日于喀什的农村

目送你们的军车缓缓远去

钱建东[*]

宁宁:

见字如面!

江南的雨总是那样缠绵,淅淅沥沥不停地下着,像是在窗外挂了一层帘子。这绵柔的雨犹如父母思念的心长长久久……此时此刻,不知道你是在值岗,还是在辛苦的训练中。比起同龄人,你选择了最苦、最累、管理最严的部队生活。但你从不向父母诉苦喊累,父母其实非常理解,尤其你们这一代,从小没有经历过苦和累的人,父母疼在心里,真的很难为你了!但你比我们想象中的要坚强!做父母的感到非常欣慰和自豪。部队的这段经历,对于你来说,是一笔无穷的、用之不尽的财富。以后无论遇到什么困难和挫折都不算什么了。

儿子,每次想起你,老爸的心中像阳光融化了巧克力般无比的甜蜜、温暖。每次说起你,爸爸的心中就会泛起阵阵幸福的涟漪。无论工作多苦、多累,一想起你,立刻就会活力充沛、幸福满满,真的要感谢有你!

你是军人,保家卫国是军人的天职。边关冷月、风吹雨打、爬冰卧雪、风餐露宿,苦和累都是军旅生活给予的特殊馈赠和人生大礼。希望你坚持梦想,担负使命。

---

[*] 钱建东,就职于浙江省绍兴柯桥水务集团有限公司。

人生寄语

儿子，人生至善莫大于孝，一定要记得尊重孝敬老人，记得发手机时给奶奶、外公、外婆打电话啊，让他们放心、开心。

宁宁，人生一定要有梦想，那将是你生命中的光。心中有梦想，生活中就有光。即使身处黑暗，即使身处困境，也总能看到方向，那束光将引导你走出泥潭，走向光芒。

儿子，青春是用来奋斗的！部队培养了你守时、自律的良好习惯，它将是你一生的挚友、是你实现梦想的助手，会让你受益匪浅。除了必要的训练和值岗，熟练掌握专业的技术。一有空记得多读书，博览群书会让你看到更远的未来！

由于新冠疫情的原因，你入伍时，老爸只能单独去送你，当送别的锣鼓敲起来时，当送行的父母开始抹眼泪时，我从来没有想到过离别的滋味这样凄凉。那一刻，我感觉自己好像一只迷途羔羊，已经没有了主张，不知道怎么回头，目送你们的军车缓缓驶出，在不知不觉中泪已成行。老妈在家也是一样的祈愿，你是家中独子，我们又何尝舍得。部队生活虽然苦和累，但能磨炼意志和性格，为你的人生画上绚丽的色彩。

信写至此，夜已深，不禁想起你睡梦中甜美的笑容。此时此刻，不知道你是头顶苍天、脚踏大地，手握钢枪呢，还是在梦里想着吃家乡念念不忘的大闸蟹。愿你胸怀家国天下，在祖国大江南北留下闪光的足迹。愿你征程万里，归来仍是少年！

爸爸

2022 年 6 月 13 日

儿子，咱们一起讨论下"大学"吧

钱兰芬*

屹：

在柯桥中学经过三年多的努力，你不忘初心、砥砺前行，终于以柯桥区第一名、绍兴市第二名、浙江省第二十八名的高考优异成绩（700分）荣回故里了。此时此刻，老爸老妈感慨、喜悦、佩服、祝福交织于一起，汇聚成一句话："恭喜你，祝贺你，老爸老妈为有如此优秀的儿子而骄傲！"

昨天在整理家务时，无意中看到了你小时候的照片，不禁笑了，你从小勤奋好学、品学兼优。记得你六个月大时，第一次让你选择玩具，你就选择了一本绘画书，一页一页翻得很专注。那时外婆就一直夸你，说你长大后肯定是一个人才。从此以后，我们家最多的就是书，有童话图书、古诗词书、拼图书等，咱们家也因为你的爱学习、你的可爱懂事而充满了欢声笑语。

你还记得吗？读幼儿园时，爱学习的你，很想认识汉字，可因为老爸老妈工作忙，没有时间教你识字，外婆又是文盲。收看《昊昊带你识汉字》成了你每天的必修课，不知不觉间，老爸老妈发现你在小班时已经能够读报纸了；到了小学四年级，你已经看完了好多中外名著，读背了好多古诗词，你还代表逸夫小学参加了由嵊州电视台举办的"风雅少

---

* 钱兰芬，就职于浙江省绍兴市嵊州市剡湖街道党政办。

年"才艺大赛，大胆展示自我，成了嵊州小有名气的小"明星"。老妈昨天还整理到了当时《宝剑锋从磨砺出》的海报呢，看着海报上可爱而坚定的你，不舍得丢弃。

屹，老爸老妈知道你从小的梦想就是考上清华大学。你还记得吗？你为了不断激励自己，从初二开始，你把清华大学的校训"自强不息，厚德载物"作为座右铭，你对要上清华的目标是那么的清晰、那么的坚定。到了初三，你以物理特长生被柯桥中学特招了，你欣喜若狂。初中毕业，你在大舅、大舅妈、钱冰哥哥的盛情邀请下，第一时间参观了清华大学，还跟何伯伯和陈叔叔私下约定，三年后在清华大学校门口再相见。你是那么的言而有信，实现了自己的承诺。大舅、何伯伯和陈叔叔得到这一喜讯时，还亲自帮你挑专业、发朋友圈、为你点赞。老爸老妈也为拥有一个信守承诺的儿子而欣慰。

屹，三年的风霜雨雪，三年的寒来暑往，三年的起早摸黑，三年的吃苦争优，所有这些老爸老妈都看在眼里、疼在心里，所有这些都将成为你人生路上的宝贵财富，值得好好回味。欣喜之余，老爸老妈想要对你说，成绩只代表过去，重点大学录取通知书与成就并不成正比，进入重点大学后，你将面临更加激烈的竞争，担负更多的责任和使命。我们不妨先一起讨论一下古代名著《大学》之初解吧！

首先，根据老爸老妈的理解，总结概括如下：大学，在古代其含义有两种"博学"之态。一是与"小学"相对的"大人之学"。古代儿童8岁上小学，主要学习"洒扫、应对、进退、礼乐射御书数"之类的文化课和基本的礼节。二是15岁后可进入大学，开始学习伦理、政治、哲学等"穷理正心，修己治人"的学问。两种含义虽有明显的区别之处，但都有"博学"之意。

其次，大学之道，在明明德，在亲民，在止于至善。所以，大学，就是令你止于至善的学问。明明德，就是修身、齐家、治国、平天下。其中，修身为本，只有修身心正了，你才能与人和平共处；也只有协调好官民、上下关系，才能够平天下。

屹，你对"大学"两字又是怎么理解的呢，欢迎一起讨论。

屹，知道了"大学"两字的含义后，即将进入大学的你，第一，要学会做人，即要学会与人相处、学会怎样容身社会、学会如何存身自然，老爸老妈建议你多看《易经》《道德经》《黄帝内经》《论语》，了解中国的儒释道文化，了解做人的智慧。第二，要学好科学文化知识。通过长期的积累，掌握更多的知识，学以致用，在解决问题中懂得思考其中的道理和解决办法，在勤奋的过程中去增长自己的智慧，去体悟如何做人的道理。第三，要有激情和创新。作为青年人，要有激情，在大学期间，面对新知识要充满激情和钻劲儿，全身心投入新的使命中，努力成为国家之栋梁。当你拥有了"智慧、知识和激情"，你的人生将会精彩无比，你的未来将会广阔无边。

屹，无论你去向何处，你都是我们永远无法割舍的牵挂。过去，你因父母、师长的关爱而精彩，未来，期待世界因你而精彩！

祝福你！

最爱你的爸妈
2022 年 6 月 30 日

人生寄语

老警察的叮嘱

陶峰松[*]

亲爱的儿子：

　　随着时代的发展，书信交流这种形式好像被人们淡忘了，但是其传递的情感是其他方式无法比拟的。

　　我是一个怀旧之人，我怀念过去那个用一封封书信传递自己情感的时代。年轻的时候我在部队服役，那时没有手机，打一通电话都很不容易。我在部队和你爷爷奶奶联系，就是用书信的形式，纸短但情长。小小的信封里包裹着太多的情感，那种动情的感觉，至今回想起来，就好像发生在昨天。

　　在部队那几年，我也是以书信的形式与亲友进行感情交流的。你的爷爷奶奶也是以书信的形式对我传递温暖和教育的，鼓励我成长，并为我的成长注入了强大的精神力量。

　　我在部队，生活能力提高、才干见识增长，组织纪律、吃苦耐劳的精神、坚强的意志、强健的体魄，以及智力、胆量等方面的提升，都是通过部队锻炼得到的，这就是你爷爷信中说"好好锻炼进步"的真意。

　　我所在部队驻扎在沿海岛屿，那地方气候恶劣且交通不便，有时连正常的生活物资都不能及时供应。我和战友们居住的环境很潮湿，很多战友皮肤患湿疹。伙食常常是咸菜就饭，部队生活的艰难真的苦不

---

[*] 陶峰松，杭州银行股份有限公司合肥庐阳支行员工陶晓轶的父亲。

堪言。

我们部队是通信连，主要负责通信设备的维修、保养。这就需要每个战士都要有一定的电器理论水平和过硬的操作技能。为了提高战士的战术水平，部队经常开展理论学习和技术比武。

你祖父母"好好锻炼进步"的嘱托，是我学习和上进的精神动力。这其中蕴含着很深的意义。"好好"两字是一种良好的心态，"锻炼"是一种方法手段，是达到进步的一个过程。"进步"才是最终目的，要进步必须锻炼，必须敢为人先，付出比别人更多的艰辛。我通过自己的努力，终于在部队取得了不错的成绩，在一次部队开展的技术比武活动中，我获得了第二名的好成绩。

今天给你写信，我又想起了"好好锻炼进步，照顾好自己"这几个字，这是你祖父母给我写信时常提到的，虽算不上什么家训，也是长辈的一种嘱托和希望。在你入职之际，我将"好好锻炼进步，照顾好自己"这几个字转赠给你，算是爸爸对你的关爱和殷切的希望！

我从部队回来后不久，正赶上干部参加招考的机会，由于我在部队得到的锻炼，加上自己的努力，我加入了警察队伍。从我加入警察队伍那一天起，你的祖父母作为老警察就叮嘱我"规矩做事，老实做人"，这8个字既不是什么崇高的理想，也没有什么思想高度，只是做事、做人最起码的底线。

不知不觉中，我已走过了几十年的从警之路。回望来路，感慨良多。我从一名普通警员到基层管理者，一直以警察的纪律严格要求自己，不忘父辈"规矩做事，老实做人"的叮嘱，行得正、走得稳。一路虽然付出了艰辛，也取得了较好的成绩，曾先后多次被评为优秀共产党员、优秀公务员，也为自己所在的工作单位获得过一些荣誉。

亲爱的儿子，爸爸写信和你说这些，并不是为了显摆自己，而是向你说明一些道理，一个人的思想会影响一个人的一生，认识的高度会决定你一生的成就，最终体现你人生发展的高度。

亲爱的儿子，你的祖辈、父辈，一生践行"规矩做事，老实做人"，这是中华优秀传统文化和宝贵精神财富，也算是我们秉承的家风。

坚持"规矩做事，老实做人"，行稳致远，事业有成，这是包括祖辈、父辈在内的很多人用实践证明了的道理，你若能坚信这一点，就能具备良好的事业心态。

良好的心态是强者的思维和姿态，也是相信自己，对自己拥有信心。一个有信心并拥有梦想的人，在前进的途中遇到困难和挫折就不会半途而废，对困难毫不畏惧，并积极寻找解决问题的办法，而不是消沉沮丧、束手无策。

一个心态好的人，情绪会很稳定，并能忍人所不能忍。一个人有多宽广的胸怀，就能成就多大的事业，有宽广的心胸才能看到别人的优势长处。不计较别人对你的冷漠刻薄，才能够与人为善，并拥有敏锐的思辨能力，站得高、看得远。

"规矩做事，老实做人"，语言朴素，精神内涵很深，常言道："无规矩不成方圆"，规矩就是做事、做人的原则底线，就是成就一番事业的前提条件。

按规矩做事，既要懂得规矩，又要懂得做成事的方法和技巧。要圆满地办成一件事，还要懂得如何与人相处、沟通。"老实做人"是做实在人、诚实人，诚实的人无法和偷奸耍滑的人相处到一起。物以类聚，人以群分，老实做人的人，生活中结交的朋友自然是诚实有信之人。

亲爱的儿子，你出生在警察世家，根红苗正，你的身体里有红色基因，这个世界是美好的，但是也只向强者微笑，弱者将被淘汰。和你说这些并不是说教，而是我们的切身感受，是生存之道，要想活出人生的亮丽光彩，必须趁着年轻付出努力。我们是平凡自信、善良正直之人，也希望你能这样。希望你有一个强健的身体，有一个健康的心态，有一个美好而快乐的人生，无论你今后如何，你都是爸爸妈妈永远的牵挂！

父亲

2022年6月

人生就是不断搬砖搭楼

韩吴英[*]

亲爱的儿子：

一转眼，你已经10岁了！

今天是你的10岁成长礼，作为爸爸妈妈，我们也是第一次参加这样的活动，兴奋、激动，也很期待。在这里，要特别感谢学校和老师的精心安排，也感谢你的邀请。

为什么10岁要举办这样一个仪式呢？你知道吗，古人把人生以10年为一段进行划分，《礼记·曲礼》曰："人生十年曰幼，学。二十曰弱，冠。三十曰壮，有室。四十曰强，而仕……"就是说，人到了10岁就应该上学了，20岁应该加行冠礼，30岁应该结婚，40岁应该做官……

10岁，是一个新的起点。如果把人生看成是造房子，成长的过程就是不断地搬砖搭楼。10岁，你已经完成了1楼的搭建，接下来你要继续搭2楼、3楼……

那么，已经搭了一层楼的你应该也积累了很多故事和经验，希望有机会能和你一起分享讨论。爸爸妈妈的房子差不多已经搭到4楼了，这里呢，也想和你分享下我们的经验和心得。

搭楼需要心中有楼。人生就是造楼，每个人都有自己想要的高楼，有的希望层层有惊喜，有的希望每层都差不多，有的希望顶楼才是核

---

[*] 韩吴英，就职于浙江省绍兴市柯桥区财政局。

心……爸爸妈妈设想的是每一层都有特色，最终构成一个功能多样、五彩斑斓的大楼。比如，1楼是玩具游戏房、2楼是知识图书馆、3楼是操作实验室……第1个10年可以更多地玩耍游戏、释放天性，第2个10年需要更多的知识充实自我，第3个10年可以尝试实践检验真理……我们是这么想，也是这么搭建的。

儿子，你呢？你心中的大楼是什么样的？记得你曾经想成为一名科学家、制造飞机、研究太空、探索宇宙，真不错！现在看你已经完成了自己的1楼，而且建造得很美、很丰富。在这一层，你布置了生活区（可以自己安排用餐、睡觉、洗漱等）、游戏区（有乐高搭建、棋类球类、绘画手工等），还用各类书籍和技能构建了通往2楼的楼梯。这点比爸爸妈妈的大楼构想要更完美、实用，期待你接下来的2楼、3楼……

搭楼需要手中有砖。人生之楼需要的砖块数量很多，种类也很丰富。现在爸爸妈妈的大楼用到至少有几十种、几百种。看看你手中积累的砖，有基本的生活砖（穿衣、吃饭、卫生、整理、做饭……）、技能砖（识字、阅读、英语、算术、科学、推理、绘画、弹琴、下棋、游泳、骑车……）、品德砖（团结、毅力、专注、礼貌……），你的大楼应该会需要很多块这样的砖，希望我们能一起准备更多的砖。

搭楼需要眼中有图。有了砖、有了想法，如何实现构造呢？爸爸妈妈是按照规则一块块地往上堆，从第一块开始就努力对齐，中途发现有歪的，还要不断修正。你搭的1楼很结实，每天有阅读、能独立做早饭、自己做手工……不过有些小地方还没有那么整齐，吃饭桌上还会掉饭粒、写字坐姿还要让人不断提醒……其实搭楼的规则和搭乐高的方法一样，每一块都要放平、按实。最近我们经常批评你，确实是担心你的楼歪了，后面不断往上搭，要是拆了返工就麻烦了，着急啊！

人生寄语

  亲爱的儿子，从今天起，你开始搭建你的 2 楼，希望你按照自己心中的楼脚踏实地搭建，歪了及时调整。现在，小妹也正在搭建她的 1 楼，希望你用自己的经验及时帮她指点，当然如果看到我们的楼歪了，也请帮我们及时指出来。

  最后，让我们共同努力，为自己心中的大楼添砖加瓦。

支持你的爸爸妈妈
2021 年 5 月 21 日

写在中考揭榜的那一晚

陈文娟*

我的宝贝嘉嘉：

刚刚"出炉"的中考成绩，尽管之前你的估分是520分，实际却得了526分。虽然它毫不起眼，但却是你的历史最高成绩，妈妈已经很欣慰了。这个学期，你披星戴月、全力追赶，妈妈都看在眼里，所以我相信：每一次的提高，都是你努力的见证。

但是，看着班级微信群发上来的一个比一个高的分数，你再也忍不住，伤心地哭出了声，妈妈真的好心疼。此刻，也许你想到了自己无缘普高，也许你想起了自己拼搏的苦，也许你觉得对不起老师，也许你觉得丢了脸面……"学霸""学渣""学渣""学霸"，盘旋在脑海挥之不去，你肯定想到了明天，还有那并不遥远的、陌生的未来……

孩子，面对这样尴尬的分数，没有沮丧是不可能的，但退缩解决不了任何问题，只会让你在人生的沼泽中越陷越深。让我紧紧地抱抱你，我的孩子。可劲儿哭吧，把所有的委屈、所有的悔恨，安放在无奈的今天，然后带上所有的努力，脚踏实地、从头来过！

看着你因抽泣而抖动的肩膀，看着你挂着泪痕的脸庞，妈妈有好多话要讲。无声胜有声，家书值万金。今晚我奋笔疾书，希望明早醒来的你，能在平静中慢慢地看完它。妈妈相信，没有白费的努力，更没有过

---

* 陈文娟，就职于浙江绍兴第二医院急诊科。

不去的坎儿，你终究会是一个最棒的自己。

一、分数代表不了一切，它只是人生一个小小的记号

嘉嘉，你知道吗？人生就是这样，有比金榜题名更幸福的甜，也有比考试失利更挫败的苦。让人欢喜、让人忧的一切，都是生活最真实的点缀，分数也一样。

考场很小，世界很大，分数并不能代表一切。不要怀疑，更不要犹豫，这个时代犒赏的，一定是那个终身成长的人，绝非一时得势者。把学习当成习惯，持续充实自己，开阔眼界，才会超越自我，取得最大的成功。

这一次的中考分数，只是决定了接下来你会去什么地方，作为一个小小的分水岭，无论去往哪里，你都会经历更多、学到更广，遇见不同的人，开阔更大的视野。中考是一个终点，更是人生的新起点，你尽管在自己的"时区"里大步向前走，未来的一切都值得期待。

二、尊重生命、爱惜身体，保持阳光心态

嘉嘉，比起你的成绩，妈妈更关心的是你的情绪。世间之路千万条，人生永远有着很多的选择。无论最后结果如何，不要灰心，也不要着急，妈妈永远给你坚实的依靠。在漫长的人生中，中考仅仅是一段短小的旅程而已。坦然面对，享受过程，接受所有的馈赠，包括阳光、芬芳，也包括挫折和平凡。

此刻，妈妈又想起了你的小时候。我们是在试管婴儿助孕失败后6个月有的你，个中辛酸非三言两语可以表达。就在我们绝望和沮丧的时候，何其幸运！让你来到我们的身边续写生命的传奇。你呱呱坠地的那

一刻，注定了生命的宝贵，注定了你的独一无二，没有谁能替代。人生之路，峰回路转，障碍多多，坎坷难免，这才是精彩的全部意义啊！

世上成功之路千万条，成功的定义也不尽相同。中考很重要，但不足以定义你的人生；分数很重要，但绝不是成功的象征。

人这一生，会有鲜花、会有掌声、会有荆棘、会有坦途，也一定会有事与愿违的时候，不要气馁，更不要躺倒，拿起你拼搏的勇气，触底反弹，你会发现阳光依然可以灿烂、前程依然可以似锦！

三、谢谢你的到来，陪伴我的身边，懂事又阳光

你的到来，是上苍给我的最好的礼物。妈妈不求你多么完美，你也不用刻意为我争脸。只是希望你在这繁华的世界，平安健康快快乐乐，通过努力达成自己的心愿，并学会享受生命、欣赏精彩。

实属不幸，在你四年级的时候，爸爸因病离开我们，屈指一算整整5年。你的陪伴成了妈妈忧伤岁月里最宽慰的一面。娘儿俩相依的无奈，锻炼了妈妈的坚强，也锻炼了你独立能干的个性，能帮妈妈干活儿、解忧，孝顺又懂事，妈妈真的好感谢你。

瞬间，有些画面在脑海里生动起来，牙牙学语、蹒跚学步，还有你在台灯下写作业的背影，一会儿喊饿催个饭，一会儿撒娇要吃个苹果，嘴里喊不停的"妈妈""妈妈"，一会儿又趴在我背上偷懒耍赖……现在想来是多么温馨的画面。

你上初中的这三年，正好是新冠疫情肆虐的三年。作为急诊科护士长的妈妈，不但要应付本就忙碌的急救工作，陡然间还增加了不少疫情相关的内容。从初期紧缺的物资调度，到后期被随时抽调参与大规模核酸检测，还要面对各种新的制度流程、应付新的各种检查。忙得焦头烂

额的时候，是你可爱的存在让我释放了很多压力。

终于，抗"疫"在摸索中逐渐成熟起来，却也缺席了不少对你的陪伴。于心，妈妈是愧疚的；于理，妈妈是坦荡的。就是因为所有医务"大白"们的用心付出，就是因为所有家人们的后方支持，抗"疫"才取得了如今阶段性的胜利。感谢懂事的你、感谢独立的你，让妈妈在工作时心无旁骛、无须牵挂。

你的成长之路，也是妈妈的修行之路。你带给我的收获和欢笑，足以"秒杀"一切阻碍。热爱生活、乐观面对，阳光地接受一切，这次中考失利又算得了什么呢？随着你眼前的世界越来越宽阔，妈妈的陪伴也将越来越少。世界是属于年轻人的，闯荡是青春的标配。拿出你所有的拼劲儿，努力！向前！不辜负生命，不辜负岁月。嘉嘉，你记住，不论走到哪里，只要转身回头，妈妈将一直在，永不缺席！

四、正直、善良，常怀感恩，做一个温暖他人的人

做人，首先是做一个正直的人。通过教育和学习，让自己成为一个有教养、乐观向上的人；对生活温柔以待，对他人温暖善良——这一点，比任何成绩都重要。

有人说，真正的高贵是把别人放在心上，有不让人为难的体贴，有替人着想的善良。也许我们的出身很平凡，但不会阻碍我们努力去做一个高贵的人。妈妈是这么实践的，你也一起加油哦！

这次成绩，你不是状元，但你一定是个幸福的"迎考娃"。一路走来，那么多循循善诱的老师、关心陪伴的同学。考前阶段的营养助考团，更是可以如数家珍：丁阿姨的海参、丹阿姨的大肉包、红阿姨塞满冰箱的各色冰激凌、钱妈妈的肯德基全家桶，还有胖叔叔一篮又一篮的

家养蛋，更不提那些新鲜的水果、炖得酥香的牛肉。亲友们都在默默地给你鼓劲儿、加油，给了我们最富足的精神支持和物质保障。

今天，他们用温暖感动我们，明天我们带着余温感动他人。这是一个有爱的世界，把爱传递，让每一个角落浪漫而亮堂。一起加油，我的嘉嘉！

五、不攀比、不强求，务实而坚定，做最好的自己

嘉嘉，输了中考，不代表输了一切。失之桑榆，收之东隅的例子数不胜数。每个人都有自己的亮点，譬如你的帅气、你的彬彬有礼，还有你的独立和很强的动手能力。谁都夸你懂事有礼貌，夸你是个超级大暖男，不是吗？

我们的身边，不乏"学霸"、不乏有钱人，也许人家住的是别墅、开的是宝马，也许人家上的是一中、考的是清华，但这些都不影响我们过自己幸福的人生啊！脚踏实地，一步一步，不要对别人的评价过分在意，自己的心态才是最重要的。幸福的意义有千万种，坚定自己的梦想，哪怕跌跌撞撞也不要放弃！

六、哪里跌倒，哪里爬起；努力，任何时候都不算晚

嘉嘉，这次526分的中考成绩，妈妈已经为你骄傲。从进校的班级倒数第三名到今天的居中，妈妈看到了你的付出和努力，千万不要轻易否定自己。把今天的失败看成明天改变和提升的垫脚石，把此刻的痛苦化为明天前行的动力。

没有一次就考输的人生，每一个夺目的蜕变都满含眼泪和汗水，每一个耀眼的将来都需要努力的现在。人生中的有些障碍，注定是跑不掉

的，与其费尽周折绕过去，不如勇敢地攀越。权当是历练、是考验，跨出勇敢的一步，世界就在你的脚下。

接下来的日子，要正视自己的缺点，比如磨蹭、懒惰、没有规划。留点儿时间，慢慢消化并学会接受，然后在未来的日子里重整旗鼓，不留遗憾。

嘉嘉，不管前方的路有多苦，也不管它会有多么的崎岖，你一定要记住：行动起来，永远比站在原地更有底气。让我们一起奔跑吧，为了更好的明天！

写到这里，我轻轻地推开了你虚掩的房门。黑暗中听到了你微微的鼾声。终于，你已安稳入睡，我的心也放下了。确实，没有什么放不下的，也没有什么大不了的，一切都会过去，一切又会有新的开始。如此循环，生生不息。

脸蛋儿上亲一口，祝你好梦，我的宝贝！

永远爱你的妈妈

2022年6月24日晚

走好人生最关键的这一步

甘正气*

甘心：

这几天叔叔感冒了，没有像很多人那样"五岳寻仙不辞远"，"十一"长假哪里都没去，只是怀文抱质、株守一室而已。趁着有时间，和你谈件正事。

前些天看到一句感悟："人生最重大的决定，往往是在我们不懂事时做出的。"我觉得这句话算得上至理与真谛。是否全力以赴准备高考、高考后填报哪座城市的哪所学校、选择什么专业，这些其实都属于人生最重大的决定，但是我们往往在懵懵懂懂时就决定了，很少理性地全面分析思考。想起你8个月后就要参加高考，觉得是时候跟你详细谈谈这场考试了，这样你以后即使发出同样的感慨，我也会少一点儿遗憾，"勿谓言之不预也"。

我不清楚你十几年的人生中，经历过多少考试，更不知道你未来几十年的生涯里，还将参加多少次考试。

你能否设想有一次考试，它的成绩全国3000多家高校同时认可，只要分数足够高，你可以选择成为其中任何一家的成员；这次考试的成绩，7000里开外的乌鲁木齐认可，5000里之遥的哈尔滨也承认，北京、上海、广州、深圳、武汉、长沙也照单全收，你不需要一次次报名，更

---

* 甘正气，中国民主促进会湖南省委员会宣传处副处长，法学硕士。

不需要搭火车、坐飞机日夜兼程、长途奔波到新疆、黑龙江去考，就在自己学校考试就行了，轻轻松松兼得"天时地利人和"。

一次考试的成绩这么多单位承认，覆盖这么广的地域，录取率又这么高，而且还这么简单，好像只有高考了。

"简单"？或许你觉得叔叔在信口胡诌了。从程序上来说，高考确实算简单的。高考是一次性考试，不存在语文成绩不行，就不让你考数学、英语的情况。但很多考试则是分阶段的，如硕士和博士研究生，笔试过了还需要参加复试。公务员考试，除了笔试，也需要面试。高考，只需要在卷子上答题即可，不需要你表现出很好的形象气质，就这么简单。从通过率来看，高考也比司法考试、公务员考试容易得多，这更加确定无疑。

从"性价比"来说，高考也是最高的。只要高考的成绩足够高，全国3000多所学校你基本上可以随意挑选。如果考研究生就不行了，因为硕士研究生考试除了英语等公共科目，专业科目都是本校命题，你只能报考一所学校，如果没被这所学校录取，你只能参与调剂，那可选择的范围就非常小了。

等你工作以后，有了一定的人生阅历，你还会发现，高考拿高分或许是改变人生轨迹最简单的方法，可以让你"立登要路津"。即使你生活在穷乡僻壤、边陲小镇，高考成绩好，就可以让你在通都大邑、特大城市（当然，你也可以选择去港口海滨、林中之城）至少拥有一张宁静的书桌和一张属于自己的小床，可以轻松、自在地在风景如画的校园里居住四年。即使你现在住的地方"只看见院子里高墙上的四角的天空"。通过高考，可以让你"谈笑有鸿儒，往来无白丁"。即使你只会读书答题，不善言辞，甚至有社交恐惧症，只要高考成绩足够好，你就可以选择一所硕士和博士学位点都非常齐全的大学，然后学士、硕士、博士，一路读下来，慢慢成为一位不怎么需要社交，通过论文和著作就可以在学术界站稳脚跟的学者。高考成绩足够好，从而让你能够进入一所好大学，你获得的将不仅是一纸录取通知书和未来的一张毕业证，还将有学问渊博的老师、才华横溢的同学、几十年乃至上百年的光辉校史投射给你的耀眼光环，这对你的影响将是全方位、长时间的，甚至是持续终生的。

现在你的学习能力应该是一生中最强的，希望你珍惜必将一去不返的青春芳华，多花点儿时间和心思在学习上。诸葛亮对他的儿子说："年与时驰，意与日去，遂成枯落，多不接世，悲守穷庐，将复何及！"曹丕给他的朋友写道："少壮真当努力，年一过往，何可攀缘！"我在你这么大的时候就懂得这两句话的深意，真心希望你多多默诵、好好咀嚼吧！

祝：焚膏继晷，名列前茅！

你的叔叔甘正气
2022年10月3日于湘江之滨

给女儿 18 岁成人礼的信

班永吉[*]

亲爱的妞妞：

2015 年 3 月 27 日，中央工艺美术学院附属中学为即将高中毕业的你们举办隆重的 18 岁成人礼仪式，远在乌鲁木齐的爸爸不能前去参加你人生中的这一重要活动，我就为你写上这封信吧！

18 年来，你如同一棵幼苗，经过了阳光、雨露和生命中所必需的各种营养滋润，茁壮成长着。

18 年来，你成长的一幕幕都好像发生在昨天，历历在目。

我不能忘记，护士从产房里把你抱出来，第一眼见到你的模样，脸红扑扑的，让我欣喜不已。

我不能忘记，晚上去小学门口接你时，我和许多家长一样在人群中焦急地寻找着你小小身影时的情境；我不能忘记，你参加体育中考时，在体育场跑道上拼搏的身影，以及看台上家长们此起彼伏的加油呐喊声；我不能忘记，你们学校组织学生写生，你带回来的略显稚嫩的一幅幅美术习作；我更不能忘记，你妈妈把精心烹制的饭菜送到你学校门口时的背影，还有在赴疆登机时，我在你额头上留下的吻。

---

[*] 班永吉，中央党史和文献研究院第七研究部副主任，中央和国家机关第 8 批援疆干部，中国作家协会会员，中国散文学会会员。

在新疆的日子里,我的手机仍然锁定着我和你对话的那两条信息。

"妞妞,珍惜和妈妈在一起的日子,考上大学,你和同学们在一起的时间多了。我觉得到新疆后,与你天天在一起的日子就结束了。我想,你是幸福的。好好珍惜!"

"一路平安。到那边打电话。少喝酒!禁抽烟!我们会好好的。你要照顾好自己。"

孩子,你18岁了,但以后的路还很长。我想唠叨几句,也许会对你的未来人生有一些帮助。

一是要阅读。阅读滋养女人的气质。好的书籍能提升人的思想境界,"腹有诗书气自华"。

二是对物质的追求和享受要有底线。不迷恋名牌,不可接受任何人的钱财,爸爸妈妈的除外。女人尤其要学会保护自己。

三是记住健康、进步、独立、财富这人生中重要的8个字。没有健康,什么都没有了。进步,是要创造价值,做一个有用的人。只有学会独立,才能拥有更大的自由。财富是生存和生活的基础。这8个字把握好了,可以提高幸福指数。

四是要有大爱,有同情心,学会包容。永远不要放弃自己的爱好。

五是珍惜爱情。爱一个人,时间要长;离开一个人,要快。要有定力,不要整天想着一个人,要分点儿时间给你的亲人、朋友和事业。

这些话,说起来易,做起来难。我也常为自己做过的错事、说过的错话而内疚。历史是一本生动的教科书,每个人都在书写着自己的历史。要汲取别人"智慧钵"中的营养剂来提升自己,少走弯路。

18 岁，意味着成年，意味着自立，是人生的分水岭。18 岁，还意味着义务和责任。

爸爸相信你，祝福你，也期待你。

爸爸
2015 年 3 月 19 日于新疆乌鲁木齐

写给留学孙女的叮咛

周永才　徐　沂*

沁沁：

你好！

首先祝贺你通过了赴德国学习的全部考核，获得了出国学习的资格。在你将要留学之际，爷爷奶奶有许多贴心话要给你讲。我们的这些话对你的成长会有些帮助，可以让你少走弯路、少受损失，人生道路会顺利很多。

在信息如此发达的今天，为什么要选择家书的形式呢？因家书是中国文化的基本特色，爷爷奶奶用了大辈子的信息工具，深深感到家书最亲切、最真实，老祖宗传下来的我们要继承发扬。

首先要告诉你的是：一定要记住自己的根。你的爷爷奶奶、爸爸妈妈都是中国人，不管你飞到何处，永远不要忘记自己的家在中国。你去德国学习是为长知识、学本领，使自己成为有用的人。有了本领到处可以谋生，甚至有人会用高薪和优厚条件让你留下。但你一定要记住，培养你、教育你的是伟大的祖国，出国深造是为回来报效祖国。目前的中国正处在伟大的新时代，国家的建设正需要更多的科学技术人员去创新发展。你们事业有成的年轻人是国家的宝贵财富，回到祖国一定大有作为、前途无量。

---

*　周永才、徐沂，浙江省绍兴市诸暨市街亭镇里仁村居民。

学习是一项艰苦的劳动，要学好必须树立正确的观念。必须有目标、有理想、有追求，才能有取之不尽、用之不尽的动力，加上正确的学习方法，才能如鱼得水、事半功倍，取得成功。我们相信这些道理你是懂的，希望你有毅力去实践。

其次出门在外，一切靠自己了。要安排好自己的衣食住行，创造一个和谐的学习生活环境。对自己一定要自信、自律，严格遵守德国的法律法规、遵守校纪校规，尊敬师长、对同学团结友爱、友好相处，小事不计较，千万不要以善小而不为、以恶小而为之。在一个友好和谐的环境中，你才能生活好、学习好。

当然身体很重要，健康是每个人成长和实现理想的基础。一日三餐注意营养，平时重预防，有病早治疗，注意锻炼，增强体质。记住你在学校必须去两个地方：一个是图书馆，让你汲取知识，促理想腾飞；另一个是运动场，让你增强体质，促健康成长。

除此之外，还要告诉你应该注意的事：

一、保持微笑待人，不发脾气、不吵架，宽心做人，舍得做事。说到做到，有责任有担当，才能赢得整个人生。多一分和平，多一点儿温暖，生活才能有阳光。

二、人生，心灵富有最重要。物质生活清贫，并不影响心灵的充实，知足而能自在付出，就是真正的富有。

三、与人方便，就是待己仁厚。人心是互相的。不与小人计较，他会拿你无招；宽容，貌似谦让别人，实际是给自己的心开拓道路。

四、保持良好的心态。生活中、工作中遇到不顺心的事，对自己说一声：今天会过去，明天会到来，新的一天会开始。

五、心简单，世界就简单；心自由，生活就自由。到哪儿都有快乐。多一些宽容、多一些大度，挥挥手，笑一笑，一切不愉快都会成为过去。

六、学会感恩。要感激伤害你的人，要感激绊倒你的人，要感激批评你的人。因为他教导了你应自立、增进了你的见识、助长了你的智慧、净化了你的能力。感谢所有使你坚定成就的人。要生活在感恩的世界里，生活才会更加精彩。其实，感恩并不复杂，只要你有一个谦恭的态度，一句微笑的谢谢，你就做得很好了。

最后一个问题是关于爱情。

在大学期间，爱情是不可能回避的。特别是漂亮的女孩，肯定身边有不少追求者，当爱情降临的时候你一定要好好把握。记住女孩要找到真爱，自己必须自爱、自尊、自强、自立，你才有资格和魅力去选择心爱的人。当然女孩时刻要学会保护自己，不让自己在身心上受伤害。

写得很多了，请原谅爷爷奶奶的唠叨。因为你是我们的孩子，在这个世界上，我们是最爱你的人，我们永远是你的坚强后盾，永远会无条件地支持你。

孩子努力加油！

我们期待着你学成凯旋！

我们希望你有一个完美漂亮的人生！

我们希望你每天健康快乐！

想我们了，就看看我们给你写的这封家书吧！见字如见人！

永远爱你的爷爷周永才
永远爱你的奶奶徐沂
2019年5月22日

做"堂堂的中国龙"

蔡红杰*

路辛吾儿：

今天以"我是龙的传人"为题，给你写一封信。龙是中华民族远古时的图腾，是中国的文化标志，鹿角、蛇身、鱼鳞、鹰爪，集中了万物之灵，我们自称"龙的传人"，在我们身上传承着华夏五千年的民族精神。

你今年刚过30岁，有幸在自己年富力强的时期，赶上了祖国龙腾盛世。经过建党百年，新中国成立70多年，我国日益走向世界舞台的中央，中华民族伟大复兴展现出前所未有的光明前景。

三十而立，你要将"我的梦"与"中国梦"融为一体，在实现好自己人生价值的同时，为国家、社会作出尽量多的具有自己独创性的积极贡献，努力做一个"堂堂的中国龙"。

在我们四世同堂的大家庭中，你是蔡家的长孙。多年来，我们大家庭培育、形成了"本分、节俭、进取、敬业、团结、助人"的优良家风，这12个字的精神品质，生动地体现在你爷爷奶奶、大爷大娘、姑姑姑父、爸爸妈妈等家人的身上，你要注重从优良家风中汲取营养，实现全面成长，各方面取得优异成绩，事业成功，家庭幸福，努力做一个

---

* 蔡红杰，河南省商丘市退休干部。他先后整理出400多封家书，出版了4本家书专辑，还建立了全国首家（个人）家书家风馆。

"堂堂的蔡家龙"。

30年前,在你出生的时候,我给你起名'路辛',还写了一副对联"欲成大器须磨难,历尽艰辛好做人",意在提醒你,世路艰辛,要在学习、事业、做人等方面有所成功,就要勇于吃苦,不懈奋斗。

一晃30年过去了,在岁月的里程里,你收获了成功与快乐,也经历了曲折与苦恼。你要认真总结、发扬长处、吸取教训,所有的经历都是一笔宝贵的财富,都是你继续前行的参照与借鉴。

毕竟你还年轻,在以后的日子里,你要进一步做好自己的人生规划,和睦好家庭,教育好孩子,点亮更加美好的未来。

父亲:蔡红杰
2021年12月1日于商丘家中